FLORET
READING

小花阅读

我们只写有爱的故事

青春阅读　幸得相见

大鱼

有爱的青春陪伴者

想和你度过漫漫时光

Xianghe Ni Duguo
Manman Shiguang

相心 著

广东旅游出版社
GUANGDONG TRAVEL & TOURISM PRESS
中国·广州

图书在版编目（CIP）数据

想和你度过漫漫时光 / 相心著. — 广州 : 广东旅游出版社, 2020.3
ISBN 978-7-5570-2152-8

Ⅰ. ①想… Ⅱ. ①相… Ⅲ. ①长篇小说－中国－当代 Ⅳ. ①I247.5

中国版本图书馆CIP数据核字(2020)第028582号

想和你度过漫漫时光

Xiang He Ni Du Guo Man Man Shi Guang

相心／著

◎出版人：刘志松　◎总策划：苏瑶　◎责任编辑：何方
◎策划：娄薇　◎设计：Insect　西楼　◎封面绘制：阿栗

出版发行：广东旅游出版社
地址：广东省广州市环市东路338号银政大厦西楼12楼
邮编：510060
电话：020-87347732
印刷：长沙鸿发印务实业有限公司
地址：长沙黄花工业园三号
邮编：410137
开本：889毫米×1194毫米　1/32
印张：9
字数：232千字
版次：2020年3月第1版
印次：2020年3月第1版
定价：36.80元

你是太珍贵的人，
是我懵懵懂懂的昨日，
也是我怅然未许的归期，
是我一生梦想的启蒙，
是我朝朝暮暮的信仰，
是童年的歌，也是青春的酒，
是年少的冲动，也是暮年的慰藉，
悄无声息，
你早已构成我的生命，
不会再有任何一个人，可以重来。

XIANGHENIDUGUO 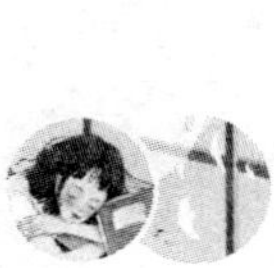 MANMANSHIGUANG

简悠

PERSONAL FILE

温柔坚韧的女子，她是无坚不摧的简女侠，也是可爱的逞强爱哭鬼。

初中时家庭发生变故，变得愈发孤僻和孤独。

大学考入中文系，期间开始写作，慢慢成名，博士肄业，一个人离群索居。

“不是所有女孩子，都有资格放声大哭的。”

“有没有一些人其实生来就是不适合在一起的，我们分开的这些年，我靠着思念完成了豆蔻三部曲，而云飞以沉湎奏响了惊世的乐章。庄子有句话我以前一直不明白，可是这些年却活生生地印证在我身上——‘相濡以沫，不如相忘于江湖’。”

“我不舍得，我不舍得啊！凭什么我花了十几年捧在手心的人，就这样被别人弃如敝屣，你们都看他一文不值，可在我这里，他就是无价之宝，千金不换。”

PERSONAL WORDS

白云飞

PERSONAL FILE

他像夏日灿烂的太阳，是无论何时都令人小鹿乱撞的少年。

他的爱深远细腻，又小心翼翼，虽然命途多舛，却永不能割舍，早已融入骨血。

自上海一别，明白自己的青涩和无奈，独自前往欧洲苦修，真正练出几分稳重气质，但是在得知简悠病况后暴露本性，多年修炼伪装卸了一地，又变成守护在简悠身边的黏皮糖。

“白先生，想要什么？”

“平生所愿：

百花深处，田宅芳香。

有悠一人，携手在侧。

童稚牵衣，笑我华颠。”

我亲眼看着她，从一个娇生惯养，上天入地的小公主，变成想要的不敢说，受了委屈自己忍，小心翼翼的委屈鬼。

我不要她那么懂事，我不要她无所不能，我只想要她笑得开心。

“‘如果打算爱一个人，你要想清楚，是否愿意为了她，放弃如上帝般自由的心灵，从此心甘情愿，有了羁绊。’这是我很喜欢的书，送给你，年轻人。要知道艺术家的心是很珍贵的，很脆弱的，你可要想清楚。”

后来，云飞跪倒在教堂里，回到了上海，去到了她的身边：“上帝，您好，我愿放弃如您一般自由的心灵，心甘情愿有了羁绊，万分虔诚地爱她。”

PERSONAL WORDS

舒流

PERSONAL FILE

放荡不羁的外表下，都是赤诚跳动的心，纯粹又热烈。

家世显赫，父亲温雅，喜好陶渊明和老庄之道等等，叔叔是艺术品收藏家。

世故与文俊共存的家庭养得舒流外在放荡不羁，但其实很有翩翩公子的气质。

“我叫舒流，三教九流的流。”

“在下舒流，‘登东皋以舒啸’的‘舒’，‘临清流而赋诗’的‘流’。”

“老子喜欢个人，从来不挑时候。”

我没想要得到什么，没想要你怎么着，只是今天我心情好，想告诉你，慕斯，我喜欢你，很喜欢你，喜欢很久了。

“你对我来说，是常年破产，一朝暴富。”

“这位同学，请你不要打扰我女朋友学习了，她的脑袋已经够笨了，我都忍痛疏远她了，就请你哪里凉快哪里待着吧。”

PERSONAL WORDS

慕斯

PERSONAL FILE

她是为众人瞩目的明艳女子，但同样也有不为人知的痛苦和踌躇。

从小的梦想是成为舞台上演技精湛又受人喜欢的话剧演员，却因学校传言朝瑰拒绝了名导演邀约，而有些动摇和委屈。后来在简悠和云飞等好友的陪伴劝解下，坚定了自己的理想，也学会了坦然面对别人的比较和流言，坦荡做自己。

“小的时候，别人也会捏捏我的脸蛋夸这个姑娘真俊啊。可我总是不甘心的，想着我不能当个花瓶，我努力地学功课，练舞蹈，选班长，担主持，有求必应。我是希望有朝一日别人能指着这个姑娘说她什么都会，什么都好。”

“你知道吗？十七岁的时候我有喜欢的歌手，有喜欢的书籍，有喜欢的梦想，有喜欢的人，两手空空却无比满足；可是现在，我得到了当年渴望的漂亮衣裙，精致妆品，却常常恍惚觉得自己，一无所有。”

“大叔，你还会遇见很多小姑娘，可你不会再遇见下一个慕斯了。”

PERSONAL WORDS

程砚之

PERSONAL FILE

颇有才华的导演，第一位赏识慕斯的伯乐。

和慕斯有过非常短暂且未点明的感情。

很有才华，很有故事，很有魅力的大叔。

“像你这样的小姑娘，身边怎么可能静得下来呢？”

“小姑娘，你亦不知，当日无人看好你，我拍案跳桌摔笔起誓赌咒要留你一展风华无二。”

“化妆、蹦迪、文身，甚至探险、漂流、跳伞，这些看似很酷的东西，其实都不难，只要经济允许轻易就可以做到，真正酷的事应该是你能持之以恒做的事情，比如说认真地读一本书，比如说认真爱一个人。”

PERSONAL WORDS

陆子期

PERSONAL FILE

他在某个特定的时间出现，教会她成为更棒的人，虽然终将离场，却在那一段时期里熠熠闪光。

书生气长相，三好学生，乖乖学霸，表面平易近人，内心有些骄傲，对于主动示好的女生不冷不热。

被孤僻的简悠吸引，主动一起学习，隐晦告白被拒后，伤到了傲娇的自尊心，不再和简悠来往。

“就像漫长雨季过后霍然放晴，那些个在屋顶上翻着肚皮晒太阳的大头香菇。”

“人生于天地之间，当做到仰无愧于天，俯不怍于地，如果只因眼前明晃晃的利益，就冷血残酷地抛却情义，不配为人。”

“你有什么好害怕好犹豫的，跟着我走，不会错的。”

“简悠，你愿意当我的伯牙吗？”

PERSONAL WORDS

祝攸

PERSONAL FILE

为爱所困却满腹才情的女子，环游世界，任性认真。

在一些人看来和简悠很像，两人算是难得的知己，关键时刻点醒简悠。

简悠：“当你很想很想一个人的时候，该怎么办呢？”

祝攸：“给自己很多很多事情做，把清醒的每分每秒都填满。”

简悠：“这样就无暇想念了吗？”

祝攸：“不，这样，你就意识不到自己在想他了。”

“忙碌的人啊，要么在追逐，要么在逃避。”

PERSONAL WORDS

目录

CONTENTS

XIANGHENIDUGUOMANMANSHIGUANG

楔 子 /001

但为君故，沉吟至今

第一章 /007

总角之宴，言笑晏晏

第二章 /035

窈窕淑女，琴瑟友之

第三章 /057

南有乔木，不可休思

第四章 /075

岂曰无衣，与子同袍

第五章 /089

修我甲兵，与子偕行

第六章 /101

瞻望弗及，实劳我心

第七章 /119

绿兮衣兮，绿衣黄里

目录

CONTENTS

X I A N G H E N I D U G U O M A N M A N S H I G U A N G

第八章 /143

子兴视夜，明星有烂

第九章 /161

如临深渊，如履薄冰

第十章 /187

青青子衿，悠悠我心

第十一章 /199

心之忧矣，我歌且谣

第十二章 /213

有美一人，清扬婉兮

第十三章 /233

既见君子，云胡不喜

第十四章 /259

且以喜乐，且以永日

后 记 /271

如今慢

楔子

但为君故，沉吟至今

【1】

致吾悠：

适才在琴房寒风中醒来，忘记关窗，冷意刺骨。

米白绒质的窗帘刺入眼帘，一时恍惚，如你在前。

但扬臂抱空，跌了一跤，额头肿了个大包，实在折损我玉树临风之形象，幸好你不在，不然肯定要笑。

可若你在，跌倒如何，嘲笑如何，历尽千帆又如何，皆是值得。

【2】

致吾悠：

今夜终于踏入你我心心念念之金色大厅，虽只为听他人曲。

交响曲雄浑壮阔，举座掌声不绝，余座哽咽泪下不能止，煞是丢人。

我想，若你在畔……

罢了，梦寐不敢求之。

【3】

致吾悠：

今日，维也纳下雪了，乃是我们江南，少见的漫天飞雪。

少时，看夏目漱石把“I love you”译为“今晚月色真美”的时候，我只觉矫情，爱一个人当要大声告诉她，要不顾一切向她奔赴而去。可是今天，维也纳下雪了，漫天雪花，撒盐不可比，柳絮不可比，我却不敢打一个电话告诉她。

我这里下雪了，你那里呢？

我多想与她分享这世间美景和人生快意，可是，不能。

简悠，我这里下雪了，你过得好吗？

【4】

致吾悠：

自分别后，我一如往常，努力忙碌，不去想你，至疲而歇，不得片刻安宁。

我不曾向任何人言及思念，言及你，却在梦醒的睁眼一瞬，茫然念你，痛彻心扉。

若你能在意我，有我在意你十分之一，该有多好。

【5】

致吾悠：

今日太平凡，提笔不知该说些什么……

简悠，我真的好想你。

“感谢各位观众收看我们的节目，本期《Point》（观点）邀请的就是近来饱受关注的中国青年音乐家，他是世界音乐泰斗被誉为当代钢琴之父的Novar（诺瓦）先生最年轻的学生，并以独树一帜的古典气韵闻名两岸，更是利兹国际钢琴大赛的一等奖得主，年少有为，来日可期，让我们掌声欢迎白云飞先生！”主持人笑得灿若桃花。

“荣幸之至。”一袭黑衣的白云飞微微点了点头。

“首先要祝贺云飞年纪轻轻就斩获如此殊荣！”

“不敢。”他微低着头，声音淡淡。

“此次获奖的原创作品《Adeline》（阿德林），获得业界一致好评，要知道一位这样年轻的东方音乐家要打动那些严苛的西方评委可不简单，我们还得知，这首作品还有中文译名《子衿》，对吗？”主持人一脸期待地望向白云飞。

白云飞礼貌一笑，抿了抿嘴：“恰好相反，它最初名为《子衿》，英译名为《Adeline》。”

节目本想在曲名上做文章，没想到信息有误，主持人赶忙转移话题，笑容满面地说：“听闻您一回国就收到了各家乐团的邀请，此番是打算在国内开展事业了吗？”

“此次是为母校庆典回来的，希望能参与校歌的制作，尽一份绵薄之力。”

“白先生真是饮水思源啊！”主持人笑着翻一页台本，“听闻云飞多年在欧洲潜心求学，这还是第一次公开参与国际赛事，这么多年的沉寂，是韬光养晦吗？”

“说来惭愧，不能算是韬光养晦，不过年少无知时意气用事，之后就躲在音乐里。”

“云飞太谦虚了，青年音乐家里可是少有集创作和演奏齐佳的，想必一定是专心‘躲在’音乐里沉淀，才换来今朝荣光加身。”主持人圆场功夫一流，白云飞笑而不语。

“那是什么给了您参赛的勇气呢？”主持人不放过任何细节，顺藤摸瓜。

白云飞低了低头，闪耀的镁光灯从他头上洒下，映在黑衣上灿若繁星，在寂静中旋转飞扬。导演用手势示意主持人换个问题，他却沉沉开口：

“我的导师告诉我，‘Only the meteor will be forgotten,the moon never.’（只有星尘才会被忘记，月亮永远不会。）”

他抬眼，身姿挺拔，直视着镜头，双眸熠熠。

“而比起面对，我更加害怕被忘记，所以我不敢放过这个机会。”

……

晚间七点，访谈终于结束，白云飞有些疲惫地抚额，起身离开。

后台编导赶忙追了上来：“白先生辛苦了，后续可能还有一些相关的交涉，我们还得知道一下您之后的去向。”

白云飞微笑：“应该的，我在A市还会多留几日，之后返回家乡。”

“抱歉，敢问贵乡是？”

“木水。”他自唇间念出，才惊觉何其久远。

编导连连道谢，忽然想起什么又赶上来。

“对了，因为您接受我台采访的消息十分轰动，外界又知道您常年待在国外，邮局就将一些您之前被退回的国际信件，转寄到了我台，特让我们转交给您呢。”

白云飞看着那一沓英伦封皮的信，一时茫然怔住，好一会儿才回过神来，愣愣地伸手接过，牛皮信封捏在手里，能清晰感受到它绵密厚实的质地。

“谢谢。”

深夜，薄酒如水，外滩霓虹璀璨不灭，绵延如星海。

白云飞撕开日期最近的一封信，结实的牛皮纸信封里是竹青色的信笺，还是当年辗转从一位华裔老书法家那里买到的，漂洋过海，实属不易。

上书唯两行清浅小篆：但为君故，沉吟至今。

他自己也没有发现，口中喃喃念出的，却是信纸之外的两句。

“青青子衿，悠悠我心。”

第一章

总角之宴，言笑晏晏

一

简悠五岁来到木水，颇有几分衣锦还乡的意思。

不过娇生惯养如洋娃娃般的简悠顶多只能算是“衣锦”，踏踏实实“还乡”的是她爸简城。

“简城”这个名字可谓是既言简意赅又通俗易懂，满满当当寄托了一对乡镇夫妻对于膝下长子的殷实期待。

而简悠她爹，还真是人如其名，没让爹妈失望，虽说当年恢复高考差三分没考上名牌大学，却不负众望，力争上游成了一个富商。成了木水镇第一个盖洋房、开洋车，最后还定居宜城的人。更难得的是，这个富商还不忘本，是镇里修路的捐款大头，名字刻在路口的功德榜上金光熠熠，简悠每回路过都要把脑袋伸出去看。不仅如此，泥水匠出身、房地产发家的简老板还带着镇里的青年走出镇子，在城中谋一份差事，虽赚不了大钱，但总是一块跳板，至于跳多高跳多远就凭各自造化。

成行的香樟盖影转瞬成了排排低矮的小楼，简悠坐在副驾上一言不发，过往门前有眯着眼晒太阳的小黄狗和躺在摇椅上手握蒲扇的老人。

她远远瞥见乡路尽头一幢洁白的三层小洋楼，不同于周遭屋舍饱经风霜的样子，那洋房漆得透白雪亮，窗户仿了欧式圆形雕花，伸出一个繁花似锦的小阳台，围以精致铁艺雕花栏，明镜般的玻璃可窥见屋内一室的欧式吊灯，雕梁画栋，十足富贵。

那是简悠在木水的家，作为一个在各种童话故事里泡大的小姑娘，这幢洋房能给她太多天马行空的联想。

只可惜别说是简悠，就算是简爸简妈也不曾在此久居，虽然精装布置，却多是闲置，生意多在宜市，亮丽洋房孤掷于此，也是充点故里门面居多。

奶奶从侧对面一间有些年头的房子里迎出来，张开双臂欲抱抱她，花团锦簇的简悠像受了惊的小蝴蝶般迅速躲到简城身后，唯探半个脑袋和一双古灵精怪的眼睛望着不相熟的奶奶。

“妈。”简城问候着母亲，一把想将抱着他腿的女儿拉回来。

“回来啦。”奶奶笑得慈祥和蔼，瞧着躲在儿子身后的孙女。

母子两人寒暄着进了屋，简悠不舍地回头望向那洁白漂亮的洋楼。

入屋，小叔和叔母招呼吃饭，简城提前告知了简悠寄住之事，饭桌上又再提了一遍。奶奶很欢喜地给简悠碗中不断夹菜，小叔和叔母笑了笑不语，一家人的这顿饭吃得心照不宣，客气万分。

饭毕，小叔开玩笑似的说：“大哥那么漂亮的洋房就不住啦？”

叔母也笑着附和说："是啊，装得那么好，空着真是怪可惜的。"

简悠闻言一愣，带着夹红烧肉的筷子一抖，酱色的肉块丰腴饱满，在白纱裙上留下油光锃亮的一个印记。

简城笑了笑，摸了摸女儿的脑袋："悠悠还小，心眼都没长全，哪敢就把房子的钥匙给她。"他伸手给母亲碗里夹菜，"还是跟着妈放心。"说着，他又从包里掏出一沓现金置于桌前，"悠悠的生活费还是我们出，妈您多照看着点。"

"哎呀，一家人别说两家话，让我抱抱孙女儿。"奶奶张着手接过一脸抗拒怕生的简悠。

简悠心里闷闷的，却也不敢大肆哭闹。

小孩是听得懂大人的话的。

简而言之，她被抛弃了，接下来得和这个看着慈祥的老太太和不熟的小叔夫妇生活。

下午，简悠就被带着去了中心小学处理报名学籍一类的问题。

中心小学不大，但是树却很多。

站在校门外，上有高大成荫的樟树和梧桐树，下有成片连绵的油绿灌木，俨然似片树林，树荫葱茏里藏着一栋四层粉漆的教学楼和沙土地的小操场。

后来，简悠又念过很多学校，亦不乏装建精美的私立院校和闻名遐迩的百年名校，有着现代摩登的体育馆、游泳池，和无一例外的红砖道环绕、绿草坪拥抱的大操场。

可是她再也没有找到长着那么多树跟藏在树林里似的学校，小树林一样绿茫茫的学校里，有着她最快乐无忧的时光。

她的班级有着一个温柔娉婷的班主任，年轻的李燕雯老师高马尾斜刘海，白衬衫黑长裙，负手而立，笑靥如花。

后来大学时，简悠背《登徒子好色赋》背到“东家之子，增之一分则太长，减之一分则太短；著粉则太白，施朱则太赤；眉如翠羽，肌如白雪；腰如束素，齿如含贝”时，脑中不禁慢慢浮现出李燕雯的样子，画面美好得让她连连点头，可随后想到些什么，又皱眉摇摇头。

接着背到“嫣然一笑，惑阳城，迷下蔡”，她挑着眉点点头，倏而又笑着摇摇头。

李老师所带的一班位于一楼的教室，成片的阳光透过斑驳的树影洒在教室和走廊，一两丝有志之光躲过青草色的窗帘，静悄悄融化在橙黄色的木桌上。

正是下午体育课时分，操场上尘土飞扬学生们玩闹正酣，教室里空无一人。

简城给简悠挑了个中间第二排的座位，也不管桌上屉中已为人所用。

“爸爸，你真的不要我了吗？”简悠抱着父亲不愿松手。

简城握着女儿的小手，眼角笑出三道彩虹似的皱纹：“怎么舍得不要你呢！只是哥哥现在要升学考，爸爸妈妈没有更多的精力好好照顾你呀。奶奶年纪大了，你也该多陪陪奶奶啊。”

简悠鼻子一酸，泪珠就落下来：“那你快点回来接我好不好嘛？”

简城拍拍女儿的后背哄着她：“小鼻涕虫，爸爸会常常来看你呀！”说着看了看时间，“爸爸先回去了，你在学校乖乖适应适应好不好？”

简悠抽泣着不敢再说什么，唯恐惹他生气，就永远被扔在这里了。

父亲很快疾步离开了，简悠怔怔望着桌子，撇着嘴忍哭。

简父不会想到的是，他捧在手心里宠爱了六年，养出她所有的娇惯、逆鳞、傲气、刁蛮都将在这不到一年里被铲除和抚平，并不带商量地被揉进那些伴随她一生的自卑、沉默、忍耐、坚强中。

她以一种无奈的速度迅速变得乖巧，以及大人眼中的懂事。

直到多年之后，她在图书馆最深处角落里看到社会学中的“弃猫效应”才找到答案，所谓小孩子的乖巧懂事其实一点也不纯粹，甚至充满了辛酸。

二

“丁零零……”

上课铃响，追逐嬉闹、满头大汗的学生们陆续进入教室，对于忽然出现的粉雕玉琢洋娃娃似的简悠像是瞧西洋景一般稀奇。

简悠微皱着眉，撇着嘴，她用手背揩去凝在脸上的泪渍，不知是蹭的还是臊的，双颊一直红到耳根。

“欸……白云飞，你的位置上怎么多了个姑娘啊？哈哈哈……”有淘气的男生指着简悠玩笑道。

“你胡说八道什么呢！”抱着足球一头大汗的男孩回道。

“你哪儿来的？坐我这儿干吗呢？”白云飞皱着眉从桌肚里掏出水杯，拧开杯盖畅饮起来。

他拿杯子的手碰到了简悠的裙子，简悠下意识地往后瑟缩了一下。

“这是我的座位，你得起来。”白云飞盯着简悠喊道。

“我不。”简悠看着桌面摇头，屁股牢牢坐着不动。

这是爸爸给挑的位置，她不能丢了。

“哈哈哈……白云飞，她这是赖上你了啊！”周围同学又打趣道。

“喂，这哪儿来的小丫头片子，你给我起来！”白云飞被打趣得羞红了脸，提高了嗓门。

简悠被凶得眼眶一红，伏桌哭起来，小屁股不挪半分。

“你这是……”白云飞又羞又怒，“强占民座！”言罢周围又是一片哄笑。

班长慕斯笑着走过来，后面跟着一组组长乐彤。慕斯拍拍简悠哭颤着的肩膀，塞给她一张纸巾。

“这位同学，你是新来的转校生吗？我们的座位都是老师分配的，你先起来，待会儿老师来了也会给你分配座位的。”

“是啊，是啊。”乐彤附和道，一双眼睛仔细打量着简悠的白纱裙，雪白的颜色泛着光芒，腰间裙摆还有刺绣的花样，让人不禁想要伸出手摸一摸那白纱。

“我就要坐这儿。”简悠声音颤颤巍巍带着㞞劲，偏偏话间却是不罢休的倔强。

“嘿，我这小暴脾气，还收拾不了你了不成？”白云飞说话间就要去拉起简悠，一抓上小姑娘白乎乎肉嘟嘟的手臂，想把她拽起来。

“我不起来，我就要坐这儿！”简悠抬起梨花带雨满脸泪痕的脸，努力推开白云飞。

“哈哈哈……白云飞，你就把她给收了吧，哈哈哈……”小小年纪的孩子总是爱学电视里的人物讲话，并自以为得意。

“怎么回事？听不到上课铃响了吗？吵吵闹闹的，还不赶紧回到座位上去准备上课！”李老师抱着书走进来。

同学们四散回到座位，唯有白云飞和简悠还在僵持着。

“老师，这个不知道哪里冒出来的丫头占了我的座位不肯走呢！”白云飞气呼呼地指着简悠。

“行了行了，云飞把后面那张空桌搬上来坐吧。”

“凭什么啊老师，她坐的是我的座位！”白云飞抓着自己的桌沿不肯走。

李老师拍拍白云飞的小肩膀："老师怎么教你们的？男孩子嘛要懂得谦让啊。"她抚额笑了笑，"就像你们看的杨过大侠，能屈能伸，对吧？"

白云飞一听杨过就被吸引了注意力，但想到好好的座位莫名被抢，心中还是委屈郁闷。他黑着脸走到教室后面去搬桌子，途中还被几个泼皮做鬼脸伸脚绊了一个趔趄。

李老师回到讲台："这位是我们班新来的转校生，上来介绍一下自己吧！"

简悠低着头牢牢坐在好不容易霸占来的位置上，一言不发。

李老师想，是简悠年纪小内向："好吧，那下课来老师办公室一趟吧，我们现在先上课。"

白云飞已经搬了桌子放在简悠旁边，伸手从原先桌子里扒拉回自己的书。简悠低头靠在后座上，为他让出空间。

低年级没几本课本，白云飞桌肚里多的是小小一本五颜六色的画册，他瞧了瞧简悠孑然一身，连个书包都没背，更遑论课本了。

继让座义举之后，他感觉自己浑身充满英雄大侠的豪气，得好善乐施，简悠就像那初出江湖的黄毛丫头。

"欸，课本给你看一半吧，哪有你这样就来上课的？"白云飞推来语文课本。

"我……想要那个。"简悠指着他一摞摞的小画册，奶声奶气地开口，也真是个没脸没皮的姑娘。

"嘿，你这丫头，还真是……有点眼光！"白云飞好笑又来气，但还是递给她一本，"可千万别被老师发现了啊！"

简悠一下子喜笑颜开接过那本花里胡哨的小画册，跟个宝贝似的藏好，然后装得规规矩矩，挺直腰杆坐得端端正正。白云飞瞧她那傻样，活脱脱写着一脸的"老师我心虚"。

下课，简悠跟着李老师去了办公室，好不乖巧。

李老师从抽屉里找出几颗糖递给简悠。

她拿出语文课本翻到最后一页的字表，指着字问简悠：“这个字认识吗？”

简悠连连答出，让李老师有些惊喜，又指了几个笔画多一些的：“这个呢？”

简悠看了看，一个“藏”字答得铿锵，怯怯地望着老师。

李老师松了口气，又把剩下的几颗糖塞到简悠手里，笑着让她回去。

刚出办公室，慕斯和乐彤就将简悠围在了中间，让简悠有些无所适从。

“李老师没有责怪你吧？”慕斯轻声问。

简悠摇了摇头，摊开手心展出糖果：“老师给的。”

“哇，老师还给你糖！”乐彤很惊讶。

简悠不好意思地笑了笑，给了她们一人一颗，最后留下一颗又握在手心，塑料糖纸的齿片硌得有些痒疼。

跑过廊道的层层树荫，回到班上已近日暮时分，三三两两的同学都在收拾书包，白云飞和几个男孩在模仿武侠片的动作，一会儿倚天屠龙剑，一会儿降龙十八掌，非常热闹。

简悠悄悄走到座位，将手心的糖夹到白云飞的一本小画册里，再悄悄塞入他的书包。

一回头，慕斯和乐彤已经收拾好了书包，拍拍简悠的肩：“要不要一起走呀？”

简悠想了想，爸爸已经走了一个下午，不会来接她了。

草长莺飞，日光烂漫，孩童的友谊和快乐还来得简单。

“好，一起吧。”

三

一转眼，慕斯和乐彤已经走到教室门口了，简悠赶紧也跟上。

路上积了些黄绿的落叶，踩上去有轻微的“咔嚓”声。

慕斯拉上追来的简悠：“今天放学早，咱们一起去猫街吃东西吧。”

乐彤道：“好欸，超想吃麻辣烫啊！”

简悠道：“猫街？有很多猫吗？”

慕斯和乐彤齐齐笑出声来。

慕斯解释：“猫是有很多啦，不过好吃的更多哦！”

隔着几米远就见那家小李麻辣烫十分醒目，蒸腾而上的烟火气里是热热闹闹刚放学的孩子们。

乐彤眼尖，跑过去打招呼，白云飞一行几个男孩已经在排队了。

简悠被扑鼻而来的辛辣气息所刺激，脚步愣了愣，一转眼慕斯和乐彤已经兴高采烈地钻进人群前排点单了。

她学着乐彤拉了拉旁边白云飞的书包带子，凑到他耳边小声问：“麻辣烫……很辣吗？”

白云飞嗤笑一声：“开什么玩笑呢，麻辣烫不辣还叫什么麻辣烫啊？”

他的声音有些大，引得慕斯回头问：“你不能吃辣吗？”

简悠努了努嘴：“也不是……还行吧。”

乐彤道：“他家最好吃的就是麻辣年糕，简悠，你可一定要尝尝！”

白云飞双手交叉环抱在胸前，一副看好戏的模样：“不行可别瞎逞能啊！”

简悠被激得脱口而出：“你说谁不行呢！”双眼瞪着白云飞对慕斯

说，“我也要一个麻辣年糕！”

简悠看着被辣椒酱刷得红艳艳的年糕，欲哭无泪。

肤如白雪的年糕啊，你怎么就如此屈服于这万恶的辣椒酱呢？

乐彤吃得香脆：“简悠你尝尝，可好吃了！”

“我……我要不留着回家再吃吧！”简悠从店家那儿拿来一个塑料袋，准备装起来。

白云飞一把拉住她，嘿嘿笑道：“别呀，趁热才好吃呢。”

简悠瞪他一眼，移目看到了慕斯和乐彤的注视。

她低下头，手中的年糕热气腾腾，张开嘴咬下一口急急咽下，能清晰感受到香脆的炸皮生生滑过喉咙，辣味还没有来得及蔓延，她抿嘴一笑：“很好吃。”

眼睛笑得像弯弯的月亮，藏着一闪一闪的星光。

简悠家住在学校东边，慕斯和乐彤住在西边，原来一点也不顺路啊。

简悠循着爸爸来时领着她走过的泥巴小路，路过一小段长满喇叭花的小径，日落后都闭紧了花瓣。

她忍不住张开嘴不断哈气，火辣辣的滋味从喉咙里升起，从脸一路红到耳朵。

举着咬了一口火炬似的年糕，她攥着手捂着耳朵蹲下。

她从小就不吃辣，妈妈做菜会在放辣椒之前额外盛出一小碗给她。偶尔吃到辣椒，她便习惯捂着耳朵蹲在地上，哥哥会打趣她这样也不会解辣，有什么用呢？

有什么用呢？辣味还是像火焰一样在喉咙和胃里炸裂燃烧，那时爸爸会将她一把抱起，轻轻拍抚她的后背，哄着她喝水，当然是有用的。

“喂，西米露要不要？”男孩有些讨厌的声音在背后响起。简悠睁开眼，有个越过她头顶的影子，将她包裹在喇叭花丛里。

手里攥着的年糕被抽走，被换成一杯似是刚从冷冻柜里拿出的凉丝丝的西米露，插着一根粉色的吸管。

“早就喊你不要瞎逞能了吧。”

简悠咬着粉色的吸管，心想，真的很讨厌啊。

回到奶奶家已近天黑，晚饭时简悠才知道，原来一家人一个屋檐下，还可以分厨而食。

奶奶的厨房在后院的一间小屋，以瓦为顶，以砖为墙。

其间唯一一只昏黄的老灯泡，努力地照亮晦暗的小屋，所以简悠一顿饭下来，也弄不清自己吃的到底是些什么菜，模糊想大抵是温了一遍午间的饭食。

她转头突然看见了放在墙角的她的一袋衣服，应该是爸爸走前放下的，装得满满当当一袋，从小衫到袜子准备得齐全，露出的蕾丝裙角皱皱巴巴。

最上头放着个粉色大头娃娃的存钱罐，是全家人出去玩时买的，只有存钱的口缝，要将钱拿出的话就得砸碎。简悠的花销都由妈妈经手，自己没什么零花钱，每天就等着爸爸下班回来要一些零钱，享受存储的乐趣。

睡觉前褪下那件白纱裙，中午红烧肉留下的油渍让简悠很神伤，她想妈妈一定又会念叨她这么粗心大意。

简悠慢慢坐在床沿上，茫茫然看了看周围，奶奶堆满旧物的小房间拥挤而晦暗。

妈妈现在不会念叨她了，可是为什么更难过了呢。

另一边，白云飞在妈妈的催促声中钻进被子，从枕头底下摸出手电筒，一瞬间光亮充盈了整个小世界。

他兴致勃勃翻开那本今天未看完的画册，急切地想要知道张无忌如何大战光明顶，突然间从画册中掉落出一颗糖果，彩色的玻璃纸在狭小的被窝里折射出奇异炫目的光彩，像是突然出现的宝藏。

四

叔叔家有个比简悠还小一岁的堂弟，稀里糊涂也被塞进了中心小学，原本简城大概想着两姐弟能一同上学，互相照顾。但事实是连一同上学都没有实现。

叔母每日尽心为堂弟准备早餐，再十分耐心盯着他吃完，害怕小胖墩似的堂弟营养不够。简悠跟着奶奶这边，每天拿着零花钱去校门口和慕斯她们一起吃摊点。

血缘相亲的两姐弟只有晚饭后才会胳膊碰胳膊一起坐在饭桌上写作业。

认识慕斯、乐彤两个漂亮的小姐妹让她一扫寄人篱下的阴霾，但回家不顺路的现实让简悠郁闷了一天，而发现和讨厌鬼白云飞相邻的状况又让她喜怒交加，纠结了整整三天。

这天照例是在出学校门的第一个右转路口和慕斯、乐彤告别，她恋恋不舍地挥手，看见走在前面同样和小伙伴告别的白云飞。

她皱着眉犹豫了三秒钟，还是追上去，学着上次乐彤一样抓住他的书包带子。

“喂，你去哪儿？”简悠睁着大眼望着他。

白云飞一顿：“一角书屋。”

“你去看书吗？还是，去看画册呀？”简悠一只脚直立，另一只脚尖点点地，带着几分腼腆。

“嗯，去看看有没有上新的画册。”

“那……能带我去吗？”简悠轻声问，抿着嘴有些不好意思。

白云飞皱了皱眉，考虑了一会儿。

简悠赶忙补充：“我不会给你添麻烦的，你不用管我，我就是……

就是想晚点回去。”她的声音和脑袋一样，越来越低。

白云飞想把书包带子抽回来，看她攥得紧紧的，又怕这粗糙的带子边缘会划伤她。

“行吧。”他伸手弹了弹她的脑门，笑了。

简悠捂着脑门，抬眼，笑眼闪闪。

顺着猫街，穿过一间间学生簇拥的小吃店，白云飞定在小李麻辣烫门前。

简悠顿了顿，一瞬间就想起了那火红火红的年糕，喉间仿佛蹿起那火焰燃烧的滋味。她不禁咽下一口口水，微噘着嘴望着白云飞。

白云飞一见她的尽样就乐了，差点儿捧腹坐地。他跑上前和老板娘说了几句，嘴角快要咧到耳根。

简悠气闷，转身跺着脚等他。

突然一团白花花软绵绵的东西抵上她的鼻尖，简悠吓一跳忙后退半步，才看清那串绵软晶莹的鱼丸，外皮炸至微焦，裹了脆亮的砂衣，颗颗粒粒生出毛茸茸的感觉，冒着盈盈热气。

“喏，加糖的。”白云飞笑着递给她，另一只手举着火红的麻辣年糕。

简悠欢喜地接过。

趁着热气小口咬下，弹软的丸子缠绕唇齿，滑入喉间，伴着砂糖丝丝的甜。

白云飞笑着，抬起一条腿成金鸡独立的姿势，握着竹签子伸出那剩下的半截麻辣年糕，向空中横扫：“嘿，玄铁剑法。”

简悠跳上前，伸出犹存两个晶莹鱼丸的竹签子向前刺去：“哈哈哈，那我就是玉女剑法。”

“喂，我才不要喊你姑姑呢！”白云飞跳脚，“你个新来的黄毛丫头，初出江湖怎么能当我师父！”

简悠噘了噘嘴："那……我是落英剑法行了吧。"她握着签子小转一圈，两颗鱼丸顺势收入小嘴中，涨得脸颊鼓鼓的，嘟囔着伸出兰花指向白云飞，"还有兰花拂穴手，嘿嘿。"

白云飞负手一笑，做了个收剑的动作："娇蛮精怪，也真是你啦！"

简悠用力咽下嘴中的两颗鱼丸，圆润杏眼笑得弯弯。白云飞看着她愣了愣，脑子里突然蹦出书中郭襄出生之时所绘几句：眉目娇美，神姿秀丽……

"也真是你啦……"他喃喃轻声说。

简悠咽完利落地将手中签子抛入后方的垃圾桶，马马虎虎地抬起袖子一抹嘴巴："啊？你说什么？"

白云飞无言地在心中翻了个白眼："没什么，走吧。"

一角书屋，店如其名，开在猫街的最角落，一角钱可以借一本书。

居民屋改造的小书屋，没有宽敞的门面，左侧是两扇玻璃窗，窗下置一张矮矮木桌，堆满新书与古卷；右侧开一扇小门入，苹果绿漆的木门，慵慵懒懒地半开，脚踩着半缕暮色斜影，扑面而来的是四面墙壁上，从地面直升至天花板的木色书柜。白云飞轻车熟路地绕过一排排书架，拱形中门后又是另一间相连的屋子，屋顶直通到二楼，墙壁的书柜构出一层阁楼。

简悠惊叹着被白云飞带到武侠书籍柜的区域，一个个熟悉的名字跳入眼中。

多少热烈惊魂的故事，多么卓绝快意的人物，都被一册册妥帖收藏，无比静谧之下暗潮涌动。

"怎么样，不错吧？"白云飞得意地抬起下巴。

"这是怎样的世外高人？"简悠轻轻拂过一列列书籍，张扬跳脱的名字一个个在指尖划过，兴奋和喜悦冲上眉梢。

“世外高人？”白云飞皱了皱眉，走向后方阁楼深处，“也算吧，听说他可是当年镇上的第一个大学生。”

一排排高大的书柜分散了头顶惨白的两管灯射出的光芒，依稀靠着书柜间昏黄的壁灯，简悠看见木色书梯上坐着执卷的人，他藏在明暗交杂的光影里，长腿随意舒展在书梯上，低着头看不见面容。壁灯从他头顶洒下，越过染金微卷的发梢，温柔地洒在他的书卷上。

简悠不禁张开了嘴巴，睁圆了眼：“他应是住在九天之外，蓬莱仙境。”

白云飞嗤笑一声，敲了敲她的脑袋：“你能把嘴闭上吗，口水快要滴到地上了。”

他转身从书柜最底层摸出本小画册，扔到简悠怀里：“喏，你的‘神雕’三。”

简悠兴冲冲地翻开，忽然间又略心虚地抬头问：“我们……可以这样直接看吗？”

白云飞搬来两张绿漆的小矮凳：“没事儿，镇上来这儿的人不多，都是学生借画册的。”努了努嘴又说，“老子每年的压岁钱都报销在这儿了，他还想怎么着啊？”

“那你为什么不借回去，买画册的钱应该可以借很多回了吧？”简悠轻声问。

白云飞眨了眨眼合了书，转过头看着简悠，很认真地说：“要么拥有，要么没有。”

下一刻，他似是想到了什么，眼神有些飘忽：“我不喜欢患得患失。”

五

简悠晚归并没有引起家中任何人的注意，奶奶习惯每天做好一天饭热在笼屉里，然后去乡镇老年中心和老伙伴们跳舞打牌，畅聊回首年轻时的绰约光景。

等着简悠回来的，只有趴在饭桌下弹玻璃珠的堂弟，见她回来连忙从桌底爬出来，努努嘴把桌上的作业推给她。

简悠从来懒惰成性，以往学前班时自己的作业都得妈妈凶着催着才勉强完成，时常还得靠爸爸帮她注水代笔。

上学前爸爸一脸期待地问她想去什么学校，简悠想也不想脱口而出："不用写作业的！"

痛恨功课的她却不得不为堂弟的作业低头，她不写，堂弟一秒开哭，惹来了叔母哄着问半天，嘤嘤呀呀指着简悠说不清楚。她窘迫又尴尬，无论怎么解释，叔母也不相信宝贝堂弟会不爱学习会让她写作业，毕竟叔母说过上万遍：

"我们家这个抓周可是一把抓上了大毛笔，将来一定是大才子，光宗耀祖的啊！"

她第一次学会妥协，发现退一步没有海阔天空，但是安静无事。

堂弟的作业大都是生字词抄写，没有难度但是费时累手，简悠抄完往往已经月上枝头，打了个哈欠就拜会周公。

让她感到海阔天空、后顾无忧的是好同桌白少侠，简直救她于水火，每天早上爽快甩来做完的作业，张嘴吃着她上供的馄饨，十分香甜。

两人还成了名副其实的低头族——每到课间休息就可见两个低着看武侠小画册的小脑袋。简悠属于后来居上者，看得比白云飞快，几乎就快看完他所有的库存。

白云飞看得不够快，因为他对于很多对白都不能理解，所以时常陷入思考。他不时抓抓后脑勺："欸，周芷若说：'若我问心有愧呢？'这个'问心有愧'是什么意思啊？"

“就是说，心里想的和嘴里说的不一样，自己都不好意思吧……”简悠随口应答。

“那这个‘相什么以沫，不如相忘于江湖’呢？”白云飞一头雾水。

“这个嘛……只可意会不可言传，你长大以后就明白啦！”简悠问心有愧，明明自己也并不懂得何意，但是又偏偏爱故作玄虚，不甘心承认。

“你比我还小，怎么你知道的就比我多呢？”白云飞很郁闷。

简悠将手中画册翻过一页，头也不抬：“我聪明喽。”

上课铃响，白云飞不断用手肘蹭简悠，见简悠没什么反应，狠了狠心一脚踩上桌下简悠的小皮鞋，这才将她的魂从画册的精彩打斗中拉回来。

“哎呀，干吗！”简悠后知后觉才感受到四周突然的寂静，像十二月的一阵风，悄无声息，又寒意四起。

简悠对上李老师的目光，脸唰地就红了。

李老师立在他们桌旁：“怎么回事，没听见上课铃吗？现在还没有把课本拿出来？”

简悠赶紧将画册塞入抽屉深处，又赶忙摸出了语文课本。

他们给李老师起的外号是“周芷若”——初见时温婉斯文，教训学生时威仪震震。

“你怎么不早提醒我啊！”简悠低头轻声道，不掩生气地瞪了白云飞一眼。

白云飞嗤笑一声：“你这么聪明，还听不见铃响啊。”

下课前五分钟李老师就结束了课程，看着底下蠢蠢欲动的学生，她咳了两声加大音量说：“下个月就是六一啦，到时候学校会举办六一联欢会，每个班都要出节目，有特长想上台表演的可以来我这儿报名。”

李老师刚说完，简悠就听见后座的乐彤问旁边的慕斯：“欸，班长今年唱什么歌啊？”

慕斯笑了笑：“还没想好呢。”

乐彤转头看到简悠头发上绑着的蝴蝶结发圈，缎带尾缀着两颗珠子，一摇一摇闪着光，常常不经意间就吸引了她的目光。她凑上前：“欸，简悠，你有什么特长吗？”又指了指慕斯，“班长唱歌可好听呢。”

简悠回头道：“之前学前班也有六一联欢，我在中间跳舞。”

白云飞转头道：“你还会跳舞？”

“之前在‘红舞鞋’学过一阵子。”简悠有些心虚，其实是妈妈随大流报名，逼着她学了一个月，后来压腿疼哭了，爸爸才下令不必再学了，“都是跟着老师学的很简单的舞。”

乐彤笑着说：“我和慕斯也学过舞，跟我们学校的一个音乐老师，听说她以前是舞蹈学校的呢。欸，要不我们三个六一一起跳舞怎么样？”她手舞足蹈起来，“我们还可以穿一样的衣服，别一样的发卡！”

简悠想起当初压腿的痛苦，后背就阵阵发寒，她努力笑了笑：“其实我还学过小提琴来着。”

“哇，简悠你可以啊！”慕斯笑着伸手刮了刮简悠的鼻头，“那你可一定要上台演奏一曲，给咱们班争光！”

乐彤蹭了蹭简悠：“你知道吗？白云飞口琴吹得也特别好，但是他怎么都不肯答应上台，多好的展示机会啊！”

周围的女孩也随声说：“对啊对啊，之前隔壁二班的一个会吹笛子的，六一吹了首《世上只有妈妈好》就快要横着走了，你可一定得把她比下去！”

“是啊是啊，老掉牙的歌还拿出来显摆，你可得演奏一首高难度的曲子，挫挫她的锐气。”

“啊？”简悠有些无措，“我的琴还放在家里没拿来呢，再说吧。”

想想之前练琴偷懒被老师数落的一年，简悠心有余悸。何况她只练过两首完整的练习作品，少数几次公开演奏也是抖着腿肚子和同伴一起合奏，让她一个人面对那乌泱泱的观众拉琴，虽然风光，但是出丑更可怕。

六

老师提前下课之于学生就像月底提前发工资之于大人，是一件其乐融融的事情。

简悠飞快地收拾好书包，欢愉地问白云飞：“老地方见？”

放学后举着火红的“玄铁剑”和莹白的“落英剑”一同奔向一角书屋不知不觉成了他们的默契，两人就像武侠画册书架下那两张苹果绿的小木凳一样，形影不离。

白云飞看着眉飞色舞的简悠，压了压嗓子说：“今天……我得早些回家。”

简悠从晴空万里变成了愁云密布，嘴角的弧度都下垂了：“这样啊……”

白云飞倒是被她这堪比川剧的变脸一下逗乐了：“怎么，你就这么不愿意回家啊？”

简悠有种被戳穿的心虚，噘了噘嘴：“没有啊，我奶奶今天还给我做了好吃的呢。”

慕斯突然乐呵呵探过头说：“既然都这么着急回家，不如我们一起走‘密道’啊！”

慕斯说的密道是学校后面被承包的工程地，拆到一半的老瓦房和建到一半的烂尾楼参差相间，断壁残垣围起破铜旧瓦，多年来荒草丛生。

但只要穿过这片废弃工地，就能直抵大道，往左就是慕斯、乐彤之家，右行即到简悠和白云飞的住所，原来之前他们都是围着工地外围绕道而行的。

白云飞面露犹疑，慕斯、乐彤及其他几个小男生跃跃欲试，简悠像个好奇宝宝一脸希冀。

他叹了口气背上书包："走吧。"

小孩子是很像的，女生凑在一起会暗自攀比衣裙饰物，男生聚在一起会竞争体育游戏，或者说，人都是爱比较的，只是小时候会纯粹一点、盲目一点、傻一点、快乐一点。

"我们比比谁最快通关，临阵脱逃的要被挂风云墙！"

一群疯孩子窜入弯弯折折的破楼，幽闭混乱的环境激发突出重围之心，一一将自己当成逃避追兵能够飞檐走壁、遁地无形的江湖游侠，默许互不相帮，渴望独身闯荡。

东折西拐的探奇路线打得简悠措手不及，不知跟着哪位英雄钻进了瓦舍，又跟着哪位侠女翻过了矮墙。

简悠只能依稀听着慕斯的呼唤，在欢声笑语和杂乱步伐声里踉跄前行，她又急又躁，又烦又怕，可最后还是一个人被落在了错乱的烂尾楼里。

闹腾声远去，风悄无声息地穿堂而过，空空荡荡，静得可怕。

简悠深一脚浅一脚踩在废弃建筑材料里，残砖旧瓦里荒草萋萋，寻不到什么同伴走过的痕迹。

她攥紧手，努力克服未知的恐惧，带着浓重的鼻音喊了一句："慕斯！"声音像是海浪拍打在四壁，回声在风声里飘荡，她没忍住，眼泪啪嗒啪嗒掉下来，眼前模糊，一脚踩进了积水的泥潭，泥水浸入小皮鞋，湿到雪白的蕾丝袜。

简悠环顾四周，新旧建筑默然无声，但无言自威地形成一种围困和压迫。

蓦然，她抬头，是极其广阔的天空，白昼余温与夜色紫幕盛大交接，天地之间，自身是何等渺小的一隅。

她听见带有名字的呼唤，随风飘荡而来，奇幻又安心。

白云飞气喘吁吁，因跑到她的面前速度太快，只能捂着肚子弯腰哈气，凑不出一句完整的责怪或安慰的话。

最后，他皱着眉说："走啦，回去吧。"

简悠用袖口蹭了蹭眼泪，笑得很难看："他们都在那边吗？"她指着白云飞来的方向。

"嗯。"白云飞拉着她往学校的出口走，"那边的外墙你翻不过去。"

简悠双手拉住白云飞，顿步："不行，我们要翻过去。"

"收起你这大小姐的别扭劲行不行？"白云飞皱眉，"别老是瞎逞能。"

"不行，一定得去。"简悠转身就向着白云飞来时的方向跑。

如果现在回去，她一定会被视为临阵脱逃，况且，自己不是说要早点回家吗。

外墙比两个简悠还要高一些，且布满苔痕，极易打滑。

"怎么样，回去吧。"白云飞嘲笑着说，"人啊，得认清自己几斤几……"

白云飞话未说完，简悠退后几步，助跑一段借力将书包甩过了墙。

"你干吗？"

"这叫破什么……沉舟。"简悠拍拍手说。

“好！真行，我小看简女侠了。”白云飞气极，“过来看着！第一步踩在这儿，然后借力踩到那儿。”他指着墙上残缺的几个砖头空。

墙那厢慕斯见着飞天而来的书包大喊：“悠悠，你没事吧？过得来吗？”

“没问题。”简悠答，冲墙这头的人一笑。

“呵！”白云飞嗤笑一声，简悠第三次从墙上滑下来。

他用鞋拨了拨脚旁的石头块，若非他提前清捡到一旁，这丫头怕是早就脑袋开花了。

“行了，上来吧。”白云飞走到墙前，蹲了个马步，冲简悠指了指背上，“别耽误本大侠回家。”

简悠低头撇撇嘴，两步挪作三步不甘不愿又无可奈何地过去，爬上白云飞的背。

白云飞扶着她慢慢站起来：“嘿，看着一点儿，没想到还真沉。”

简悠红着脸扶上了墙头，轰轰烈烈的一群人，最后也只剩下一个慕斯。她向墙那头的慕斯打招呼：“嘿！我来了。”

“干吗呢，赶紧上去啊。”白云飞喊道。

简悠小心翼翼地爬上墙头，抬腿时颤抖了一下差点摔下去，白云飞抬头一看，满是泥的皮鞋底就吻上了他的脸。

“喂！”白云飞气极。

简悠胆战心惊地坐在墙头，脸红得像是猴屁股，低着头小声说：“我错了……”

“你等着！”白云飞三两步熟练地跨上了墙头，两人面面相觑。

白云飞用沾满苔痕的手用力糊上了简悠圆乎乎的小红脸，将她的嘴巴挤得和她瞪出的眼睛一样圆，然后坏笑一声，利落地翻身下墙，耍帅地做了个手撑地的半跪姿势。

“喂，悠悠还在上头呢！”慕斯抱着简悠的书包说道。

白云飞拍拍手上的泥，拎过简悠的包朝墙头上晃了晃，一脸坏笑：“你不是破釜沉舟的女侠吗？”

“你接我下去！”简悠气吼。

白云飞捂着肚子笑：“噢，女侠轻功不行啊，初出江湖就挂在墙头啦，哈哈哈……”

“你到底想怎样啊？”简悠坐在墙头，晃着腿差点一个失衡跌回去。

“这样吧，襄儿唤一声云飞哥哥，本大侠就考虑考虑英雄救妹，怎么样啊！哈哈哈……”

简悠扶着墙头，低下头道：“那你过来点儿，我腿麻了没力气……”

白云飞灿笑着走过来，抬头笑道：“来吧，好妹妹……”

他话还未说完，只见扑面而来一团黑影，猝不及防，来势汹汹……

“我去！”白云飞被跳下的简悠砸得生疼，吼出这一句更觉肺腑俱伤。

简悠慢慢地从白云飞身上爬起来：“说到做到，破釜沉舟。”

“你快起开，你沉死了！”白云飞撑着腰站起，把书包扔给她。

“行啦，你们俩没事就好，我也算是最后的见证啦，恭喜两位明天不用挂风云墙啦。”慕斯笑得开怀，蹦蹦跳跳着回了家。

简悠跟在颤颤巍巍的白云飞后头，晚霞在他们身后一点一点褪去，向着越来越暗的方向，却是家的方向。

“这样弯弯绕绕还要翻墙的‘密道’真的有比绕道快吗？”简悠看着地上的光影一点点变暗变短，终于到了奶奶家门口。

“如果没有办法改变终点的平淡，那就努力将一路走得新鲜一些、刺激一点喽。”白云飞撑着腰，头也不回，抬起一只胳膊向后挥了挥。

“明天见啊！”简悠朝他渐入黑暗的背影喊道。

她弯腰拉起裙摆，膝盖的血浸透了纯白的裤袜，黑红一片，她轻吹了一口气。

还好，至少他们明天不会被挂墙了，毕竟他可是那么爱面子的人啊。

是唯一回来找她的人啊。

七

简悠没有想到的是，白云飞还是被挂在风云墙上了。

其实所谓的风云墙，也不过只是学校侧门篮球场边的一块黑漆墙罢了，是多年前机关宣传思想纪律之地，后来机关搬迁，不知谁人开始依墙放置渔船，上置遮雨木檐。

他们这个年纪，踩在渔船上刚好够上黑漆墙，写下的粉笔字，有遮雨檐庇护，经久不消，地势又高，来往学生上课放学必经此地，故而成了流言蜚语和八卦抱怨的聚集地和传播源。

开始时只是用来抱怨老师功课，发泄不平怒气，但越是不通人世的小孩，其用词之粗鄙难堪就越是超乎想象，无论是出于自尊心还是虚荣心，或者仅仅是长日无聊，这块墙都热衷于哗众取宠。

这一天，白云飞没有来上课。

简悠暗叹侥幸又惴惴不安，侥幸是因为抄作业成全文粘贴太过明显而被抓包，她被罚蹲马步一堂课，白云飞幸免于难。

不安在于，她纠结是否自己真的太重将他砸至卧床重伤？

罚站的小姑娘一会儿咧嘴偷笑，一会儿愁眉紧锁，任课老师怀疑这孩子罚过头导致精神异常，向班主任求情，饶过了她。

拖着酸胀的双腿和纠结的心情，放学的人潮带她来到这块墙面前，第一次向她堂而皇之地展现来自这个世界最纯洁的恶意。

第二天清晨，简悠的小皮鞋在走廊响得清脆，她蹦蹦跳跳跑到白云飞身边："喂，白大侠这么虚的吗？砸一下第二天就起不来床了？”

白云飞合上画册，扯了扯嘴角微微一笑：“是啊，你太沉了。”

简悠噘了噘嘴坐下：“哪有！”

后排的男孩跑过来拍了拍白云飞的肩：“你动作够快的啊，兄弟本来想帮你报仇都没机会了。”

白云飞的笑褪了：“你说什么？”

简悠撑着胳膊脸色泛红，敲了敲桌子：“欸，快上课了。”

男孩看了看时间：“噢，是快了。”迈出一步准备离开，简悠舒了口气。

谁知他又转头问了声：“欸，你爸那事是真的吗？”

声音不大，但连隔壁又隔壁的简悠也闻言屏息，何况白云飞。

简悠装作未闻，用余光看过去，白云飞的脸还是一下就青了，低着头，默默不语，留在书页上的手由五指攥成了拳，微微颤抖，骨节分明。

这一天的课，白云飞没有抬头，简悠没有转头。

讲台和教室有不断变幻的身影，天空有不断卷舒的云雾，树上有不断停落的麻雀，有两个让时间凝固的人，一个在思考怎样才能让身旁的人不悲伤，一个在思考怎样才能让身旁的人看不出悲伤。

最后融化时光的人是简悠。

“放学后一起去书屋吧。”

白云飞看着眼前人的弯弯眉眼，点头：“好。”

人潮再一次展现了它的威力。

白云飞站在风云墙前很久很久，那目光像是火焰被冷水浇灭后升起的白烟，悲愤之后只余苍凉的叹息。

比他更气愤的是身旁的简悠，她不禁双手叉着腰：“老虎不发威当我是病猫吗，病猫不发威当我是Hello Kitty啊！”

白大侠淡然得多，超然物外般给了她一个苦笑：“我先回去了。”

简悠愣了愣说：“好。”

乐彤说得对，他的口琴吹得非常好听，简悠一路跟在后面，轻灵的琴声一路飘洒，像是节奏很慢的乡谣，清朗的乐曲携着忧伤，路过那一丛喇叭花。暮色里花瓣半合，小小少年的身影背着光踽踽独行。

简悠步子踏得极轻，踩着前面人的倒影。

你回家就好，这点小事我来搞定，不用劳烦大侠出马。

是夜，简悠拎着小水桶、鞋刷子、抹布、粉笔愤然而来，再次大干一场。

次日，李老师对于前排的两位熊猫学生很是不悦，频频点名提问，多番突击检查课本下的小画册，一无所得，翩然而去。

放学后，白云飞见某小皮鞋所有者飞奔看墙，其怒上眉梢，垂头丧气之态，令白君不禁哑然失笑。

周末，白云飞前往书屋消遣，从来藏在暗里不发一言的老板，看不下去他东翻西逛，以两秒一侧目的频率四处张望，开口道：“她今天没有来哦。”

此夜，月明星稀，某擦墙业务纯熟者踱步而至，刚放下小水桶，被某手电筒持有者人赃俱获。

强过明月百倍的刺目白光自渔船一角投射过来，简悠抬手闭目。

完了，打得过吗？

伴随入耳的是一声清朗嗤笑：“大晚上挺精神啊。”

白大侠笑得清风霁月，坐在渔船边双腿轻摇，潇洒如无关他事似的。

“简女侠这么仗义，小生无以为报啊。”他收了手电筒，走至简悠跟前，淡然注视着眼前之人垂睫如羽，眼下青晕与眼中血丝瑕不掩瑜。

“有报有报，作业帮我写，画册借我看。”她张嘴打了个哈欠，语声呜咽娇嗔。

语毕，她的小手小脚悄然爬上渔船，拎着抹布细细擦拭，稍高处还需踮着脚尖伸长了胳膊慢慢够上。她动作迟缓，却腹诽不断：这谁长得高了不起啊！不能干点正事吗！

白云飞静静瞧着她，眼眶微热，跨步踩上渔船，抢过简悠手中的抹布，三两下用力地擦去字迹，所有被压下的不甘、委屈、愤恨都在这擦拭中得以释放。

半晌，他轻声问：“你相信吗？”

简悠转头，小小少年修长的脖颈低垂，眉眼藏在黑亮的额发之后。

相信什么？你的父亲是个牢犯？在回家当天再次被捕？

仿佛过了很久很久，少年的泪水即将决堤。

“我相信你。”她的语气温柔而铿锵，“我相信白大侠是很好很好的人。”

白云飞举着手抵在墙上，将头埋在手肘里：“杨过大侠也是很好的人，可是纵然他行侠仗义，名满天下，也无法改变他父亲犯下的错误。”

“可是杨过就是杨过，无论他父亲是谁，无论他父亲做过什么，杨过都是杨过，都是行侠仗义的杨大侠，是名满天下的杨大侠。所以无论发生了什么，白云飞就是白云飞，是很好很好的人。”

简悠弯腰从身旁的粉笔盒里拾起一根粉笔，一笔一画写在黑亮干净的墙上。

白云飞“扑哧”一声笑出来：“姑娘如此盛誉……”话语带着一行

泪的温度，“还真是名副其实。”

“杨过给过郭襄三根针，代表三个愿望。”白云飞从她身后的粉笔盒里抽出三支崭新的粉笔，“我没有随身带针的习惯，但这是我许诺的三个愿望，天上地下，言出必践。”

简悠双手捧过，小声嘟囔：“针好歹是铁的结实，粉笔很容易折断欸。”突然，她眼睛一亮，“可以掰成一段一段用吗？”

“行走江湖，脑子真的很重要。”白云飞感慨一声。

他弯腰从之前坐着的地方拎起一只小铁桶，金黄的油脂在月光下莹润如琥珀。

小刷子刷出一道道星河，将唯一的一行字迹凝成了永恒。

“全世界最好的白云飞。”

第二章

窈窕淑女，琴瑟友之

一

李老师再一次把简悠喊到办公室的时候，她手心的汗擦了又溢，溢了又擦，毕竟自问无才无德，上课走神下课闹腾。

“六一学校要举办联欢会演你知道吗？”李老师坐在办公椅上姿态娴静，语声温柔。

可不管她说什么听到简悠耳朵里都是向着最坏的方向狂奔：怎么，要让我在联欢会演上念检查？这不太好吧？但是比起蹲马步罚站……好像也还行哈……

“你愿意在会演上表演小提琴吗？”李老师将温暖的手掌抚上简悠的肩膀。

简悠浑身一颤：“行啊。”

“那就回去好好准备一下吧。”李老师笑如桃花。

好的，要写多少字来着，上次那篇还能凑不？等等，准备个什么？

简悠回过神来，睁大了眼睛望着李老师，满脸的不可思议和苦不堪言。

温柔无双、工作能力一流的李老师作为班主任，一下就看出了简悠的……紧张。

“别紧张，你年纪还小，不用准备什么复杂的曲目，通俗简单的练习曲就行了。”

“老师我……我不行啊。”简悠好吃懒做，那四根弦拉得她心知肚明。

“每个班一共就两个名额，你可不要辜负学校的厚望啊，还有你的父母，老师听说他们平时工作很忙，但是这样公开的演出，说不定也会出席，以你为傲的。”

不得不说，文字是语言的艺术，语文老师的口才真是一门艺术，简悠被说蒙了。

“可是，我从来都没有一个人演奏过，我怕……”简悠背脊透凉，汗如雨下。

“那为你找一位搭档合奏，听说二班有一位吹笛子的女生不错……”

那个演奏老掉牙的《世上只有妈妈好》的女生？还不被同学们笑死……

“老师，我……有个绝世无双的搭档！”简悠眼睛一亮，抿嘴一笑。

李老师闻言欣慰，但怎么感觉这孩子笑得怪怪的？还坏坏的？

二

白云飞发现坐在身旁的人丢了魂，双眼放空发呆，手里的画册久久未翻。

他感觉自己中了吸星大法，目光老是不自觉向旁边瞟。

终于，简悠轻咳两声，一本正经地说："白大侠，我忽然发现了中原武林中一个潜藏多年的秘密！"

白云飞头也不抬，指尖兀自翻过一页："哦。"

"你有没有发现，很多高手都是以乐制敌，杀人于无形的？"

白云飞终于抬头，简悠双手捧着下巴接着说："比如黄钟公的'七弦无形剑'，通过内力激发琴声来扰乱敌人；再比如莫大先生，随身携带胡琴，琴剑合一；还有黄药师的箫，惊涛骇浪连绵不绝；欧阳锋的铁筝，真是金戈铁马万马奔腾……"

简悠说得起兴又卖力，白云飞瞥她一眼："所以呢？"

简悠知道机会来了，将椅子挪上前，凑到白云飞跟前："所以我觉得白大侠也应修习一门乐器，这个……江湖险恶，以防不测。"

"哟，在这儿等着呢。"白云飞嗤笑一声，伸手敲了敲简悠脑门，将凑到跟前的一脸讨好推远些，"我可早听慕斯说了啊，是李老师指定你参加六一会演，现在还想拖我下水啊？"

"这个……人在江湖，身不由己嘛！"简悠讪讪一笑，"白大侠拔刀相助一回呗。"

白云飞摸摸下巴，咧嘴一笑："是我们简女侠㞞了吧？怕一个人在台上紧张得尿裤子吧，哈哈哈……"他盖着书笑得肝颤。

"你到底来不来？"简悠低着头，声音糯糯的，透着不甘心的请求。

白云飞被逗笑："我才不凑热闹呢，我得在台下占个好位置，观赏简女侠尿裤子的盛况。"

"哼。"简悠气鼓鼓抬头，拉开书包，"盛况是吧？那咱们就一起当笑话吧！"

被裹了三层纸巾装在糖果盒子里的粉笔被抽出一支：“天上地下，言出必践，白大侠可别忘了！”

“咔嚓”一声，粉笔折断，伴着女孩得意一笑。

“你就这么用掉一根了……”白云飞看着她讪笑，合了书，双手枕在脑后，“行啊，盛况也好，笑话也罢，我都陪着你。”

暖黄色的壁灯洒在他的周身，认真许诺的眼神，像藏了一片星空，简悠突然觉得，这个讨厌鬼还挺好看的。

“可是，口琴和小提琴搭得上吗？”白云飞撑着下巴。

“不……是钢琴哦。”简悠侧头眨着眼笑道。

一周前，简悠扒在办公室门口张望许久，本想守株待兔，结果不幸被兔子似的音乐老师捏着脖子拎起来了。

简悠挠挠头：“老师，我们学校有钢琴室吗？”

肤白胜兔的音乐老师皱了皱眉头：“欸……算是有吧，可你们班申报的节目不是小提琴吗？”

“噢，我邀请了一位钢琴伴奏，还得请老师您培训一下。”

“你们有兴趣当然好啊，不过我的专业不是钢琴，只是曾经辅修过，所以也只能教一些简单的通俗曲目了。”

简单才好啊！简悠心想，我这双懒手根本不允许高难度啊。

老师所说的钢琴室是镇上废弃的宗教建筑，建校时未来得及拆除一并划入了学校，连同其中的桌椅设施悉数捐赠入校。瘦高的建筑藏在郁郁葱葱的榕树底下，时隔经年，不被注意。

那是一间非常破旧的老教堂，外观上被摧残得没有一点哥特华美的影子，连屋顶的十字架也挂满了树丫枝蔓。屋顶的浮雕古朴斑驳，彩色钩花的玻璃残缺不齐，形状各异地透出五彩斑斓的光和丝丝缕缕的风。壁灯昏黄，照亮一排排木质长椅上圈圈画画的纹理，每一道凹陷的木痕，都在诉说一份经久稽首的虔诚。

而最里角落的木色钢琴，与表面的浮尘一般，大概沉默了很多年。

简悠抬起琴盖，灰尘簌簌落下，随意弹起几个音符，入耳悠扬，久违的感觉涌上心头。她笑着单手弹下去，指尖沾上积尘，毛绒而干燥的质感。那是一首旋律简单的练习曲，节奏轻快，之前每次调琴老师都习弹此曲，简悠乐感不错，耳熟之后渐渐上手，老师也专注调音，乐得轻松。

佛曰：人有六根和六尘，六根即眼、耳、鼻、舌、身、意，六尘为声、色、香、味、触、法。

但很多时候，我们都无法控制自己看到什么、听到什么、尝到什么，而所谓“爱美之心，人皆有之”，我们对于美好的东西有着矢志不渝的追求，用色彩绘画愉眼，用美味佳肴愉舌，用天籁乐音愉耳，美好的事物令人快乐，而人们也热衷于创造和探索这份快乐。

钢琴旁是一扇玻璃斑驳的大窗，爬满葱茏的藤蔓，熹微的光透过丝丝叶脉。女孩飞舞的手指像是雀跃的精灵，伴着悠扬的琴声，小小的人儿漾出柔和的光彩，无形而灵动的翅膀。

白云飞第一次有了一种强烈的想法，他想走进那束光里，拥有一双翅膀。

三

简城在周五的晚上回来，孤身一人，载着简悠的琴，驾驶着银色的小汽车从种满雏菊的转角出现。两束车光投来时，简悠忍不住地欢欣雀跃，她第一次这么渴望那刺目的光，来自家的方向。

简城一身工作和行车的疲倦，又奉上了一沓生活费，吃完晚饭慰问之后不久离开。

简悠还没来得及告诉他，现在每晚她都奋笔疾书写双份作业，不用他下班还要闹心了；叔母和奶奶居然是分厨房的，奶奶的菜很寡淡，但是她也不敢去叔母那边；每天有很多路人在门口张望夸赞她们家的小洋楼，她告诉他们那是她的家，他们都不肯相信，说她说谎，她哭着坚持也没用；还有，她现在很乖很乖了，那么什么时候才能回家呢？

夜色深沉，车灯的光芒从耀眼到一点点远去暗淡，最终消失在那个种满雏菊的转角。四周寂静，空气中有父亲留下的淡淡烟草气息，简悠抱着琴盒，脚边是一大袋的衣裙鞋袜等生活用品。

她难过地看着这些精致的衣裙，突然想到，自己的东西在一点一点地迁移而来，与家的联系一点一点减少，她还有多少东西呢？

还好，小孩的注意力是很好转移的。

琴来了，选曲立刻成了一件很纠结的事情，如何平衡老师方代表的喜庆贯耳和学生群的新潮脱俗，当然最最重要的是，简悠的懒手和白云飞的生手。

首先为表尊敬咨询的老师方似乎和去年的《世上只有妈妈好》杠上了，希望传递出舍小家为大家的教育精神，力荐《歌唱祖国》，简悠客气地扯了个笑。

懒惰和淡定的区别大抵在于心虚，还好两个孩子都是心大的，放学后还能欢欢喜喜去拥抱画册。

世间诸事，但凡心中种下过一丝念想，有如太阳系有了中心，星河荡漾，万千因由不觉自转。

那是他们第一次听见书店的电话响起，三个人都原地愣了半晌，眯着眼敲脑袋质疑自己是否出现幻听。

还是钉在书梯上的人最快反应过来，扔了手中的书一步从书梯上跳下来，落地砰的一声像是崴了脚，踉跄着飞奔到书堆里扒拉出铃声的来源。那是简悠第一次看见站起的老板，架在梯上的长腿果然来自这样高挑的男子，瘦而稳当，眼眸深沉，下颌与鼻骨的线条如削。

他举着电话像个不知所措的孩子，嘴角带一点点弧度，几句话后眉眼开怀，那个久久坐在黑暗里的人，是否等到了他的光？

“怎样才能成为世外高人呢？”简悠托着下巴喃喃。

“历尽爱恨情仇，看遍世间万象，大闹一场，悄然离去？”白云飞低头一笑。

小孩子想要成为大侠，大侠想炼成高人，那么高人呢？

待到山登绝顶我为峰，睥睨天下，众生俯首，还有想要的吗？

老板缓缓不舍地放下电话，抬起头浑身重新舒展，仿佛蝴蝶冲破漫长的蛹。

“我们想要这首曲子。”简悠走过去，这是她第一次和这个沉默寡居的男子对话。

“什么？”男子半蹲下，迁就她的身高，脸上的笑还未散去。

“我们想要这首让你快乐的曲子，成为你的来电铃声。”

“As days go on and on I grew up and had my first love.（日复一日，我长大了，有了初恋。）”微笑的男子轻声说了一句她听不懂的话。

“曲名为《童年》。”他揉了揉简悠的脑袋，眼里都溢出温柔。

四

世外高人就是世外高人，不管他待在悬崖底下山洞里头，还是蹲在破书屋里，总能指点迷津，颠倒众生。

“呵，不就是学校广播台开机那曲儿吗？”白云飞嗤笑一声。

简悠回头，一脸懵懂：“我怎么没听过。”

“大小姐你每天早上补作业，上课盼下课，课间看画册，长期处于精神的极度亢奋之中，上课铃都听不见，还能听见个啥？”白云飞的嘴皮子和翻白眼一样溜。

“既然白大侠这么熟，那么应该很好上手喽。”简悠闷闷负手，“明天，开练。”

白云飞将从书店老板那里拿来的乐谱端端正正放在谱架上，微黄的纸上用铅笔注上稀疏的节奏提示，他想：简女侠的字真丑。

眉梢眼角不自觉地泛上笑意。

他之前练口琴早已识谱，对于旋律又熟悉，找到手感后，练习起来进步奇快，不出一周已经能慢慢连贯着弹完整首曲子了。

作为出头鸟的简悠，起初拉得还有些磕磕巴巴，找回感觉之后也算是配合得不错。当然，得是简大小姐沉下性子不耍脾气的时候，拉错滑音、按弦不稳等诸多导火索都能让她气得跺脚，但是绝不罢工，只是自己和自己较劲，孜孜不倦一遍又一遍反复地拉。

白云飞觉得拉琴的简悠是不一样的，相较于懈怠课堂、应付功课的她，虽然还是懒性不改，每到训练前就愁眉苦脸，但是当她架起琴执弓的那一刻，她是全心投入，专注而沉迷。

这样的简悠，令他移不开眼睛。

学校会乐器的孩子不多，这间积尘多年的破落教堂因为两人的排练倒是平添了些趴窗户。不相熟的同学，更多是莫名其妙地路过，慕斯和乐彤则是爽快拎着冰镇汽水来当观众。

简悠是个外皮内㞞的家伙，没人的时候认认真真沉淀在演奏节奏里倒是顺畅，但凡墙头窗口冒出几个陌生脑袋，腿肚子就开始打转，手也不稳起来。

白云飞哭笑不得，拉来慕斯和乐彤给她打气。

“悠悠，别㞞，拉得多好听啊！”慕斯递来一瓶汽水。

“对啊对啊，学乐器的女生就是有气质。”乐彤笑道，抬手擦了一把汗，走到窗边想要开窗吹吹风，瞧了半天却没找到窗口的插销。

简悠连忙走过去，将琴递给乐彤，腾出手从窗子底部摸上木闩："这窗户年久失修，插销都和木头锈在一起了，不仔细看都看不大出来。"

乐彤闻言一笑，看了看手中接着的琴："那个……能让我试试吗？"

简悠一笑，帮她架好琴："嗯，下巴可以靠着点。"

乐彤性急地拉出一道尖锐的杂音，脸一下红透了："哎呀，我不行，还是还给你吧……"

"没事儿，我刚拿回琴的时候跟你一样的。"简悠不好意思地挠挠头。

"真的，把我给吓得呀，我还以为这琴坏了呢。"白云飞靠着钢琴大笑。

慕斯深知乐彤的薄脸皮："欸，让我也试试呗。"

慕斯接过琴，随意拉出一道沉闷的低响："看来这玩意儿没学过还真不行啊……哈哈哈……"

乐彤终于抬起头喝了口汽水，慕斯将琴还给简悠。

"彤彤，你们的舞练得怎么样？"

乐彤粲笑："我练得挺好的。"

简悠道："嗯？你们不是一起跳舞吗？"

乐彤道："斯斯被老师喊去排校歌了啦，说今年缺少歌曲类节目。"

哦，这样啊，可李老师好像说过每个班两个节目名额来着？

简悠转头看了看白云飞，见他低头轻轻抚摸着黑白琴键，因天热而大开的窗送入一阵清风，牵动少年的衣角。

五

简悠的卷笔刀坏了，放学后两人排练完一起去买新的，简悠挑来挑去犹豫不决，想着是粉色兔子图案，还是黄色鸭子的呢？粉色可爱，黄色活泼，都想要啊！

白云飞翻了个白眼，拿起蓝色小熊让老板收钱。

“哎呀，男生才用蓝色呢，女生不行，不好看！”简悠气得大吼。

白云飞道：“你今天用我的不是挺顺手的吗？我看你的笔削得跟容嬷嬷的针似的。对啊，你一直用我的不就完了吗，拿钱多买几本《射雕》画册多好。”

“你不懂，物不如新，人不如旧，用新东西开心呀！”简悠气呼呼地付钱。

白云飞笑开怀：“那你好好保持。”

这夜回到家，简悠用新卷笔刀将笔盒里的“针”又磨了磨，忽略作业写到一半跑进叔母卧室的堂弟，心满意足地糊弄完了作业，睡得香甜，起得大早，欢欢喜喜地背上书包去学堂。

白云飞很后悔，如果再多一点点耐心，让她选“兔子”和“鸭子”就好了。

叔母闹到班上来时，刚上完第二节课，教室里热热闹闹。

围裙都没卸的叔母闯进教室，一把从抽屉里拉出简悠的书包，零零碎碎的东西洒了一地。

简悠站起来，一言不发地看着她。

叔母从地上捡起那个蓝色小熊的卷笔刀，铅笔屑从中洒出来，落到简悠的头发和领口。

“你居然偷你堂弟的东西！小小年纪不学好，跟你爹妈一样吃里爬外，就会从家里人身上赚便宜！”叔母的声音震耳欲聋，整个班甚至整条走廊都静下来，回荡着她的骂声。

叔母举起巴掌，简悠涨红着脸抬头瞪着她，毫不回避，巴掌落在了肩胛处，不过瘾又想补两拳。

白云飞将简悠拉到身后：“你干什么！这是她自己买的！”

慕斯道：“阿姨，你搞错了吧，怎么可以在学校打人呢！我这就去找老师。”

乐彤躲在慕斯身后：“对啊，阿姨，你误会了吧。”

叔母气愤地一脚踩上简悠满地的文具和书包。

简悠想冲过去，被白云飞拦在后面。

叔母发泄完了站在教室门口接着骂骂咧咧：“我告诉你，别一个个都以为我们家好欺负。这事儿没完，你回来和你堂弟对峙！”

简悠站得笔直，冲她嚷道：“好啊！”她眼睛瞪得圆圆的，直视着叔母离开的方向，手指攥成拳，身体忍不住地颤抖。

走廊上挤满了看热闹的学生，一个个脑袋探在门口，一张张脸挤在玻璃窗上。

旁观者的目光像是一支支寒箭，或许没有恶意，没有声音，但是其中的猜疑和嘲笑都在凌迟着简悠的自尊。

她缓缓蹲下，捡起踩脏的书包，一本本拂去画册上的灰迹，铅笔芯留下一道道灰痕，越擦越脏，眼泪在这个时候啪嗒啪嗒掉下来。

熬到放学去教堂练习，一路上都是东躲西藏的目光和细细碎碎的耳语：

“不是说她爸爸很有钱吗，怎么还偷堂弟的东西啊……”

“谁知道呢，别看她每天穿得漂漂亮亮，手脚这么不干净……”

“把你的嘴放干净点吧！”慕斯在后头高声教训他们。

简悠沉默地低着头往前走。

“你今天还是不想早回家吗？”白云飞跟在后头。

简悠不语，他冲上前来，挡在她面前：“不是要回去对峙吗，我们清者自清，我陪你去。”

简悠抬头，眼睛肿得像兔子。

白云飞气极，一把拉起简悠：“走，我陪你回去！”

他们风风火火，满腔正气地赶回家，可笑的是家里空空荡荡，一个人也没有。

自以为的邪不压正、清白不二，却连个张嘴的机会都没有。

入夜，前往邻镇吃宴席的一家人回来，洗漱就寝，大概没有人记得上午那场公开污蔑叫骂的风波。

简悠躺在床上，怔怔地望着漆黑的天花板，翻身，左眼的泪流到右眼。

奶奶已经睡熟，她轻手轻脚地下床，从桌上抱起那个粉色大头娃娃的存钱罐，颤抖着拧开房门。

她跑到对面自家的小洋房前，透过门上贴花玻璃的空隙向里张望，黑暗里安静的大水晶灯，在微妙的丝缕光线中折射着闪光。

她不敢再看，抱着存钱罐坐在地上，背靠着家门，冰凉中探寻安全感，泪眼蒙眬地注视着小路的尽头，奢望栽着野菊花的转角，迎来父亲熟悉的车灯，像两只眼似的白光，她没有任何一刻像现在这么渴望回家。

午夜三点半，天空一片青紫，她恍惚间看见一束白光，不是一双眼睛，是一个月亮。

她懵懵懂懂地疯狂跑过去，向着光源投出的阳台喊：“白云飞。”

她不敢大声喊怕吵醒别人，也不敢太小声怕他听不见。

两难郁闷中，白云飞举着手电筒从阳台探出睡得乱七八糟鸟窝似的脑袋。迷蒙的眼看见底下穿着睡衣拖鞋、傻愣愣站着的简悠，瞬间惊醒，神清气爽。

他踮着脚提着鞋跑下楼：“你大晚上不睡觉干吗呢！”

简悠擦擦泪渍干竭的脸，轻声说：“你陪我回家吧。”她掏出一根长长的粉笔。

白云飞清醒过来，知道她口中的是宜市的家，一把抢过那根粉笔，一肚子话想骂醒这个疯丫头。

可他还没张口，疯丫头一句话又让他一肚子莫名其妙都憋回去了。

她说：“我想我爸妈了。”

谁不想呢。

六

泰戈尔说：“飞鸟从天空飞过，它并没有留下痕迹。”

有的人看过万水千山的风景，或是听过飞机的轰鸣、火车的汽笛，抑或是看过汽车飞速掠过的画影，效率与速度使人不会太记得经过的路。

但是用脚步丈量过的漫长路途，每一站都记忆犹新。

昔日简悠穿着漂亮的衣裙，伸出胳膊捕捉过往的风，她不会知道路途的漫长。此时她踩着拖鞋，一步一个脚印，刺入天际的梧桐树，叶片沙沙作响，十五米一盏路灯，她数着一盏一盏明晃晃的路灯，天一点点亮起来。

寂静的道路偶尔驶过几辆货车，比风更快，比风更响，和风一样不会为两个孩子停留。

“还有多久呢？”简悠声音很轻，她是最没资格问的人，声息随风而逝。

“快了吧。”

白云飞声音很温柔，因为他知道，身旁之人此刻最怕的不是路途迢迢回不了家，不是即将面临的来自任性代价的责骂，她最害怕的是自己离去，留下她一个人在这条不知该进该退的漫漫长路上。

简悠不敢多问惹得他厌烦，但是她撑不住了。在眼前的月亮彻底湮入黑暗前，她忍不住最后问了一句：“还有多久啊？”

快了吧？

白云飞顿步，风过耳畔带着梧桐树沙沙的响声，身后的人没有了声响。

接下去的一切，简悠很混沌，有温热的雨水滴在她脸上，身体像是在坐过山车，箍紧了软软的安全座椅也止不住颠簸晃荡。大货车驶过的路面在风声里地动山摇，伴着恳切的请求声、急速的刹车声和刺耳的咒骂声。

世界颠倒喧嚣，从不吝啬向孩子展现它的丑陋。

吵吵闹闹里，简悠皱了皱眉头，她想说话却发不出声音。

她想和一个男孩说：“嘘，你看，有片梧桐叶落在我的脸上，凉凉的。”

七

简悠昏睡了一天一夜，睁眼时叔母给她换上新的湿毛巾，她撑着手坐起来，扯开了额头上的毛巾。

“嘿，这孩子。”叔母收起毛巾。

“醒了啊？”奶奶颤颤巍巍走过来，满是皱纹的手抚上简悠额头，硬而暖。

晚间奶奶端来鸡汤，她小口小口咽下去，房外传来叔叔和叔母断断续续的谈话。

“这要不要给大哥打个电话什么的……孩子都病了呀。”

“你问我干吗，又不是我让她发烧的呀，是她自己不学好跟那个牢头犯的儿子跑出去的呀。我们这好吃好喝炖汤养着她，对得起了呀！那边可是打了一晚上，现在还没消停呢……”

简悠一愣，摇了摇头，鸡汤太腻，她整颗心都沉甸甸纠在一起，难受得很。

她看见那个粉色大头娃娃的存钱罐完完好好摆在桌子上，被护得一丝裂缝也没有。

夜华如水，她披上一件针织外衣，慢慢走出去。

不开一盏灯的中堂静悄悄的，黑暗里万物屏息致敬，穿堂风都放慢了脚步，冰凉冷硬的大理石地板上跪着沉默的少年，腰杆笔直，像一尊雕像。

听见身后微弱的抽噎声，他扯了扯嘴角：“不准哭啊，你哭起来丑爆了。”

简悠撇着嘴：“对……不……”

“喂。”白云飞转头看着她，“你的琴练得怎么样啊？谱子记下来了没？”

简悠呜咽着，舌头打战，凑不出一句话。

“瞧你这出息，哼个调给本大侠听听吧，唱着歌，就不想哭了。”

白云飞轻轻哼唱起来，略沉的鼻音混着少年清爽的腔调，简悠靠在门边，一声声跟着，依然是悠扬的歌，依然是让人快乐的曲子。

“简女侠，我们要名震四方，要大闹一场哦。”

“遵命。”

八

老师在会演前一周查收节目，五月热气蒸腾的午后，简悠和白云飞打起十二分的精神。

简悠调好琴，举起弓，两人相视一眼，一，二，三……

轻快清新的曲调在风中悠扬，专注的女孩和男孩嘴角微微带笑，指尖飞舞。

老师的掌声回荡在空荡破旧的小教堂里：“不错不错，超出我的预期。”她笑着拍拍简悠的肩，“你们配合得很不错嘛。”

简悠朝白云飞灿烂一笑，白云飞朝她挑了挑眉。

“对了老师，之前说每个班有两个节目名额？”简悠突然想起。

“对啊，要控制演出时长嘛。不过放心吧，乐器类节目不多，你们又练得这么好，一定能上的！”老师笑道。

“那……慕斯和乐彤她们呢……”简悠走上前小声问。

老师面露难色：“慕斯排的是校歌，肯定得上了，乐彤的舞蹈嘛……今年似乎很多班都排舞，已经饱和了……”

简悠垂下头，不知该说什么。

后面要查的节目还有很多，老师没有久留。

“天气预报说最近有雨，你们走之前要注意关好门窗哦。”

白云飞走上前，双手拍上她婴儿肥的脸，嘴巴被挤得和眼睛一样圆。

“干吗啦！”简悠想推开他的手。

白云飞笑得开心：“上台不准尿裤子哦，别毁了本大侠的一世英名。”

简悠瞠目：“才不会呢！”

“记得打扮得漂亮点，嗯……有郭襄的十分之一就成了！”

“哼，你才是吧，能赶上杨过大侠百分之一的风流俊逸就够了。”

白云飞回到钢琴面前，修长的手指随意弹出一串旋律，他的目光凝望着黑白琴键：“简悠，你的梦想是什么？”

简悠皱眉：“这是什么？下节课的作文题吗？”

白云飞摇头，抿着嘴认真地问：“不是的，不是那些为了交作业而写下的宇航员、科学家、人类灵魂的工程师什么的，我想知道的是，你长大以后，有什么最想要去到的地方吗？”

“长大以后？”简悠觉得那还有好久好久，想要去的地方吗？她的目光停留在静静躺在座椅上琥珀色的小提琴上，暮色深深，周身绕着安稳的色泽。

她突然想起乐谱的封面，从琴盒里掏出来。

“这里！”她指着那张金碧辉煌的建筑图，“我的老师说‘这是全世界顶级的音乐殿堂’，是我最想要去的地方。”

白云飞抚摸着琴键低头一笑，并不意外：“如果你能把练琴的热忱投入功课的话，就不会老是被罚站了。”

不过也好，如果是那里的话……他飞舞的指尖自在飞扬，乐声和心声一样欢愉。

晚间，白云飞趁着母亲洗碗，悄悄潜入父母的房间，翻出一只领结攥在手心。

同时，简悠翻腾出压在箱底的粉色大摆纱裙，蝶翅似的大荷叶袖，蕾丝腰带缝着颗颗粒粒的碎钻细珠，她小心翼翼地挂在床头。

睡前接到了爸爸的电话，听声音很开心她能够参加会演，所以虽然六一那天不是周末，也会抽空来捧场，但是哥哥学业紧张，妈妈还是走不开。

窗外是淅淅沥沥的雨，屋内是安安稳稳的人。

简悠没有吵闹，微微一笑说了好，爸爸说还有生意要忙，她也不缠着追问归期，淡淡应着“嗯”。电话那头的简城愣了愣，笑着夸她懂事，利落地挂了电话，投入生意的怀抱。

是从什么时候开始懂得的，撒娇常常怯懦又无用，丢了面子又失了里子。

九

这世间大抵有两样是不能强求的：一为人心，一为天意。

简悠闹了两天，病了两天，遇上周末两天，返校已是六一会演的前一天。瞧着近一周的雨色终于放晴，赶紧去操场抓紧布置舞台，众人喜上眉梢，准备彩排。

李老师的脸上乌云盘布，见着简悠和白云飞时像是压上了最后一根稻草，云雨轰隆俱下。

“前段时间的暴雨把老教堂砸塌了，那架旧钢琴都被泡坏了，所以……”她语声温柔，拍了拍简悠的肩膀，“你们的节目被取消了。”

简悠觉得脑子“嗡”的一声也被砸塌了，先反应过来的是白云飞，拔腿跑向老教堂。

简悠垂着头赶来的时候，只见白云飞呆呆站在被窗户砸塌的钢琴前，黑白键起起浮浮，淌着积水，无言宣告着它遭受过的苦难。

破窗的墙外清晰明朗，绿树成荫，毫无顾忌的夏风穿过他们的身体，满窗的藤蔓被砸在泥水四溢的地板上，恍如无事地、一点点地攻城略地。

李老师和乐彤找到简悠，提议让她拉小提琴为舞蹈伴奏，两人以一种圆满的笑容向简悠宣告这个似乎喜闻乐见的决议。简悠怔怔地望着她们，有一种酸涩从肺腑里溢出来，变成脱口而出的拒绝。

“算了吧。”简悠摇摇头转身。

乐彤追上来：“白云飞可以给你伴奏，我也可以给你伴舞啊，只要调整一下，我们可以搭配得更好！”

简悠望着她：“不是伴奏，他是知音。”她的目光清澈而笃定，“所以，不会更好了。”

六一会演那日，碧空如洗，云淡风轻。

简悠穿着粉色的大摆裙站在离操场较远的大榕树下，高马尾上扎了个蝴蝶结，尖头的白色小皮鞋莹莹反光。

树上架着广播台的音响，慕斯甜美的歌声在每根树干上缠绕，欢快回击在片片树叶上，是世间最真挚的掌声。

叔母远远走过来，莫非堂弟也有节目？

“悠悠今天穿这么漂亮，是不是一会儿要上台表演啊？”叔母眼睛笑眯眯，牵出了三条皱纹。

简悠看她一眼，轻轻摇了摇头。

“上次是叔母太冲动了，悠悠这么好的孩子，可不要记仇啊。”她笑着拉起简悠的手，“悠悠也要回到城里去啦，我们这穷乡僻壤你肯定待不惯，还是待在爹妈身边舒服啊！”

简悠慢慢抽回手，低着头蹭了蹭。叔母笑着整了整自己的衣领：“这胡说八道的小孩可没人喜欢，还大晚上跑到公路上去，可真是不懂事，爹妈知道了还指不定怎么收拾呢。”

大人犯了过错从来不甘心道歉，却往往对孩子吹毛求疵，孩子的委屈和痛苦都不值一提。等他们消气了给孩子一丝好脸色，孩子就应该懂得见好就收，如果接着闹别扭就是不懂事不聪明，在大人眼里，小孩子的喜怒哀乐和自尊心都不重要，更何况，是别人家的小孩呢。

简悠静静看着叔母甩手离去的背影，头顶的广播报起：“下面请欣赏一班乐彤同学的独舞……”

太阳火辣辣地晒着，浓重的榕树荫也不解其暑，她忽然想起那根她亲手锁上又被拔出扔在地上的锈插销。台上的乐彤翩翩起舞，像只骄傲的花蝴蝶。

罢了，反正也要离开了不是吗？

爸爸昨晚的电话宣告六一时工作的忙碌，并告知为她安排好了寄宿学校的通知，她的弃婴生活被折去了半截。

突然而来，突然而去，无奈来去从来不由己。

简悠抬手遮挡炙热的阳光，粉纱的荷叶袖轻盈如翼，一转身便看见树后穿着衬衫的白云飞，还一手揣兜摆了个耍帅的姿势。

“哟，白大侠不错嘛。”简悠笑道。

少年捏着裤兜里的领结，手心溢出了汗，微微一笑：“彼此彼此吧，简女侠。”

“江湖太险恶了，我们还是去书屋里再修炼一番吧。”粉纱的裙摆随风微澜。

大侠慨然点头，浓浓绿荫，风过轻柔。

十

比简悠离开的消息更加热烈的，是乐彤也要离开。

前者好比物归原主，理所应当；后者则如投水闷雷，一鸣惊人。

乐彤津津乐道地向周围一圈同学介绍她的父亲如何因机得利，她的新家如何富丽堂皇，她的衣橱如何满满当当……

简悠默然走到讲台上，拿起黑板擦凑到正在写值日名单的慕斯身旁：“我们都走了，你……”

慕斯笑着夺过简悠手中的黑板擦，轻轻擦去刚才写错的字：“没事儿，我可是班长大人欸……有什么大不了……”她的笑一点一点淡下去，“只是，乐彤是陪我一起留级下来的，我们约好要一直坐同桌的，没想到她也要走了……”

“留级？”简悠皱眉。

“是啊，我们都比同学们大一岁，因为我之前不小心吃了杧果，严重过敏了，在家养了好几个月，爸爸妈妈怕我赶不上课程，就干脆再念一年好了。”慕斯大大咧咧，说得坦然，“乐彤嘛是年纪小，成绩也不好，在原来班里老是被欺负，干脆再和我同学一年啦。”

一年？简悠望着慕斯发呆。

慕斯玩心忽起，拿起黑板擦拍上简悠的圆润小脸，瞬间留下一半粉迹，简悠惊醒，赶忙去追“畏罪潜逃”的慕斯。

白云飞静静坐在座位上，撑着下巴翻一本烂熟于心的画册，久久不曾翻页，他凝望着跃然眼前的白纸黑字：

“你瞧这些白云聚了又散，散了又聚，人生离合，亦复如斯。”

简悠思考了很久如何与白大侠来一场潇洒的告别仪式，可每每词在嘴边都被白大侠那张冷脸给挡了回来。

白云飞单方面冷藏简悠，悄无声息，一寒到底，简悠愤懑又委屈。

最后一天上学，简悠砸了存钱罐，出乎意料，欣慰远超心疼。

她乖乖交上所有科目的作业，向老师再见，与同学拥抱。

一个人走上那条熟悉的路，经过被麻辣年糕火烧喉咙的喇叭花丛，爬上曾经大干三场的渔船，风云墙上唯一的一行字油光可鉴，经久不衰。

她站在家门口，顿步，回头。

她从书包里拿出一摞摞封皮崭新的小画册，通通堆向白云飞怀里。书包一下就空了，她又拉好拉链背回去，看着封面上的武侠人物，长枪利剑，潇洒肆意。

她笑着抱拳说：“白大侠，我们青山不改，绿水长流啊！”

白云飞低头抱着成堆的画册，一点也高兴不起来。

简悠努了努嘴，转身走了。

白云飞赶忙叫住她，眼睛热热的：“简悠，我们合奏一曲吧。”

简悠回头：“可琴不是已经……”看着白云飞越来越低的脑袋，她笑了笑说，“好。”

白云飞抬头见蓬蓬裙一起一伏飞快跑进了屋子，很快又抱出黑黝黝的琴盒。

推开吱吱呀呀的门，泡了雨水的泥粘在鞋上，老教堂破破烂烂，安安静静；破钢琴零零碎碎，干干净净。

矮矮的两个小人儿没有说话，白云飞稳稳当当坐到琴前，虽然他的每只手指都熟谙自己的位置，但他还是端端正正摆好乐谱，双手在残缺起浮的琴键上微微抬起，望向简悠。

她举起弓，微微一笑，点头，一，二，三……

这是最契合的一回，没有铺红地毯的舞台，没有掌声不绝的观众，也没有带着翅膀一样荷叶袖的粉纱裙子和满满心思及希冀的小领结。

但是，这才是童年吧，纯粹而为，不留遗憾。

曲至一半，雨丝飘进来，从绵绵吞吞，到碎玻璃拦不住的滴答。

简悠离窗远一些，倒是白云飞，几乎置身雨中。

暖黄的光晕中，稚嫩的男孩坐在漫天雨丝中，十指灵动飞扬在黑白琴键上，指尖溅起水花，音乐回响如梦境。

到最后一个音符声散落在雨声里，男孩捂了脸，冷冷热热的水顺着指缝滴落，他说："再见。"

简悠利落收弓，她背上琴盒，背对着身后的少年。

"你记不记得，当杨过大侠携着小龙女之手，与神雕并肩下山，其时明月在天，清风吹叶，树巅乌鸦呀啊而鸣，郭襄在最后说了什么？"

白云飞从手掌里抬起头，衣衫浸湿。

"我记得——她说：'秋风清，秋风明。落叶聚还散，寒鸦栖复惊。相思相见知何日，此时此夜难为情。'"

第三章

南有乔木，不可休思

一

新的学校名为“中山小学”，坐落在栽满梧桐树的繁华街道，秋来，硕大的落叶铺满整条街，棕黄相间，秋意浓重。

正是在这样踏着厚厚一层落叶沙沙响的时节，简城牵着简悠来到中山，她成为了一个私立院校的寄宿生。

学校的条件很好，有欧式华丽的教学楼，功能齐全的四个操场，四季鲜明的花卉，大量藏书的明亮图书馆和阅览室以及热情大方的同学。

女生群是一个很视觉化的群体，简悠那些精致的衣裙，一下就帮她打通了室友。都是有求必应养起来的城市女孩，不会像当初在木水一般敢看不敢言，她们会热情地喊她一起喝饮料，挽着手带她逛校园，课间必是手拉着手成群结队一起上厕所的，等到彼此熟悉，言必称姐妹之时，再微笑着拉着她的衣袖撒娇："悠悠，我们是最好的朋友呀，你的那条裙子可不可以借我穿一次？就一次嘛，好不好？"

简悠没有过姐妹，没有接受过这样的请求，不懂得拒绝，只是点头时心中略略不安。

果然，不久之后"姐妹"群体从六人寝室扩展到隔壁又隔壁，从拉着衣袖的请求发展到不问自取。偶尔拿到妈妈新买的心头好，简悠有些抗拒，姐妹们的声音就变得阴阳怪气，带着小女孩特有的娇嗔和刻薄："哎呀，你都借给她们了，为什么不借给我呢？难道我们不是好朋友吗？你要是这样，以后就不跟你玩了！"

简悠噘噘嘴，放了手。

最后走在校园里，她都能从素未谋面的陌生人身上看到自己的衣服、发圈，甚至鞋子。

终于有一天，衣柜里的脏衣服堆不下了，生活老师发现后，以卫生不检点为由，要求简悠在周一升旗典礼上做检查报告。

"姐妹们"迅速划清界限，矢口否认曾经借过她的东西。

"不就几条裙子吗？我让我妈妈给买什么样的没有？"

简悠蹲在厕所里咬着牙大哭，她不甘心暴露软弱，也不甘心莫名其妙认错低头，公开做检查？倔强的自尊心不能接受。

最后的解决来自母亲的出面，简悠靠着墙站在教务处门外，空荡荡的走廊不时回响着一阵阵风声，她将头埋在胳膊里，脖子酸了也不愿抬起。

感觉已经走完了春秋，过完了四季，要是就这么结束就好，她什么都不想再面对。

妈妈从教务处出来，脸上的笑随着关门声一同消散，她头也不回地向走廊另一头走去，高跟鞋在瓷砖上激烈地交响。

简悠哭着追上去："妈，真的不是我……"

母亲陡然止步，语声冷冷：“你知道现在是什么时候吗？”

简悠低头，呜咽一声：“妈……”

“你哥哥大考在即，我从早忙到晚绷紧了弦，紧张得每天睡不着觉。你爸三个工程一起在进行，还得给你安排学校，你呢？你就不能给家里省点心吗？”

尖锐的言辞在走廊回响，一声声震痛简悠的耳膜。

她的眼泪在母亲面前止不住地流下来：“妈……我错了……”

母亲捋好掉下的头发，拎着包疾步而去，瓷白地砖上映出的靓丽妇人，很快无影无踪。

简悠不敢问出口，话都咽回肚子里酿成涕泪。

妈，我错了，我能不能回家呢？

回到寝室时，叽叽喳喳的谈话陡然停下，被借走的衣物饰品通通堆在床铺上，始作俑者们若无其事地散开。

晚上熄灯之后，简悠抱着大捧的衣裙摸到楼下的洗衣间，一件件往里塞。

好在学校硬件条件不错，不然恐怕她得手洗到天明。

她搬一张小矮凳靠在洗衣机旁，窗外月光皎洁，疲惫而安心地催眠。

半夜，她是被淹到脚踝的泡沫凉醒的，雪白如浪花一样的泡沫从洗衣机的缝隙里不断向外涌出，如海潮涨落，汹涌难抵。

简悠有些无措，但是胀痛的眼睛流不出泪水。相比于眼前的一塌糊涂，倒是不知何时已经站在洗衣间门口的宿管阿姨，让她的心“咯噔”了一下。

简悠在几秒之内做好了挨训并且再去教务处走一趟的心理准备，镇静下来，她在宿管阿姨开口之前，弯腰，道歉。

意料之中的是一声叹息，意料之外的是一只覆在头顶温暖的大手。

“你们这些城里念贵族学校的千金小姐，倒还不如我们乡下的孩子过得容易。”

堆在泡沫里的衣服被一件件拿出来重新清洗，地上的海浪被三番拖洗之后退了潮，简悠从来没有过这样的疲惫和惶惶不可期的茫然。

公开检查没有落实，却在口耳中相传，莽撞而来，麻烦不已，体育课上两人合作的活动，简悠成了唯一落单的插班生，没人搭理地呆坐在花坛边。

相比之下，乐彤简直如鱼得水。

简悠看见她周围三五成群，换上了精美的洋装、小皮鞋，头发编成了复杂新颖的样式，在阳光里，笑得灿烂。

少年不知愁滋味，落寞却已入肺肠。

简悠想，走读是不是就会好些了呢？一起回家的话就会有朋友了吧？还有分班，分班之后又可以是一个新的开始。

她后知后觉的是，在学生时代，永远存在的一层鄙视链，就是成绩。

而她的成绩不太好，懒惰成性，独来独往，数学和英语都不行，唯独语文还不错。幸好班主任也是语文老师，对于单科拔尖的她算是多加照拂。

这样的懒惰和照拂，让她更加没有朋友，好学生暗自鄙夷，后进生心怀嫉妒。

同桌陈陌和她一样是个懒洋洋的人，但是人如其名异常沉默，每天埋头在草稿纸上写写画画，常常一天下来，除了上课发言，简悠几乎没有与她说话的机会。

一次课上，老师借题发挥逗了个笑话，全班哄然大笑，冷却之后，简悠后知后觉牵了牵嘴角“扑哧”一声笑出来，同桌看着她突然说：“原来你会笑啊？”

她瞠目结舌地转头看他："我什么时候不会了吗？"

"你来这儿从来没笑过。"陈陌看着她，淡淡地说。

简悠愣了愣，低头无言，悲喜莫名。

那一年发生过开心的事情，是被班主任推荐进了校乐团。

私立学校里学过乐器的孩子很多，但是家长觉得不能加分不能练级的校乐团算不上肥差，婉拒者众多。

简悠家里无暇顾及，养得珠圆玉润，长相娇俏顺眼，成绩没有可耽误的余地，算是个首选。

校乐团没有提琴手的位置，她被安排成小鼓手，每天放学后要进行两个小时的训练。她拿出十二分的精神来学习这个与小提琴完全不同的嘈杂的乐器，在闹闹腾腾的鼓声中用力发泄，每天早到晚退，夜色里拖着两条酸疼到再也抬不起来的胳膊很慢很慢地挪回寝室，倒头就睡。

很多人抱怨训练太苦，简悠耸耸肩，倒是乐在其中。毕竟，乐团成员散布在各班各年级，混在洋洋洒洒训练的人群里，独身而立，也不会显孤单，骗人欺己，甚好。

最后，她被挑选成为站在最前排的鼓手，比肩的都是高年级的孩子，再前头就是拿指挥棒的两道杠大队长了。

当简悠还沉浸在打小鼓的快乐生活中，哥哥的考试无声无息地结束，相伴而来，她的寄宿生活也画上句号。

新学期的开始，是从打入乐彤一众走读派开始的。

上天给了个良机，她和乐彤一起分入四班。分班结果出来那天，她兴冲冲拉着乐彤一起买文具，在紫色和粉色波斯猫笔袋的选择中，她将主动权交给乐彤。乐彤果不其然选择了粉色，简悠拿着紫色笔袋挺高兴地去付账。

没事，紫色耐脏，妈妈也不会说她了。

似乎是简爸简妈对于之前的放逐而略微愧疚，他们给简悠很多的零花钱。特别是简父，每每见到简悠，第一个动作就是掏兜，抽出几张票子给她，简悠拿着数额稍大的一沓人民币，稍稍有些愣住。

不知道为什么，她突然很怀念以前爸爸一块块帮她存大头娃娃的时候，当很多很多沉甸甸的钢镚儿变成轻飘飘的几张纸币，随之而去的，又是什么呢？

虽然轻飘飘的纸币没有带给简悠多少快乐，却让她很快加入了乐彤的朋友们，以一种礼尚而不返的方式。

简悠很快拥有了中山路上所有的小饰品店的会员卡，并且同学们习惯了放学后跟着简悠和乐彤去肯德基、烧烤店和奶茶店。简悠也习惯付账请客，毕竟就像乐彤所言：“都是朋友嘛！”

这句话让简悠悄悄高兴了很久，没有经受过孤单的人不会了解，行走在汹涌人潮里，明明四周都是鲜活的同类，但是空气之中有一层无形的隔膜，将你隔绝于世，像雁群中走失的一只，同伴们少了你仍然可以排成另一个“大”，但是你一个人，就只是“一”。

她终于有了下课后会等着一起回家的人，会挽手一起上厕所的人，会在体育课上抢着和她一组的人，会走在路上远远挥手呼唤的人，会在清晨太阳一缕缕投射时迎着光喊你吃早餐的人，会在暮色西沉星光暗淡时笑着与你说再见的人，她曾拥有过的人。

如果你拥有过这些人，你会明白，他们多么珍贵。

二

这天还是一如既往，简悠身后跟着一群朋友，正在商量着去吃烧烤还是炸鸡。

阿姨是在这天出现在校门口的，她还是那么年轻漂亮，逆着光微笑张望着，怀里抱着一个孩子。

“阿姨，你怎么会来？”简悠很兴奋。

“路过就来看看你。”阿姨笑着蹲了蹲身子，抱好怀中的孩子。

简悠高兴地和身后的同学告别，欢喜让她忽略了他们脸上的失落和口中的抱怨。

“阿姨，这个小宝宝是谁啊？”简悠逗了逗孩子的脸，襁褓中的小婴儿皱了皱眉。

“噢……朋友的孩子。”阿姨拉起简悠，“走，带你去吃好吃的呗。”

“好啊！”简悠一蹦三跳，喜形于色。

阿姨是简妈邻居和好友，从小一起长大，自己没有家庭也没有孩子，对简悠极好，几乎有求必应。很多妈妈不让吃的，不给买的，阿姨都笑着一一满足，对于简悠来说，阿姨是超越血缘的亲人。

“之前在奶奶家过得好吗？”

“嗯……还好。”简悠慢慢喝着奶昔，“阿姨，我都好久没见你了呀……”

“是啊。”阿姨伸手摸了摸简悠的脑袋，“你瘦了呀。”

简悠心头一热，喃喃道：“是吗？”

“可不是，脸都尖了，还在长身体呢要多吃点，不要挑食。”

简悠低着头搅动奶昔：“她们说脸尖点好看呢……”声音糯糯的。

这天回家时天已经黑了，爸爸一贯回来得晚，妈妈留了饭就出门打牌了。

简悠睡觉前钻进被子里，掌心握着阿姨给她买的一块怀表，表壳是火红头发的卡通小人儿，挂在脖子上是个吊坠，精致好看。

这一夜，梦很甜。

当乐彤问简悠要不要一起回木水看看的时候，简悠是立刻一口答应的，生怕下一秒乐彤就要把邀请收回。

她们在周末的上午相约一起坐城际大巴，简悠是头一回，乐彤已经熟门熟路。

“喂，你怕不怕我就这样把你给卖了啊！”乐彤笑得开怀。

“谁怕谁啊！”简悠笑着答。她能清晰感受到乐彤的变化，越发活泼和开朗，不再是当初跟在慕斯身后一步的那个女孩了。而她自己，也不会成为挡在乐彤身前的人。

简悠忍着晕车的头晕，远远看见慕斯家的轮廓，就手忙脚乱地下了车。

扶着道旁树弯腰喘息了许久，缓缓抬起头，才发现大巴还有一站才到，尾气带起漫天的沙尘。

简悠被沙尘呛了嗓，迷了眼，捂着眼咳个不停，半睁半闭的模糊间，她看见一个身影跑过来。

“慕斯……”她揉着眼睛糯糯喊道。

“悠悠！”慕斯冲过来抱住她，热烈的情致让简悠下一刻就要热泪盈眶。

下一站下车的乐彤缓缓跑过来，叉着腰喊道：“喂，你俩太不仗义了，一个抛下我下车，一个不到站接我！”

沿着慕斯家后的小河边，穿碎花裙的小姑娘们聊个不停。她们终于能够理解妈妈在路上碰见分别许久的老姐妹，一定要拉着唠唠叨叨说个没完，怎么拽都拽不走的情谊了。

夏天的午后阳光炽烈，暑气逼人，谁也不说离开。

两根碎冰冰，乐彤和简悠一齐掰开，递出长的那一截给慕斯，慕斯笑着接过：“要是你们还在就好了。”

简悠把粘在冰棍上的舌头收回来：“怎么了吗？”

慕斯拉着她笑了笑：“没什么啦，就是……我不当班长啦！”

乐彤也皱了眉：“为什么啊？”

慕斯咬着冰棍：“没什么，你们都走了嘛，也没什么意思了。”

“不是还有白云飞吗？”简悠急道。

“他……似乎最近也不太好，他爸爸好像受伤了吧，他妈妈成天都待在医院里，老师给他批了假，但他死活都要来上课……”

简悠一时黯然，原来所有东西，都在不断改变，无论是谁。

乐彤和慕斯待在家中玩娃娃，简悠借口说回奶奶家看看，约好五点在车站见。

出了门，简悠向着猫街狂奔，炎日在上，眼前一片明晃晃的亮光，几乎是一口气跑到那扇苹果绿的木门前，来不及喘气，她敲了敲半掩着的门。

老板还是老样子，只是此时蹲在阳光下整理书籍，常年藏在黑暗里的面容白皙俊秀得让简悠吃惊。

地上满是凌乱的书籍，靠墙的一侧书柜已经清空。

“他不在哦。”老板看着她笑道。

“哦。”她低了头，失望地转身。

“书店要关了，有喜欢的书可以直接拿哦。”老板的声音在身后响起。

简悠瞠目地回头，老板对她一笑。

“不用了。”她转身走出去，带上了门，阳光直直刺入眼底，眼睛生疼，大地焦灼。

她垂头丧气地走回猫街，路过小李麻辣烫的时候怔了怔，退步回去。

“老板，鱼丸，加糖。”她轻声说，倏而想起什么，“等等，还是……麻辣年糕吧。”

“又在瞎逞能啦！”声音在背后乍然响起，带着笑意。

简悠努努嘴，转身看着他，万千情绪涌上来：“白云飞，书屋要关了。”

少年愣了愣，低头道：“是啊。”他走过去揉了揉她的脑袋，“老板等到他要等的人了。”他接过老板做好的麻辣年糕，“所以，你不要再逞能了。”

白云飞将简悠送到车站时，慕斯和乐彤已经在等着了。

乐彤冲过来指指表说：“看看都几点了，说是去奶奶家，结果去会人了呀！”

简悠噘着嘴打她挠她：“你不要乱说话。”

“哈哈哈，你再打我下次不带你了啊！”乐彤被挠得痒痒的。

“欸，别嘛……”简悠立马收手。

简悠一只脚迈上大巴的时候，白云飞突然在她口袋里塞了张字条，对着她比了个打电话的手势。

简悠喜笑颜开，脸贴着窗户，鼻子压成了猪鼻子。

“哈哈哈，你看她。”慕斯捂着肚子笑。

白云飞看着驶离的大巴，喃喃开口：“你觉得她们变了吗？”

慕斯转头看着他：“彤彤……变漂亮了，悠悠嘛，变高了？”

“瘦了。”他轻轻说，“你觉得她们过得好吗？”

慕斯低着头踮了踮脚：“应该……挺好吧，毕竟是大城市啊。”

“我希望不好……”他深深望着远到成一个小点的大巴车，“我希望，离开我们之后，她们可以过得不好，这样的话，她们就不会忘记我们了。”

三

当简悠回家越来越晚，简爸简妈终于意识到了事态不正常，他们采取的措施是，大幅削减零花钱用度，她一夜之间成为荷包空空的小孩。

因此，呼朋引伴式的放学告一段落，简悠需要不吃早餐攒一周的零用，才能请乐彤吃一顿肯德基，而且只能请她一个。

乐彤吃得很文雅，小口慢咬，鸡腿汁肉流油。

“悠悠，我有个秘密不知道应不应该告诉你……”乐彤小声说。

“什么呀，你说呗。”简悠笑着，不外乎就是学校的鸡毛蒜皮。

“那你可不要太在意哦……”

乐彤擦了擦指尖的油迹，利落地将手中的纸团扔出。她起身靠近简悠耳边，简悠抿嘴一笑，乐彤的声音轻轻入耳，简悠的瞳孔越瞪越大。

简悠沉沉低下头，看着肯德基餐盘的垫纸，红红花花的一片，心湖投石，涟漪四散，她一瞬间想到了很多人。她扯了个笑，眨眨眼，云淡风轻地笑着问乐彤：“你听谁说的啊？”

简悠的表情有些戏谑，乐彤以为她不相信，忙道：“我上次回去听一个在你家那边住了好多年的老奶奶说的，准没错儿！”

简悠还是笑：“哦。”

简悠不以为意，一路上思绪变幻，回到家仍是一副笑脸。

对于父母，对于哥哥，她都一如既往，只是对于乐彤，她有些回避。

乐彤想必也是有所感觉的，两人默契地疏远，路上碰见还是微笑着打招呼。

没有了零花钱带来一呼百应的放学后盛宴，也失去了跟在乐彤身后的位置，一切像是又回到了从前，当然，还是比从前好一些。

少有的几个同路的伙伴还是会一起回家的，只是三五时碰见校乐团训练的日子，没有一个可以叮嘱稍等她的人。

没有人会等她，没有人需要等她，换言之，她没有人需要。

罢了，若无闲事挂心头，便是人间好时节。

差错是从简悠获得全市作文大赛一等奖之后开始的。

算是走运，参赛的同学高烧生病，她被抓去顶了名额。

再次走运，从初赛一路赢到决赛，简悠默默握着一支笔，默不吭声地拿到了一等奖。

本是件言笑就烟消的事儿，没想到教育改革的石头碰上了全面发展的鸡蛋，学校要挑选市三好学生名额，保送重点中学。

一时间，家长孩子们都清点起自己的功名榜，冷不丁也不知谁先提起：简悠会拉琴会跳舞，校乐团预备二杠，全市作文一等奖……似乎还挺厉害的。

简悠莫名其妙地耸耸肩，想起白云飞的白眼，就她这成绩？

四

落花无情，流水有意，皇帝不急太监急。

不知道从哪里开始滋生，但简悠是在脏兮兮的厕所第一次听见的。

“欸，听说她好像是走关系才进来的，之前没到入学年龄的。”

“那作文比赛是不是也是走后门呀？”

“谁知道呢，校乐团那么多小鼓手，怎么她就能站前头啊？”

“欸，见着在校门口找她那个人了没，你们不知道吧，她其实是私生……”

简悠推门出来，谈论声瞬间止住，她静静地洗了手走出来。

人来人往的走廊，她抚着胸口想要冷静下来。说来可笑，占地近千亩的私立院校，她竟然想不到一个可以独自奔跑的地方，呼吸越发急促，差一点眼泪就要掉出来。

“不行啊，没有理由。”她心想着，抬头望着白茫茫低沉沉的天花板，想要把眼泪憋回去。

一阵推力袭上后背，她轰然倒在地上，膝盖磕上瓷实的大理石地板，疼得脑子一蒙，泪水夺眶而出。

她捂着膝盖，抿着嘴哭：“真疼啊，这样才对，疼才有理由哭的。”

直到这一刻她才明白，昔日木水中心小学那块风云墙是何其无用。

云飞啊，你知道吗？我们可以封了灰土黑墙，我们可以抹去所有粉笔脆弱的言论，但是我们堵不住人言，解不开人心，还有改变不了事实。

魏忠贤大人是在最后才出场的。

那时候，乐彤当选班长，市三好收入囊中，简悠当选校乐团指挥，两道杠上肩。

一者民心所向，品学兼优；一者流言缠身，成绩中游。

两人尚存往日情分，不时同回木水，看望慕斯。

市领导莅临检查的前一天，全班同学被要求花费一天的时间彻底打扫班级和清洁区。

简悠和另一个女孩被要求打扫二楼楼梯，简悠临时被抽调去校乐团排练，准备欢迎典礼的伴奏。

回来时，发现女同学居然数错了楼道打扫的是三楼。

“没事吧，到时候让三楼的人下来打扫二楼不就好了。”

“如果他们不愿意呢？”简悠问。

“这怎么就不愿意了，这是应该的呀……”

“不是每个人都能如你所想，不要把主动权交在别人手里。”简悠皱了皱眉，拎着拖把去二楼打扫，女同学坚持自己的活已经干完，歇在三楼不下来。

简悠动作不快，乐彤带着一众人来检查时，才刚打扫完一半。

“怎么还在弄啊，老师马上就带人来检查了。”

“是啊，检查不合格我们班会被通报批评的。”

乐彤走上前：“那谁呢？”

简悠撑着拖把抬头：“在楼上。”

“她跑楼上去干吗？”乐彤皱眉，“上去把她喊下来吧。”

女同学挪着步子下来：“我……我把三楼打扫完了。”

卫生委员道：“谁让你打扫三楼啊，那不是我们的地盘。”

“是……”女同学有些心虚，“是她让我去的。”她指着一旁的简悠。

简悠莫名被逗乐了：“你说什么？”

女同学被反问后，不屃反怒：“就是你……”

卫生委员嗤笑一声：“哟，大队长的指挥棒还指挥到我们这儿了。”她一手靠上乐彤的肩，“你可得管管啊，这什么时候就爬你头上去了。”

简悠看着那位女同学：“你再说一遍。”

卫生委员推一把简悠：“怎么着，架子摆这儿来了？威胁谁呢？”

简悠正欲上前，乐彤却开口了，望着简悠：“你为什么老是这样？”

简悠愣了愣，望着她的好朋友。

傍晚，简悠独自打扫完卫生，洗了把手从厕所出来，她刚跨进教室的前门，白炽灯被站在后门的人“啪”一声关了。乐彤站在门边，语声冷冷：“如果你不能站在我的身边，也不该站在我的对面。”

五

简悠童年的最后一位朋友，是之云。

“‘之’是甘之如饴的之，‘云’是拨云见日的云。”新转来的女孩在体育课上笑着对简悠说，“我们一组吧。”

简悠愣了愣，微微一笑，随后指了指不远处花坛边聚集着的女孩子们：“你确定吗？她们都不和我玩的。”

之云笑靥如花，酒窝甚甜，拉起简悠的手：“我和你玩呀。”

简悠不否认，当时的她，的确有一种拨开云雾见月明的感动。

“我们一起打羽毛球吧。”之云拿来球拍，“欸，我的裙子没有口袋，你能帮我装好这十块钱吗，下课我们一起喝酸奶去。”

“好。”简悠欣然接过，小心翼翼地叠好，放入口袋的最深处。

其间简悠去上了一趟厕所，回来时果不其然看见之云已经在和乐彤一众女孩谈天说地了。忽然，有个女孩指了指简悠，附在之云耳边说了几句。

简悠慢慢走到单杠边，利落地跳上去，双手后撑坐着望天，风轻云淡，一行大雁飞过，鲜明的“人”字圈圈盘旋，晃悠够了悠悠飞去，留下一只仍在原地盘桓，一圈一圈，不知疲惫。

她想，“一”也很好，一意孤行，一如既往，一生一世，都好。

不多时，女孩群派出“外交部长”：“那个……之云说她的钱放在你这儿。”

简悠一笑，从口袋里掏出那张四四方方整平的纸币。女孩一把抢过去，简悠的手一沉，差点从单杠上掉下去。

抬头，她看着乐彤，她知道，人群中眉飞色舞的乐彤一定也在用余光看着她，胜利者怎么能错过收割失败者的苦痛呢？

简悠扯了扯嘴角，趋之若骛，人云亦云……

没关系，就快了。

升学考的最后一年，简悠遇见一只黑猫。

家里太吵，她习惯在楼下的小石桌上写完作业再回去，猫太聪明，来而不往非礼也，简悠走之前它才现身，踏着优雅的步子，凌厉的双眼一闪一闪，简悠给出火腿肠后，它头也不回地跳上屋檐离开。

简悠没见过打劫还这么横的。

今年宜市新建了一所第八中学，占地辽阔，设备全新，从各大学校狂挖名师，吸引了诸多学生和家长的兴趣。

去新秀八中，还是老重点实验中学？

课间的话题从电视剧、动画片和抱怨老师变成了统一的择校。

讨论声嘈杂，连陈陌也惊人地从草稿本里抬头问她一句："你去哪儿啊？"

简悠撇了撇嘴："我有得挑吗？"

陈陌闷笑一声，继续创作。

她的确没得挑，一是成绩不稳，一个不小心就是普通学校，去哪儿都没差；二嘛，她抬头看着手握保送名额笑得开怀的乐彤，还得看这位呢。

家里的硝烟因为简悠的升学问题而暂停了一顿饭的时间。

满座都是桃李天下的名誉教师，简城一杯又一杯，简悠一笑又一笑。

空隙间上完厕所，她站在酒店窗边吹风，怀疑是不是错喝了爸爸的白酒，昏昏沉沉。

"简同学看起来可没有文章里那么逍遥洒脱呢。"声音沉沉的，带着几分醉意。

简悠回头，认出是席上一位德高望重的名誉教师。

"老师好。"她弯腰微微鞠躬。

“‘无我无形，无我无心，无我无招，无我无敌。’老爷子写得真好啊！简同学用得也好，你的比赛作文，我也是评委之一。”老教师端庄稳重，眼镜下的双眼仿若看破世事。

简悠怔然：“谢谢……您。”

老师一笑，扶了扶眼镜：“来实验中学吧，真正的好东西，都是挖不走的根基。”

夜风醉人，简悠脸烫：“保……送吗？”

“想什么呢！”老师一敲她的脑袋，“你考到分数线，凭你的比赛名次，我给你一个尖子班的座儿，入学一个月后分班考，留不留得下来，看你的造化！”

简悠叹气，脑子沉似铁，兴头一上来和老师一击掌，掌声响亮：“成！”

第四章

岂曰无衣，与子同袍

一

“看，那就是实验中学的简悠。”穿校服的女孩在女生小团伙中低语道。

“就是她呀！”女孩们循声望去，只见一个头发及肩的安静女生，坐得挺直戴着耳机在看书。

“看着挺普通的嘛，比不上五班那个朝瑰呀，听说也是实验中学来的。”

“人家成绩可是不普通，实验中学第二名呢，据说……还拒绝了陆子期呢。”

“陆子期喜欢这种死读书的？怪不得去实验中学那种老派的重点。”一女生颇为不屑道。

“听实验中学的人说她挺清高的，一向是眼高于顶的没朋友……”

简悠手摸进口袋里，一下下将手机的音量调高，经年累月使用的耳机音质受损，还时不时会接触不良生出杂音，断断续续地艰难维持着一首曲子的旋律。不过没关系，耳中越吵，脑子越静。

九月依旧暑热，简悠依旧把校服里的衬衫扣到最上面的一颗，圆弧的翻领耷拉着，乖巧得莫名其妙。

她抬腕看了看表，离下午上课还有十五分钟，起身收好翻过的单词书，同旁边一众课本码成一摞边角整齐的大头兵，去二楼的主任办公室。

年级主任头发半白，常年带笑，吹了吹茶面浮上的茶沫，徐徐饮下一口热茶：“放心吧，简同学，你的情况学校已经了解，费用的事情不用担心，不过入校奖学金和贫困补助还得十月份才能审批下来发放。”

他放下茶杯拍了拍简悠的肩膀：“别担心，你是重点中学上来的优等生，更是这一届新生中的佼佼者，学校会多多关照你的，要多把心力专注在学业上才好。”

简悠点点头，抿嘴露出个礼貌的笑：“我知道了，抱歉耽误您时间了。”

主任突然想起什么，喊住已经走到门口的简悠：“对了，叫二班的白云飞也来一下。”

简悠回头微微颔首，迈步时的风吹开耳畔的发，一片云淡风轻。

二班也位于二楼，和办公室相距百米而已，还未走到二班的门口，简悠就见有三两个男生靠在教室外的走廊上聊天。中间的男生双手撑在窗台上，校服外衣松松套着，露出里面纯白宽松的T恤，一条腿微微弯曲，侧首在和旁边人说笑。

简悠在离他两扇窗的位置停下：“白云飞，主任办公室找。”

声音是淡淡的，目光也是淡淡的。

靠在窗边正和同伴说笑的男生闻声回头，弯了眉眼，咧嘴一笑：“怎么，现在简大小姐终于认识我了？”

风过，吹起少年的校服外套和白色T恤。

简悠看到他身后有无垠湛蓝的天空，大团大团绵白的云，是那种拿根竹签子画两圈就能搅出个棉花糖似的云，少年的笑意很嘲讽，眼里盛着满满的不悦。

她低下头，地板光影交错得晃眼。

算什么呢？故友重逢吗？是否还要道一声“好久不见”？老掉牙了吧！

她将掉落眼前的头发绾到耳后，点了点头，正欲离去。

“你也忘了慕斯吗？”白云飞喊道，声音中带了怒气，惹得走廊过往同学纷纷注目。

简悠愣住，定下脚步，不可思议地回头望向白云飞，既惊亦喜，目光有十成的殷切希冀。

“哈，真行啊。”白云飞握拳捶向窗下的瓷砖墙壁，冰凉的白瓷磕得骨节生疼。他大步走向简悠，不由分说地拉起她的手腕向前跑去。

“她在五班。”

磕红的手指将掌中细腕使劲握紧，一腔怒气与凄凉。

原来被忘记的，只是他而已。

女孩深蓝的校服裙摆随着奔跑扬起蹁跹的弧度，少年大敞的校服外套灌了风，穿越重重人来人往，向着心之所向。

五班在二楼走廊的另一端，白云飞喘着气在五班门口向着教室内大喊：“慕斯，出来！”

教室里正在擦黑板的清丽女生循声侧目，白云飞抿着嘴，狠狠瞪了两人一眼，松开简悠的手腕，就转身握拳快步跑开。

他的拳握得很紧，掌心能感受到手指茧腹的摩擦，身旁两侧的人影随着耳畔的风声向后退去，但他跑得不够快，至少，是不及初二那年的快。

初二那年，是白爸爸飞黄腾达的头几年，出手阔绰，人情练达，儿子长进，成天鼓捣那木头琴似乎还有点成效，总算是和风雅沾上了点边，身份上急于摆脱富商的气息。

“成啊，想好好补补文化课啦！宜市最好的实验中学和八中，随你挑！”白爸爸希冀着有朝一日儿子能摆脱他们这一辈人的命，“这实验中学虽说是老派的重点吧，但听说八中是新建校，挖走了一大批省级市级的老教师，环境好，设备也新，你觉得呢？”

“还是实验中学吧，旧的有旧的好。”

白云飞坐在钢琴前，翻动一张陈旧的乐谱，纸张泛黄，铅笔的注释早已模糊，他保管得小心翼翼。

那是三月的一天，白云飞下了乐理课，拒了司机的接送，一个人掐着点慢慢悠悠走到了实验中学。他走得极慢，路过的一花一草，踏过的一砖一瓦都想要细细打量。

耳机里正缓缓在唱“来到你的城市，走过你来时的路……”曲调悲伤与他内心的雀跃格格不入，但是歌词入境。

第一句话，该说什么？好久不见？会不会太老套？

实验中学的校门是有些斑驳的粉色，他兀自笑出来，一路笑到第一栋教学楼前，依然是粉色的楼，还真是什么人念什么学校啊。

校训刻在操场外的大石碑上，白云飞喃喃念出记下，嘴角忍不住上扬，摸了摸后脑勺，又低头笑出声来。

三栋教学楼分布在操场前后，白云飞看了看表，思忖着还是站在这儿等吧，不要错过才好。

刻着校训的大石碑后种着郁郁葱葱的几株灌木，浓绿浅绿成一片，衬着后头的红砖道操场。倒是石碑一侧歪歪扭扭长出一株桃树，寒意未消，春风渐起的季节，零零落落开出星星点点的花，桃色花映着粉色楼，煞是好看。

白云飞倚靠在桃树旁的操场护栏上，倚靠着感觉自己太懒散，换成笔直的站姿又觉刻意，原地纠结着站姿间，铃声起，不一会儿，就有穿着蓝白校服的学生从不同教学楼里冲出来。

白云飞抓住一个问："欸，请问初二是哪栋楼啊？"

学生指了指操场后的方向，白云飞连忙道谢，行了，不用两头盯操场前的那栋了。

她会是什么样子？也穿这样的蓝白校服吧？在这人山人海里认得出吗？

白云飞愣神想了想，依稀确定了三个关键词：长头发，粉书包，蹦蹦跳跳。

而后开始定下心寻找关键人物。

长头发，绿书包，不是！

粉书包，短头发，不是！

长头发，粉书包，比我还高？肯定不是！

随着学生一拨拨迎来走去，白云飞焦躁起来，折了根桃枝开始对着人群挑挑点点。

突然，有个低着头的女孩迎面撞上来。

"抱歉。"她退了一步说道，仍是低着头，匆匆走去。

白云飞闻言回头：短头发，及肩；粉书包，略旧；没有蹦蹦跳跳。

白云飞追到女孩前面，看到她双手紧握着两边的书包带子，见前方有人挡路也不抬头，默默从他身旁绕过。

白云飞有些愣，轻轻出口一声："简悠。"

女孩脚步一顿。

白云飞内心的喜悦盖过惊吓，欢欣地拿桃枝在女孩头上一敲，喊道："简悠！"笑意顿时染上了眼角眉梢，追到她面前。

"你认错人了。"女孩仍是低着头，紧攥着书包带子。

"你说什么？"

"我不认识你，你认错人了。"女孩错身绕过面前的人，快步小跑离开。

白云飞有些恍神，一不留意她已经漫入海浪一般的蓝白校服里，满目荒芜。

我不认识你，你认错人了。

……

白云飞捏着那张泛黄的琴谱，鼻头酸酸的，露出一个苦笑，抬手拉开书柜最上层的柜门，将那张轻飘飘的纸胡乱夹进书堆里去。

"爸，去八中吧。"

简悠站在五班门口有些局促，不好意思地抚了抚耳边的头发。

"慕斯，好久不见……"话还未说完，她就卷进一个温暖的拥抱。

慕斯的声音很欢乐："悠悠，我们又是同学了哦！"

是啊，又是同学了，真好啊。

二

慕斯发短信邀简悠和白云飞两人放学后一起喝饮料，特别注明的是：不得以任何理由拒绝！

简悠看着屏幕上闪烁着的名字，扑面而来熟悉的语气，不禁笑了出来，一时慨然。

白云飞最后一节课是体育课，天公有意，早早下课。

“欸，云飞，打球去啊！”同桌拦住他。

白云飞往书包里胡乱塞着书：“有事呢，今儿个不去了啊。”

“什么事儿？”同桌一拍桌子，“是不是那个五班‘小二’约你啊！”

白云飞手一甩，眉头纠结：“什么‘小二’啊？”

“第二级花啊！这五班美女云集，本来以为有个甜美清丽的慕斯已经赚翻了，谁知道后来又空降一个朝瑰，那美貌……我觉得任何言语都无以描绘……”同桌一脸痴迷，“所以秉着公平合理的原则，你那老同学就只能屈居第二啦！”

白云飞给他个眼色：“别胡说八道啊。欸，我时间来不及了，走了……”

“约会这么赶啊！这还没下课呢！”同桌指着表喊道。

白云飞一路小跑，快到一班时缓下脚步，整了整衣服拉链，平复了口气抬头踱步过去。

一班还没下自习，一片静悄悄，他从窗外划过，余光很快从一众藏在书堆里低着的脑袋里找到了简悠。

很快下课铃响，适才还专心致志的学子们纷纷扔笔骚动起来，一串串从门口拥出。

白云飞负手而立，静静站在窗前望着她。

对于四周的动静她似乎充耳不闻，坐得稳当挺拔，笔尖有规律地运动，目光专注认真，不时微微蹙眉，及肩的发尾随风微微摇曳。

写完最后一个字符，她像是松了一口气，耐着性子将文具分类收好，每本书码得和谐划一，完成后揪着眉懒洋洋伸了个懒腰，转头看见站在窗外的白云飞，一时愣住。

“啊，对不起……我马上就好。”

白云飞颔首一笑，抬头时简悠已经走到跟前。

“怎么了？”

白云飞拉了拉书包带子：“没什么，只是不太熟悉，这样的你。”

慕斯找的是一间十分少女的奶茶店，简悠找见的时候深吸了一口气，转头看向旁边的白云飞，果然，某白姓友人的脸色很黑。

慕斯在一个粉扑扑的座位上呼唤两人，简悠连忙走过去。

“斯斯，你这个地方……”

“你找的什么破地儿啊！”白云飞将书包一扔，跨坐在一片粉扑扑里。

简悠憋笑。

“怎么啦，你不是很喜欢收集……”慕斯的嘴巴被白云飞一把捂住。

“闭嘴吧你！”白云飞龇牙咧嘴。

简悠“扑哧”笑出来，白云飞瞪她一眼：“笑屁啊！”

少女系的奶茶店和粉扑扑的座位只是个开始，接下来蝴蝶结的吸管、桃心的杯碟、凯蒂猫的叉子……

简悠看着白云飞的脸一点一点黑下去。

“慕小姐，敢问您是缺爱吗？”白云飞举着绘着巨大桃心的奶茶杯瞪着慕斯。

“这个……我记得悠悠喜欢这些嘛。”慕斯耸了耸肩。

简悠一怔，遥远的记忆一幕幕浮现，她想起小时候的白纱裙、蕾丝袜、尖头小皮鞋，还有各式各样的发圈……

她端起奶茶喝下满满一口：“嗯，超级喜欢。”

“就是嘛，女孩子怎么会不喜欢嘛！”慕斯举杯畅饮。

白云飞茫然看着两人。

“欸，咱们可是好几年不见了，终于又能在这里聚首了！”慕斯笑得眉眼弯弯。

“是啊，真没想到还能再见。”简悠微微一笑。

白云飞嗤了一声，大口灌下汽水，辣得喉咙生疼。

“听说乐彤也在这里，悠悠你知道她在哪个班吗？你们当初不是在同一所小学？”慕斯问。

简悠愣了愣，喝了口奶茶，摇了摇头说：“不知道。”

“人家贵人多忘事，白瞎你一场惦念了。”白云飞对慕斯挑了挑眉。

慕斯用力一拍白云飞：“你别乱说，彤彤不是这样的人。”

简悠抿嘴一笑：“我的确很久没见过她了。”

气压越来越低的当口儿，戴着兔耳的服务员端来鸡柳，洒了红彤彤一层胡椒面，红黄相间，令人食指大动。

“你怎么点的东西啊？”白云飞望向慕斯。

“呀，我忘了。”慕斯一拍脑壳，满脸愧疚地看着简悠，“悠悠，对不起啊，我忘记你不吃辣了。”

“没事的。”简悠笑得灿烂，叉起一根鸡柳放入嘴里，“现在能吃了。”

慕斯呆望着她若无其事地咽下，不自觉也跟着做了个吞咽的动作。

白云飞靠坐在椅背，嗤笑一声：“你变得还真多。”

简悠想起他在走廊上的话，认真地看着他：“我们是不是有什么误会？”

白云飞低头吸了口气，抬头挂着笑：“没有，就这样吧。”他抄起背后的书包，“我有训练先走了。”

“这么赶吗？”慕斯想拉住他。

“是啊，我记性不好。”白云飞回头，看了眼简悠，“怕生疏。”

三

简悠以为自己的专注力不错，连着做一下午题都不带抬头的，晓落月升，换一本书接着埋头，这是她在初中就练成的本事。

为此付出的代价是：加深的眼镜度数，僵硬的肩膀，酸胀的背脊，指侧的茧。

她习惯于完成任务后伸个懒腰，舒缓背脊，往往抬起头，身边的人已经走光了，外边已经虫鸣星沉。

简悠转头看到那块玻璃，想到那个站在玻璃后长身玉立的人，不禁微笑，突然很想就这样发会儿呆，她扔掉笔，丢掉题，就纯粹想一想过往，真是太奢侈了。

简悠的生活和做题的步骤一样规律，大课间上卫生间，然后站在走廊上眺望五分钟，拯救她无可挽回的近视。

简悠洗好手，还没冲完泡沫，对面男厕出来的同学玩笑打闹，推搡间她被撞得磕在洗手池上。

“同学，你没事吧？”男同学小心地问。

“没……没事。”她撑起身子，突然发现胸口一凉，原来刚才贴上了池壁沾湿了。夏季白色的校服上衣薄而通透，她一下捂上胸口。

“同学，你伤着了没，转过来看看呀？我们……”讨厌的声音在她耳边絮絮叨叨个不停。

“那个……我没事，你们走吧。”简悠的脸烫起来，努力回想自己抽屉有没有放着秋季校服外套。

“同学，我们得确保你没事呀，你到底伤着哪儿了？”言罢，男同学的手搭上了简悠的肩膀，想让她转过身子。

“干什么呢！”白云飞一掌拍开男同学的手。

“我看看她有事没事啊！”

“哪儿凉快哪儿待着去吧。”白云飞摆摆手。

“成！白大少料理，小的放心！”那位男同学嬉皮笑脸地拉着其他同学走了。

白云飞脱下校服外套，披上简悠的肩。

“你没事吧？去医务室吗？”

简悠抓紧外套，轻声说：“没事……”

“那……我先回去了，衣服你给慕斯就行。”白云飞讪讪转身。

简悠心中突然一空，急忙转身：“白云飞！”

“嗯？”他回头。

简悠低头吸了口气，笑得眉眼弯弯：“白大侠，我请你吃麻辣烫啊！”

“噗。”白云飞笑得咧嘴，“成啊！”

“还有——”简悠上前一步，亭亭站在他跟前说，“我现在记性很好了，所以……

“救命之恩，没齿难忘！”

四

九月的日光晃眼依然，下午五点，全无西沉之意，洋洋洒洒映在砖红的教学楼上，浮光跃金，静影沉墙壁。

简悠和慕斯站在楼前被日光包裹得暖和，惬意地打哈欠。

高一教学楼和高二教学楼往来进出不绝，高三楼静静伫立在中心广场的另一侧，比肩的是实验楼和艺术楼。

“宜中果然出手大方，建个新校区圈了这么大一块地，每个年级单独两栋文理楼，还把这高三教学楼建得遥遥相望，悠悠你说学校就这么怕我们吵着他们？”慕斯皱着眉，颇为不解。

简悠笑了笑，附在她耳边说：“据说这高三教学楼是找人看过的，风水宝地，灵气聚集。”

慕斯张大了嘴巴：“不是吧，咱这高级中学还搞这一套？”

简悠耸了耸肩：“非也非也，运气也是一种实力。”

“唉，也是。这高考可是国考，十年寒窗，改变命运啊。”慕斯学着老师们励志地强调。

“说到高考，大概只是咱俩命运了。”慕斯搂过简悠，“白云飞那个大款，似乎是打算远渡重洋，留学了。”

“他要留学？”简悠有些诧异。

“应该吧，他一直关注国外的学校来着。对了，你还不知道吧，他钢琴练得很不错哟……”

“光天化日之下，咬什么耳朵呢？”白云飞单肩背着书包从台阶上跨下来，迎面落日灿烂，他微眯着眼睛笑，“说什么见不得人的事呢？”

慕斯吓得一愣，跳脚说：“你怎么背后偷袭，本小姐行得正坐得端好吧。”

白云飞摇头一笑：“行了行了，你比直尺刻度还正，行了吧。”他突然想起什么，拍了拍慕斯的肩，“对了，舒流是不是在你们班来着？”

“你说那个‘下九流’？”慕斯皱眉问。

“斯斯，你怎么这么说别人！”简悠压低了声，拉了拉她的胳膊。

“没有。”慕斯皱着眉头解释，“他自己说的啊！”

慕斯忆起，那是开学以来的第一次正式班会，阳光温热的午后，窗明几净的教室里大家坐得整整齐齐，淡蓝色的窗帘随微风起浮，像是一道道澄净的波澜。

步入重点高中的同学们朝气蓬勃，自我介绍时带着青春特有的局促和郑重，女孩子们每句话都伴着甜美的笑，不时低头拢一拢头发；男孩子们更加腼腆，卡词时不好意思地挠挠头，目光清澈。

舒流上台时，慕斯清晰地感受到周围女生的目光都聚焦了，伴着刻意压低的阵阵耳语和暗暗骚动。

慕斯看到那个挺拔的男生大步走到台上，发梢微卷，剑眉星目，抬头露出一个肆意爽朗的笑。

他双手插兜，微抬了下巴，傲视众生般看着台下。

他撇了撇嘴："我叫舒流，三教九流的流。"

慕斯莫名其妙地翻了个白眼，三教九流您挺骄傲啊？

"你找他干吗？"慕斯戳了戳白云飞问道。

"篮球队队长让我拉他进队啊。"白云飞坏笑一声，"要不慕大小姐和我给他说一声去？"

慕斯急急向后闪一步："我和他又不熟，干吗喊我？"

"您不是再度荣升班长了嘛，管他一个'下九流'还不是绰绰有余？"

慕斯抬着下巴笑："别，我妈不让我和那些不三不四的人交往。"

白云飞吃瘪皱了眉："欸，你就……"他抬眼一瞥，惊奇地扫到两米开外柱子边的舒流，不知什么时候站在那儿的，正好睨着眼看向他们这边。

"算了，本少爷亲自出马请佛去。"白云飞大步向舒流走去。

慕斯顺着他望去，看到站在柱子旁的舒流，发梢被阳光烤成金色。她咧了咧嘴，心虚地戳了戳简悠："他啥时候出来的，不会听见我说的了吧……"

那厢的舒流像是有意似的，抬高了声调："篮球校队？还要我这样不三不四的人啊？"他明目张胆地看向慕斯心虚而躲避的身影，眼神玩味。

白云飞一手搭上舒流的肩：“欸，别矫情了，来不来一句话吧！”

“这个嘛，我记得校队赛前训练是要占用自习课的，得班长向班主任批啊！”

慕斯耸了耸肩，噘了噘嘴对简悠抱怨：“听见了没？你说这都什么人啊！白云飞居然与此等邪魔歪道同流合污！”

她愤愤地拉着简悠走到柱子边，睁着圆眼对舒流说：“行了，我会帮你申请的！”说完一拍白云飞，“麻辣烫还吃不吃！”言罢头也不回，拉着简悠转身就走，尴尬从喉咙漫到脸颊，气红了耳根。

白云飞急忙跟上：“当然要吃！”

她瞥一眼完成任务满意地笑着的白云飞：“就你事儿多！”

广受群众爱戴的麻辣烫，似乎哪一家都少不了那么几样。

一如久经岁月的感情，下了油一滚，烫醒凉皮面里柔软的心，还是热气腾腾。

“老板，鱼丸，加糖。”

虽能食辣，犹不欢也，非不能也，是不为也。

简悠接过剔透晶莹的鱼丸，看见白云飞一口咬掉半个麻辣年糕，涨得瘦削的双颊也红扑扑地鼓起来，像是未褪的婴儿肥。

她笑着举起莹白的鱼丸装模作样地向白云飞刺去：“落英剑法。”

少年怔了怔，鼓鼓的双颊里食物咽不下去，哽在喉咙口，灿灿一笑，呜咽着说了句不清不楚的话——

“玄铁剑法。”

第五章

修我甲兵，与子偕行

一

冲淡繁重学业的是秋季运动会，像是专门用来缓解上高中以来同学们激增的压力，顺道融化同学之间因埋头做题而疏忽人际关系结下的薄冰。

高中的友谊，总是带着几分亦敌亦友的味道。

身旁每一个人都是和你同一战线同一战壕的战友，你们并肩抗争为了同一个目标，力求在高考面前将自己武装得更强一点。但是同时，你们又都是这座独木桥上的对手，残酷的升学率逼着你们对决。当然，你的对手遍及全国，你不能狭隘地坐井观天、画地为牢看着眼前一隅，但是，谁也没办法把自己摘出去不是吗？考试公平地将你们划成三六九等，无可否认，你得战胜数以千万计的人，战胜比你迟钝比你懒惰的人，也要战胜比你聪明比你努力的人，无关刀剑的战场上硝烟四起，站在繁重功课之上，抓着手中的笔，孤立无援。

这大概才是“友谊第一，比赛第二”的意义，在热烈的红砖道上，在青翠的绿茵场上，可以放一放独木桥的威胁，握手言和。

简悠作为“体残”一向只属于跳远运动，她只有这个还不错，因为是中考的体育项目之一，闷声练了一年，大腿酸胀得上楼都发颤，终归练到了满分。

不过面对高中第一届运动会，她还有一丝丝自我挑战之心，虽然仍是乌龟一般闷声不响地烂在肚子里。

后来，体育委员拿着表一遍又一遍问还有没有人要报名的时候，她刚做完一道立体几何，解析过程和思维一般曲折，她习惯性地抬起胳膊伸个懒腰。

眼镜滑到鼻头，她模模糊糊看见了台上体育委员惊喜的笑。

“行，那就简悠啦！”他终于完成了任务，卸下重担后长吁一口气，很高兴地用圆珠笔在表格上画下一个漂亮利落的钩。

四周好似有小声的议论，简悠扶了扶眼镜，若无其事地做下一道题，心底有些死灰星星点点地复燃，嘴角不自觉上扬了一个弧度，大概来自表格上的那个钩。

当然，在晚自习结束后，人走茶凉，万籁俱寂之时，她戴好眼镜一步步轻轻走到贴表格的公告墙前时，那一点弧度马上被打回原形，耷拉下来。

阳光灿烂的体育课，简悠拉了拉马尾，将发圈固定紧，压腿扭脚踝，做热身运动的时候，白云飞穿着球衣气势汹汹跑过来，像是拖了十八米的长刀。简悠动作呆住，徒生几分心虚，转身想溜。

“哪儿去！”他一手按住简悠的肩，少年有力的手掌温热非常。

他喘着气，汗珠从发间滑到脸颊流向脖颈：“你能不能别瞎逞能啊！”

简悠咧嘴僵硬一笑：“呃，我不是想……新学期新挑战嘛，开学典礼上校长怎么说的来着，人要学会走出舒适圈？咦？对了，你从哪儿知道的？”

白云飞一挑眉：“你管我呢！”他突然意识到自己刚下球场，浑身是汗，赶忙把手从简悠肩上挪下来。

他是在球场上听闻的，刚拿下分，全场雀跃，走到场边拧开瓶盖咕噜咕噜喝水，听见旁边一班的体委笑着说终于解决掉了运动会项目名额，某个项目差点就得自己上了，还好最后冒出个不言不语的女孩撞枪口上了。

白云飞留了心，随意凑过去问了声哪个倒霉蛋，果不其然听见了简悠的名字。

体委说得眉飞色舞，欣喜不已，白云飞把手里的矿泉水瓶捏得皱皱巴巴，劲瘦的手青筋毕露。

“那可是3500米啊！就你？”白云飞低头看着简悠，气愤又辛酸。

偏偏这丫头还能扯出个笑来：“嘿嘿，慢慢跑……能跑完吧？”

“欸，那边那个就是你们实验中学以第二名考上来的女生吗？叫什么来着？”操场看台上的一人说着，推了推旁边的陆子期。

陆子期顺着他指的方向望去，及肩头发的女孩微微抬头，看着身前穿球衣的高瘦男生，似有笑意，他怔了怔。

“是不是叫简……简悠！对吧？”身边的人语声犹疑，等着他的回答。

陆子期若无其事地移开目光：“不知道。”

二

“就剩两圈了！”白云飞穿着白色卫衣跟在简悠后头跑。

简悠低着头跑步沉默不语，她算着的，还有四圈呢。

跑完两圈，她双腿疲软，一屁股坐上草坪，抬头望向白云飞：“欸，你不用陪我一起跑的……”

由于言出违心，故而声音格外轻糯。

“你说什么？”白云飞喘着气问。

“没什么。”她低着头，浑身疲惫黏腻。

“赶紧站起来，刚跑完不能这么快就坐着。”白云飞拉起简悠的胳膊。

简悠太累了，想要耍赖，撒娇不起，但也只是愣了一秒，脑子清醒了，就赶紧麻利地站起来。

白云飞感觉到她的停顿，甚至准备迎接她的撒娇耍赖，小时候练就的惯性，忽然复活起来，她一瞬间打破的惯性让他有些错愕。

他凝神望着她，其实她的外表没怎么改变，鼻子、眼睛甚至脸庞的轮廓，都像是按比例放大似的，偶尔露出的神情还和小时候一模一样，这样熟悉的一个人，有时却像是变了一个人。

“简悠。”他轻轻喊了一声，不知是在惦念过往的人，还是在呼唤现在。

少女逆着阳光回头，马尾在修长的脖颈扫了一圈，浑身镀着光。白云飞突然想起那一间破旧的老教堂，白皙的手指奏响了第一个音符，乐声悠扬，光彩如今。

“嗯？”简悠笑了笑。

他走过去在她脑袋上敲了一记，手感没变。

“没事儿。”

简悠捂着脑袋忍痛皱眉：“你没事，我有事好吧！”

白云飞不好意思地耸耸肩，坏笑道：“欸，我好像算错了，还有两圈来着，天都要黑了，赶紧跑完吧！”

“你说什么！”简悠瞪圆了眼，只觉莫名其妙。

三

宜中有个魔咒：逢运动会，必有暴雨。

今年似乎是新生们祈求太阳成功，运动会第一天晴空万里，澄净得像是被打过三层肥皂洗过一样。

运动会最忙的倒不是运动员们，比赛场次之间都有空隙，休息时间充足。

忙翻天的是广播站。

简悠坐在看台上笔耕不辍，她已经收到三条来自慕斯的催稿短信了。

简悠是广播站的编辑写手，慕斯则是甜美主播，记得当时编辑招收现场还是慕斯和她一起去的。广播站招人开门见山，三篇文案，字数相当于三篇考场作文，慕斯转头就走，简悠拿出写考试作文的态度施施然提笔埋头。

简悠记得最后一个胖胖的学姐把她留下来进行复试，人生中第一次面试她还有点儿紧张。

靠着窗边，胖学姐先是问了问她文章的灵感来源，简悠信口胡诌，把话圆得漂亮，胖学姐眉开眼笑，铺陈结束，开始借机讲述自己在校报那二亩三分地上的锦绣河山，大有要一统中原，称霸全版之态。简悠笑得耐心，有种面试者与被面试者颠倒之感。

最后胖学姐表示社稷安稳，前途光明，随手指着天河上一弯弦月，让她随笔一篇。

简悠面上云淡风轻，脑中排山倒海，终于收拾好河山，云开月明。

“我喜欢文笔好的。”胖学姐悄然一笑，丰腴的面庞莹润如珠。

“但我认为的文笔好可能和你这种不太一样。”胖学姐皱了皱眉头，巧有东施之姿。

简悠淡笑着点了点头，十指在背后绞成了同心结。

一旁观戏嗑瓜子许久的双生花学姐连忙迎上：“欸，学妹，我们栏目欢迎你啊！”

简悠回头，一腔热泪蒙眬之中，两位学姐姿容俏丽，飘然清雅，恍若神仙妃子。

“我……成吗？”

双生花学姐对视一眼，心想中考作文满分，还能有什么不行？

她们异口同声道：“当然！”

简悠写完三篇运动会稿子，拿着厚厚一沓稿纸，穿越各个班级的队列，送去广播站。

慕斯口干舌燥地坐在一排课桌的角落里筛稿子，桌肚里塞满了废稿。

“啊！我受不了了，能不能别永远开头都是‘在这个秋高气爽的日子里’，放过‘秋高气爽’行不行啊！它出场通告太多，累死在路上了！”

简悠嗤笑：“慕大主播要求太高了，九年制义务教育中这么多届运动会，这几句套话实在太深入人心，就像写信一定是‘我亲爱的×××’啊，大家来到运动会就会想到……”

“停！”慕斯赶紧打断她，“我这辈子再也不想听到这四个字了。”

“好吧。”简悠掏出写完的稿子，在慕斯面前晃了晃，“那我就携稿先走啦。”

慕斯一把抓住眼前晃荡的稿子，死死不放，笑得奸邪：“悠悠，你简直是个天使！”

简悠走出广播站，丽日高照，广播里甜美的声音间歇性播报稿件和点歌。

点歌服务是广播站的主要经济来源之一，两元一首，童叟无欺。

据悉每每运动会结束后，广播站就全员聚餐，大快朵颐。

广播里一遍遍不厌其烦地播报着：“×××为×××点歌一首，祝她/他永远幸福快乐……”

广播站的电脑没有网络，能够放的几首歌曲都在U盘里，数量有限，根本不能支持随心所欲的“点歌”服务。但是排队送钢镚儿的点歌条还是源源不断，乐此不疲，有时积累太多来不及播报，甚至还有加钱要求加速的。

这一度让简悠觉得匪夷所思。

最后还是慕斯一脸“明白人”似的老到语气挑明了：“真正重要的根本就不是放什么歌，而是有人愿意为你送出这首歌的心意。”

这样的心意，在少年时期由两个钢镚儿表达，最好的年华里，带着最懵懂和诚挚的心。

四

简悠在不计其数的“×××为五班朝瑰点歌一首”“×××为二班白云飞点歌一首”“×××为五班慕斯点歌一首”中回到班级看台。

云卷天澜，有些黯淡，明天就是3500米长跑比赛了。

有没有人问过，“人定胜天”有没有期限的？

运动会第二天，太阳公公从清晨开始躲猫猫，不过既已是第二天，同学们的热情已经消耗了一整天，此刻就变得有些无欲无求。

简悠的比赛在下午，午间她和白云飞、慕斯一起吃饭。

慕斯的嗓子战斗了一天，已经倒戈摇旗，喝着银耳雪梨，不想再发一个音。

白云飞不断刷着手机，整张桌子，安静非常。简运动员遵循着“食不言，寝不语”的好规矩，乖乖吃饭。

简悠吃完将碟子摆得整整齐齐，跟比过长尺刻度似的，端起餐盘准备离开。

“欸，我还没好呢。”白云飞从手机里抬起头。

简悠皱了皱眉：“可是……我到点了啊……”

白云飞一瞧时间，嚯，还真是。

“欸，你先别急。”他关了天气预报界面，将手机收进裤袋，端起一口未动的餐盘，“下午可能比不成了。”

“喂，你都没吃呢，太浪费了。”简悠看着白云飞将完好的午饭送进回收传送带。

“走啦走啦，先去看看情况。”白云飞拉着她的马尾催促。

“欸……咳咳咳……我还……我还在这儿呢！”慕斯咆哮。

简悠回头看她，白云飞头也不回提溜着简悠出去。

什么叫作“天网恢恢，疏而不漏”？操场上空阴云密布，操场之外晴空万里，这片乌云可谓是将他们这群操场之马团团围住，一个都别想逃。

简悠深吸一口气，转头看见一旁的白云飞倒是比她着急上火。

“没事啦，看样子应该还没这么快下吧。”

白云飞怒目一瞪：“你懂个屁。”

简悠不悦地撇撇嘴，她怎么不懂，现在雨下了才好呢，比赛能直接延迟到雨后或者干脆取消，一了百了。最怕的是比到一半下起来，不接着跑总有那么几分逃兵的意思，也不符合咱的运动精神啊。这硬着头皮跑吧，不说落汤鸡的滋味不好过，就说万一……

简悠脑子一团糨糊，突然一道闪电划过，雷声轰隆震人，吓人一跳。

身边的白云飞忍不住了："我有点事儿，你先在这儿待着。"言罢那长腿跑得比兔子还快。

简悠有些欲哭无泪，按剧本好兄弟不是应该同甘共苦吗？咱不能共麻辣烫不共雷公电母啊！

薄云被风吹散，透出几缕阳光。

老师们有些着急，想趁着风雨前赶紧比完，与这天斗一斗。

检录过程极快，简悠几乎是下一秒就被贴上了号码牌，站上了起跑线。

枪响，如箭离弦，各道选手纷纷拥入内道，一时内道拥挤不堪，可很快就以速度拉开了距离。

简悠心里有些落寞，像是憋了一股气，越发沉闷，逼迫她奔跑向前，当然还有那么几分好胜心，她保持在了前几名。

仅到第三圈，豆大的雨滴便砸下来，带着云层之上的一点温热，与滚烫的汗水混杂奔涌。风在耳边呼呼地响，简悠突然想起了尼采的话：

"当你远远凝视深渊时，深渊也在凝视你。"

当这满操场的笼中之鸟在揣测雨落之时，雨滴早已挣脱高空，以自由落体的速度以自然的姿态向我们奔来。

它可能早已在我们头顶，当我们还在低头沉思不语时。

第四圈的时候看台越来越闹腾，老师们在组织班级撤回教室。毕竟长跑不是什么精彩的比赛，没有百米冲刺的分秒紧张，没有跳高、游泳的曼妙窈窕，它是一种默默的持之以恒，长久的全力以赴。

简悠突然有点喜欢这项运动。

广播里不厌其烦地报了一遍又一遍"给简悠点歌一首，祝她永远幸福快乐"。

慕斯从主播那里抢来一张没有留名字的点歌条，坐在边上筛稿子的同事说：“多亏了那个二班的富二代，包了整个下午场，就念这一条，聚餐经费大大的有了！”

慕斯叹了口气，走过去问：“那个有钱无脑的家伙给了多少？”

同事嘿嘿笑着在她耳边报出一个数字，慕斯气极：“这家伙钱多烧得慌吧，我这个后门摆着看的吗？”

她气呼呼地抢过了话筒，深吸一口气，融化了无数片润喉糖的嗓子还是肿痛，但声音甜美依旧。

“慕斯给正在比赛的简悠点歌一首，祝她平安喜乐。”

“慕斯给正在比赛的简悠点歌一首，祝她平安喜乐。”

“慕斯给正在比赛的简悠点歌一首，祝她平安喜乐。”

……

甜美的祝福与瓢泼雨声交迭，简悠想要细细听清楚，却无奈脑子越来越晕，眼睛越来越蒙，脚步越来越沉……

地面浸透雨水，滑溜无比，她一个趔趄双腿跪下去，疼痛倒是让脑子一时清醒了。

薄如云纱的雨衣从头顶盖下，白云飞搀着她站起来。

“欸，好兄弟！”

白云飞黑着脸，浑身湿透，发尖雨珠滴滴滑落。

“谁是你兄弟！赶紧去医务室！”言罢，他一把拉起她就要离开赛道。

“啊……不要……”简悠努了努嘴。

嘿，这时候撒什么娇！

“你别瞎逞能了！”白云飞吼道。

“我跑了这么久……跑完吧。”她低着头喏喏道。

白云飞看着她，深吸一口气，被雨水浸泡的衣服贴在身上，他伸手在简悠脸上胡乱一通抹，泪水烫得指尖生疼。

“行，你就瞎逞能吧。”他拉着她的胳膊往前慢慢跑。

每次瞎逞能，我都陪着你。

简悠向着扑面而来的雨丝迎上去，白云飞单手撑着胃在内圈慢跑，胃酸在肚子里翻腾，隐隐作痛，他有些目眩。

跑到他们班级的看台下时，简悠见同班同学大多都留下了，扯着嗓子为她加油，体委为她摇旗呐喊，像个“中二病”……

他们一起淋着这场暴雨，雨水冰凉，血液滚烫。

简悠没有第一个冲过红线，还感冒了很久，吊了无数瓶水，喝粥到寡淡疲软，但她不后悔，再来一次，做完那道立体几何，她还是想伸个明知故犯的懒腰。

正如奥运会时勃发的爱国情一样，运动会能够奇迹般快速激发出班级荣誉感，当你们一同穿着稀奇古怪的班服走过开幕式，当你站在观众席第一次为一个并不相熟的同班同学嘶哑着喉咙呐喊加油，当你站在赛场上听到遥远而热情的来自班级的激励，当你精疲力竭绵软在长跑的跑道上，同学们递来一瓶水搀着你的胳膊陪跑，当同学们庆祝胜利将班主任高高抛起，那一刻是热泪盈眶的。

大概在运动会的时候，才是他们最青春最肆意的时候。

第六章

瞻望弗及，实劳我心

一

周一重新投入到紧张的课程中，慕斯懒洋洋地从校门往教室挪过去。

远远瞧见两个同班同学站在小吃摊上谈笑，她赶紧跑过去。

“嗨，这么早，说什么呢？”

同学抬手在唇边比个“嘘”，指了指对面马路。

慕斯转头看过去，一辆黑色的汽车停在路边，舒流已经下车靠在门边，低头似乎正在和驾驶座的人说些什么，然后抬头笑了笑，很自然地走到后座拉开了车门。一个高挑的女生从座位上下来，雪肌红唇，发尾高梳，似乎一脸不悦。

朝瑰？

议论纷纷的同学也同时屏息："哇，他们居然一起来学校？"

"开学第一天就有人见舒流主动找朝瑰了，帮她搬桌子、拿教材。"

中午，慕斯皱眉看着趴在桌上一动不动的舒流，想到早上那一幕，又转头看看空空如也的朝瑰的座位。

她伸手戳了戳他的胳膊："喏，你的申请已经审批下来了。"没想到人家半只眼微睁了睁瞧她一眼，转了个方向枕着胳膊继续睡得香甜。

慕斯看着他毛茸茸的发旋，努力克制着没撕了手里这薄薄一张脆弱的申请书，深呼吸保持好脾气，将纸揉了揉塞进舒流的课桌里，转身去一班找简悠一起回家。

宜中没有双休的概念，每周只有周六短短一个下午的假期，还得赶在晚上六点回来上晚自习，班主任亲自坐镇清点人数。

有一个下午能够正大光明走出牢笼，呼吸烟火尘世的清新空气，慕斯激动不已，奔向一班的脚步都是雀跃的。

哼着小曲儿蹦到一班，安静的教室简直和闹腾的走廊是冰火两重天，走廊上人来人往，欢声笑语；教室里的人们跟被隔离了似的，埋头刷题，旁若无人。

慕斯向坐在中间第二排的简悠招了招手，可惜对方沉迷题海浑然忘我，毫无回应。

最后还是靠窗边坐的同学发现了落在草稿本上的活跃阴影，抬头只见，凭窗而立的好一个清丽的姑娘！

慕斯不好意思地笑了笑，指了指埋头的简悠。

靠窗同学心领神会，怡然自得地领下佳人的请求，起身走到高冷的简学霸边上打了个招呼。

简悠愣愣被打断，转头看见站在走廊的慕斯，赶紧收了书包悄步走出去，还没忘了轻轻带上门，维持着两重天的平衡。

"哇，你们班的人放假都不回去的啊！"慕斯感叹。

简悠也注意到了这微妙的两重天：“他们有的家长就在附近租房陪读，有的是附近乡镇上来的，长假才能回家一趟。”

“唉，一班就是一班啊，果然学霸云集啊！”慕斯叹了口气。

简悠笑了笑：“这不是还没分班吗，每个班水平应该都是均衡的。”

慕斯摇头慨叹：“均衡的是我们这些普罗大众，你们班从重点中学上来的最多了，二班还有个文理双优陆状元，还有三班四班都是大神云集……”

“行了行了……”简悠柔声打断她，抬腕指了指表，“不是要逛街吗，晚自习倒计时还有五个小时三十二分……”

慕斯赶紧拉上她奔赴自由之校门。

宜市最热闹的吃喝玩乐地都聚集在古楼街，饰物小食，飘香十里。

简悠拎着章鱼小丸子、麻辣烫、炸鸡、奥利奥圣代、青梅果茶，还有围巾手套、毛绒帽……

她突然发现逛街是一件心身俱疲的事：“慕大小姐，你还要买什么啊？”

慕斯在收银台付完款，笑嘻嘻拎着新衣服过来。

“现在就买冬天的帽子围巾会不会太早了？”简悠不解地问。

“怎么会！”慕斯呼吸着校外的自由空气，容光焕发，欣喜不已，“马上就十一月了，入冬再买不是就晚了吗，这叫未雨绸缪！”

简悠瞥到慕斯手腕上的新衣服：“那为什么还要买这种薄纱的裙子？”

慕斯语塞，有些心虚：“呃……这是为了抓住夏秋的尾巴。”

“你这个逻辑，还真是……浑然一体，让我无力反驳。”简悠摇头笑了笑。

慕斯拉着她撒娇，叉起一块炸鸡喂进嘴里：“哎呀……女孩子嘛……欸！那边卖的是什么？好像挺有意思的！我们去看看！”

“简苦力”仰天长啸，提步跟上。

那是一间非常少女的饰品店，布置成暖调的米黄色，一应小饰物置于玻璃雕花托盘里，自天花板垂下透明气泡形的灯，气泡鱼线虚浮，颇为浪漫。银饰晶饰闪耀交辉，蕾丝和绸缎暗里流光，简悠能听见慕斯心底暗暗的汹涌。

商之道，在于把握市场脉搏，精准定位，一打一个准。

简悠兴趣寥寥，随手拿起一条墨绿色发带一瞧，哟，也就贵了三倍吧。

慕斯捏着几个亮闪闪的发卡，满眼希冀地问简悠哪个好看，简悠凝神仔细瞧了瞧做工，挑出一个在慕斯鬓边比了比。

“这个。”她说得斩钉截铁。

慕斯被她这副一本正经的样子逗笑了：“哈哈哈，挑个发卡拿出做解析证明题一样的认真！”说完，笑着蹦跶去付款。

简悠原地抬首望着半空中颗颗梦幻的气泡，光影交错，映出一个个恍惚的影子，像被凝固的时光。

公交车一路从繁华古楼开往静谧校园，慕斯眼角眉梢余兴未褪，大开的窗户灌进清爽的风，发丝飞扬，青春无敌。

“欸，悠悠，你们班学习压力那么大，你这样和我跑出来会不会耽误你啊？”慕斯突然想起那僻静庄严的一班教室。

简悠迎风一笑，拂开吹到耳前的发：“没事儿，劳逸结合嘛。”她很享受这样亲密的友情，显露出几分本性和玩心，神情颇为欠揍地说，“何况，超过我可不是件容易的事儿。”

“哎哟哟！”慕斯调笑，“大家快来看哪，这个人尾巴要翘上天啦，哈哈哈……”两人打闹在一起，“说真的悠悠，你挺让我意外的，小时候你可不是一般的懒，对学习啊成绩啊都满不在意似的，天天抢白云飞作业抄，现在居然这么用功！”

简悠低头一笑：“长大了嘛，肩负的责任越来越多，每个人都会成为独立的个体，哪有人可以给你抄一辈子作业呢？”

慕斯闻言有些感慨：“只怕是现在有人愿意给你抄，你也不再需要了吧。”笑意讪讪，“别老是让自己那么孤独，你都不知道，我去找你的时候，看见你一个人埋头做题，专注到超然物外，四周的空气都是高冷的。”她拉起简悠的手暖在掌心，“在你不知道的时候，可能有人已经做好了要给你抄一辈子作业的准备呢？”

公交车抵站，她们的车窗正好靠在站旁的梧桐旁，大片阳光般的金黄树叶溢进来。

“喏，送你。”慕斯掏出一个精致的浅黄色丝绒袋子，按在简悠掌心，抬着下巴笑得像只骄傲漂亮的孔雀。

“云飞抱怨说你忘了过往、易了脾性，但是，悠悠，我觉得你还是那个穿着蓬蓬纱裙赖在座位上怎么也不走的倔强爱哭鬼！他们男生知道个屁，我们女生才最懂女生呢。”

晚自习时，凉风习习，穿堂入室，白炽灯像是被切成一段段的宽面条，不悲不喜地晃荡在头顶。相信每一个沉溺题海的疲惫学子都怨怼过臆想过，来一场停电、地震、火灾，什么意外都好，房屋轰塌，电灯砸下，一了百了地结束这一切。

简悠摘下眼镜，揉了揉太阳穴，从包里掏出那个软软的丝绒袋子，轻轻拈出那一条墨绿色发带，细腻绸缎的材质，轻盈简约，边上细细密密镶着银线，尽头行云流水刺着品牌的英文，覆在葱白的手指上如一弯青水，川流绵延。

眼似秋波横，眉如青山黛。

是从什么时候开始，逼着自己长大，逼着自己丢掉小女孩的爱好，忘却幼稚的欢喜和青涩的惦念，逼着自己褪掉那层脱胎换骨的茧，挨过揠苗助长的生理痛，本以为世事瞬变，世人凉薄，是谁用细细的丝绒小心地将你揉进心里，天地之大，怀抱温暖。

小心将发带叠好收入绒袋时，简悠隐隐感受到旁桌的女生微烫的目光，嘴角微扬，慕斯说得对，女生才最懂女生。

二

期中考的昼夜复习让大家丢了半条命，成绩大榜是另外半条命。

宜中是市重点，各校英雄云集，每每考试，排名大榜横跨十米，好看得很。

慕斯和白云飞并肩站在一榜前，呆愣愣。

“呃……我知道悠悠很用功，没想到……”慕斯小声开口。

“走了。”白云飞低着头移开目光，脚步有些颓丧，自顾自走到楼顶的五楼走廊尽头无人处吹凉风。

五楼是两个艺术班、两个体育班，走廊楼梯间来来往往很多他熟悉的面孔，以前同在艺术学校学习，晚自习同在艺术楼练琴，很多还出自同位名师门下，考试成绩同在一张大榜临近的左右上下，以后可能还会有相似的去向和人生。

白云飞靠在窗边，看着穿戴时髦的艺术生们嬉笑打闹，脸上笑得灿烂，和适才大榜前很多成绩不理想的垂头丧气的文化生大相径庭。

他从暮色西沉站到华灯初上，从五楼的高度俯瞰校内外，对面高三楼一层层一条条苍白冰冷的白炽灯，给埋头苦读的学子照亮寒窗。校外是繁华热闹的洋洋大道，车水马龙，霓虹绚烂，不用上晚自习的国际生和艺术生常常成群结队地去打游戏吃夜宵，大肆挥霍着青春。

一边是囊萤映雪的“压力山大”，一边是光亮璀璨的明媚年华。

他们明明在同一所学校，却又仿佛相隔在两个世界。

五楼的教室人走茶凉，或去艺术楼训练，或逃出学校的牢笼。走廊的光忽明忽暗，白云飞一级级慢慢走下来，大榜的神秘随着公开而消失殆尽，同学们或喜或悲都回到那一方小小课桌前，被埋葬在如山堆砌的功课里。在这里，在这样的年纪，没有不可超越的对手，也没有不可动摇的位置，未来还那么长。

第一行金光闪闪的排名里，简悠的名字格外烫眼。

他心中莫名堵得慌，从小到大，无论是以前功课还是后来学琴，他从未屈于人后，但凡是他在意的，都会拼尽全力。他一直以为可以当武功在身、拔刀相助的杨大侠，但是此刻……

他没有想过如果有一天，杨过打不过襄儿了，该怎么办？

“考得如何？”简悠走过来轻轻地问。

一班老师格外关注成绩，排名早已印成名册人手一张发下来，她只是出来上厕所顺路瞅一眼大榜，没想到看见白云飞愣愣站在这儿，僵得像尊雕像。

白云飞转头望她，抬起修长的手臂，白皙的手指指着第一张大榜的榜首。

“你在这儿。”鲜红的大榜印着金色的名字，光荣骄傲。他转身看着她，一步一步后退，嘴角带着自嘲的笑，“我在这里。”

十张鲜红的大榜，他在第七张，她在第一张，他们之间，隔着汹涌的人潮，和是非分明的陌路。

白云飞的眼睛很红，不是被咸咸泪水淹泡过的涨红，是一个少年人烈烈燃烧的自尊心。

简悠迎着他的目光走过去，走到第十张榜前，转身对上他的目光。

“大概是三年之前吧，哦不，应该要从离开木水之后算起。”她指着第十张红榜，密密麻麻的黑色的名字，像是被判下死刑的公告。

“我一直在这个位置，在这个位置独自待了很久很久，那个时候，成绩好的学生看不起我，成绩差的学生力争上游不愿理我，我自己也觉得，不如就这样吧，反正我已经无可救药回天乏术了吧。”

简悠笑着说，仿佛在说别人的故事，云淡风轻，无关紧要。

“后来有一位老师很看重我，一直鼓励我，你知道一条濒临搁浅准备沉沦的鱼最害怕什么吗？”简悠低了低头，淡淡一笑，“最害怕别人的期待，害怕自己做不到满足不了，会让人失望。可是内心最渴望的，也是别人的期待，抱着悬崖最后一棵树不放手，也不过是期待出现一个人，哪怕救不了你也好，哪怕善意谎言也好……仍有人对你满怀期待，就是最值得努力的事情了。”

“你对我有期待吗？”白云飞自嘲地一笑。

你若是有期待，又怎会忘了我？

“没有。”简悠抬头望着他，走到白云飞面前，正视着他的眼睛，“我相信白大侠，会战无不胜，攻无不克，我相信你，远远超出了我的期待不是吗？”

三

慕斯成了孤家寡人。

她先奔到了一班找简悠，好的，期末考分班分流要备考啃面包可以理解；然后奔到二班找白云飞，什么？期末考分班分流要备考文A班？

“等等，你说什么？”白云飞开口，“你说简悠在啃面包？”

“你要考文A班？”慕斯惊讶出声。

白云飞放下笔从包里翻出妈妈塞的便当盒：“把这个给她送去，再给我捎个面包回来。”

“你要考文A班！”慕斯惊叹，只觉莫名其妙。

“先去送啦。”白云飞不耐烦地皱眉，想把这个麻烦精打发走。

“你先说！”慕斯把便当盒一放，“你钢琴学得那么好，艺术班、国际班哪儿不好？跑去文A班补文化课没必要吧？你知道文A班才收几个人吗？”

白云飞揉着太阳穴叹气：“年轻人要勇于向自我挑战啊，开学典礼校长怎么说的来着，人要学会走出舒适圈……”

“你别给我整这一堆有的没的。”慕斯一掌按在便当盒上，突然醒悟过来，“白云飞你想想清楚，道不同者不相为谋，你就算现在上了文A班，以后呢？毕业呢？康庄大道锦绣前程都不要了？”

白云飞闻言一笑，想到当初在老教堂里大放厥词的时光，撇嘴反问道：“你怎么知道我们就道不同？”他十指相握，底气十足似的，“无论是现在还是以后，我都要。”

他们已经分开太多年，错过太多了。

慕斯送完便当去给白云飞捎面包，感觉自己前世应当是累死在仙山的月老树，被世俗凡人的红绸生生闷死的那种。

“斯斯？”

慕斯闻声回头，只见一个骑在小电动车上绑着高马尾的女孩，发尾烫得浪漫肆意，几分相熟几分陌生。

“乐彤？”她皱着眉试探地问。

“是啊，我还以为你不记得我了呢，你还是和以前一模一样，你在哪个班呢？”

女孩声音清脆，眉梢灵动，慕斯有些陌生。

“没有，怎么会呢，我在五班呢。”她不好意思地笑了笑，不知为何，这个小时候最亲密的玩伴此时却让她热络不起来。“你变化倒是挺大，漂亮又……成熟？”她找不到一个词来形容。

“哪有啊，我听说你们五班有个校花级别的大美女，一定就是你吧？真好啊，从小到大都是班花加班长！”

慕斯目光暗了暗，垂了眸语声轻微：“没有。”

“都是姐妹有什么好谦虚的呀。”乐彤看见慕斯怀里还抱着面包，“欸，你减肥吗，就吃这个啊？”

“噢，不是，给白云飞捎的。”

“他也在宜中吗？天哪，宜中的好朋友真是太多了！”乐彤赶紧从小电动车上下来，拉着慕斯笑颜如花。

慕斯闻言也很高兴：“是啊，悠悠也在宜中的！”

“悠悠？哪个悠悠？”乐彤蹙了蹙眉。

“你忘了！”慕斯瞪圆了眼，“就是以前转学来木水，后来你们一起转来了宜市。”

“噢……”乐彤笑了笑，挽着慕斯，“这都多少年了，你还记得呀，我和她后来去的不同的初中。”

慕斯顿步：“彤彤，为什么我觉得……你们提到彼此都特别生疏？”

乐彤噘了噘嘴：“哎呀，都这么多年了嘛。”

慕斯苦笑了一声：“是啊，都这么多年了，你也只回来看过我一回，倒是简悠还给我打过几次电话。”

“哎呀，斯斯，我妈给我报了好多课外班嘛，又是练舞又是考级，我真的不是故意的！”乐彤拉着慕斯不放，语声绵柔。

慕斯看着乐彤熟稔的撒娇软语，突然有些不习惯：“彤彤，下次大家一起聚聚吧。”

上课预备铃响，慕斯脚步飞快，耳畔的风呼呼地刮，风干了眼里的热，追赶过去的时光。

趁着上课前最后一分钟，慕斯从窗口扔入面包，香软的面包在空中划出漂亮的弧线，白云飞抬手接住，给慕斯比了一个“OK”。

行云流水，入口还是喜爱的口味。

倘若他日再见，此去经年，我该如何贺你，以沉默，以眼泪？

四

分班考在圣诞节前夕，前一晚是平安夜，寒风凛冽，重霜无雪，大考在即，几乎没有一点点节日的气氛。

窗户上结了浓浓的雾气，澄净的窗子凝成了苍凉的白，简悠坐在窗边，只开一点点缝隙，虚无缥缈的寒气催人清醒，她的手指冻得有些僵，有些握不住笔，落纸的笔迹也越加凌乱。

不知道是哪户人家在漆黑夜空中点起烟花，前桌的同学闻声兴奋地拉开窗户，简悠抬头瞥见树枝寥落间点点光彩，稍纵即逝，美如梦境。

烟火落尽，简悠这侧的窗户被轻轻敲响，第一声她以为是烟火的回响，第二声以为自己幻听，第三声才徐徐拉开窗户。唯有空旷的草坪和浓雾弥漫的上空，她抬头望了望，无星无月，刚想要拉上窗，被一只手突然截住。

简悠吓得站起来，那只手一把推开玻璃，穿黑色羽绒服的白云飞从底下探出头来，哈着白气。

“喏，给你的。”教室在一楼，窗户离地仅两米左右，他扒拉着窗台，递上一个苹果绿的小礼袋，哈着白气笑得傻气，“要平安哦。”

简悠“扑哧”笑出来，捂着嘴怕吵到身旁自习的同学，热气入眼，眸子氤氲。

“明天加油，白大侠。”简悠从白色羽绒服的狐狸毛领中抻长脖子凑近窗边，脸颊冻得微红，映着乳白的绒毛，嫣然一笑，艳若桃李。

两人凑得太近，白云飞觉得她的睫毛几乎扫到自己的鼻尖，呆得一愣，手滑从窗台掉下去。

简悠忙探出去，白云飞双手撑地赶紧爬起来，脸颊红到耳根烫到头顶，扬了扬手崴了脚还一瘸一拐跑了。

简悠忍着笑，轻轻合上窗户。

苹果绿的小纸袋装点精致，丝带挂绳配着米黄镂花，简直不敢想象是白大侠的手笔。

里头铺了一层五颜六色的糖，放着个圆润饱满的苹果，里面还有一小罐温热的牛奶，握在手心，僵硬的手指一点点回暖。

冬天很冷，但是总有一些东西，能让寒气四退，冷硬消散。

复习和准备是漫长的，考试却是迅速的。

大考结束的这晚，各班都在放电影，班级投影仪是很神奇的东西，不管多无趣的电影，和几十个人一起放下繁重的功课，停下无尽的纷争，纯粹昂首以待看一个故事。

简悠悄悄从后门溜出来散步，草坪一片荒芜结霜，明月高悬，空气因冰冷而分外清新，月色流光溢彩，皎洁无双。

她很喜欢这样的感觉，尽全力，知天命，尘埃落定。

白云飞在五楼的走廊踱步，双手冻得没有知觉，也不揣进口袋。他低头看见站在一楼走廊的简悠，大力地朝她挥手，笑得眉眼弯弯。

他们并肩走在中央广场上，虫林俱息，一片寂静，昏黄路灯落下两个影子，缓缓同行。

“怎么不在教室看电影啊，这种享受在高中可不多得。”白云飞笑着看她。

“之前看过了，台词都能背下来了。”简悠低头看着影子。

“哟，这么厉害啊，正巧，本大侠也看过了！”白云飞语声清朗，“It’s just I need to speak to someone.Not someone,but you.(我只是需要和人说说话，不是其他人，只是你。)”

简悠微微一笑接上：“I love you, Dexter ,so much ,I just don’t like you.I’m sorry.(迪特，我很爱很爱你，只是不再喜欢你了，我很抱歉。)”

“In fact ,if I close my eyes,I can still see you there just standing in the dawn light.(只要我闭上眼睛，就仿佛还能看到你站在那里，沐浴着黎明的曙光。）”

寒夜漫漫，月华如水，简悠声音极轻：“I thought I got rid of you.(我还以为忘掉你了。）”

白云飞心一沉，顿步在她面前：“NO.”凉风中他鼻音很重，语调深沉，“Remember me until I forget you.(你要记得我，直到我忘记你。）”

简悠低下头，一笑：“这可不公平。”她漫步向前，转移话题，“你英文很好啊。”

白大侠陡然被夸，迎头接上：“彼此彼此啊。”

“慕斯说，你之后打算出国留学？”

“还没有确定，不过有这个想法。”白云飞狡黠一笑，看着她说，“我的钢琴老师曾经留学欧洲，能够帮忙向维也纳的教授写推荐信。”

简悠低着头淡淡一笑：“那很好。”

白云飞见她毫无反应，有些失望地穷追不舍：“你呢，小提琴学得如何了？有没有勤加练习？不会还是和以前一样懒吧？”

简悠叹了口气，顿步抬头看他。

十点，学校的路灯熄灭，放学了。

黑暗中，简悠轻轻开口：“回去吧。”

转身，黑暗中踽踽独行，她走得娉婷而洒脱。

五

大考是全年级的一场劫数，老师们上上下下批改登机排名忙得脚不沾地，学生们一颗心七上八下对答案估分默算，急得如热锅上的蚂蚁。

简悠几乎是掐着时间点进的办公室，掐了掐僵硬的脸带着笑进去。

“老师，我想问问分班的情况。”

语声放得轻柔而小心，如此在人仰马翻的办公室里才不被讨厌，当然，资优生自带讨喜光环。

“哎呀，你还有什么可担心的，你一向是最稳当的了。”老师笑眯眯地说。

简悠低头牵了牵嘴角，不好意思地将垂落眼前的头发绾到耳后，负手低头，一副乖巧做派。

“好啦好啦，你也是来得巧，反正早晚都要公布的，给你看看也好安下心，回去可不能懈怠啊！”

“不敢。”简悠接过名单，从下往上扫视，目光谨慎，十指微颤。

“唉，你这孩子，太过谨小慎微啦，要放轻松，这考试就是靠平时积累还有考场状态，没有一个好的心态怎么能行……”老师好几天都被关起来默默批卷，话匣子一打开就收不住了。

简悠找到名字，会心一笑，耐心听完老师的长篇大论，不时点头表示认可接受，虚心听讲，直到老师心满意足，拍拍肩让她回去。

简悠慢慢带上门开始在走廊狂奔，室内的老师看着她笑着摇了摇头，这孩子啊……

简悠到了二班才被告知白云飞已经去艺术楼训练了。走之前简悠看到白云飞课桌上满满当当垒着的练习册，翻开的草稿本密密麻麻，想到他挑灯夜战的样子，暖流暗涌。

艺术楼单独一栋，同心圆结构的环形三层小楼，中央草坪里种了一棵高大的桂花树，应季时芳香满园。绕着中央花园一圈圈都是一间间的隔音练习室，按艺术种类区分，一楼是舞蹈类，二楼是美术类，三楼是音乐类。

简悠走到楼梯口，一个高挑的丽影从楼上下来，女子容貌绮丽，明眸皓齿，高昂着头骄傲非凡，蹁跹路过她的身旁，简悠愣愣地回头遥望。

“伤心桥下春波绿，曾是惊鸿照影来。”

她想，所谓惊鸿照影，也不过如此了。

待到美人走远，她回过神来，两步一个台阶爬到三楼，一间间听过去。

肖邦、莫扎特、舒伯特……

她在第六间门口停下，靠在墙边，静静听他弹完。

不知过了多久，树影从倾斜至湮没，白云飞打开门，错愕地看着简悠。

"什么时候来的？"

"大概……《C大调幻想曲》的第三章吧。"

简悠牵了牵嘴角，想到适才楼梯口的"艳遇"："欸，我刚才遇见一个大美人！"

"刚刚？"白云飞皱眉，"噢，你说朝瑰！"

"朝瑰？"简悠轻轻念着这个芬芳的名字，眼珠一转坏笑着推了推白云飞，"挺熟啊！"

白云飞有心逗她，眨眨眼说："是啊，她刚刚从我这儿走的。"

"从你这儿？找你干吗？"简悠狐疑地看着他。

"那你又来找我干吗呀？"白云飞嗤笑，"怎么，有好消息？"

"别妄想转移话题。说，美人找你干吗呢？"简悠指着他。

白云飞叹气认输："好啦好啦，我坦白从宽，来问舒流的，行了吧。"他负手靠在门边，笑意盈盈，"说吧，分班考的好消息。"

简悠见他这云淡风轻的模样，歹心突起："没有，坏消息，安慰你来的。"拍了拍他的肩，"没事，去文B班也好，你一定能成为……嗯……文科生里钢琴弹得最好的！"

白云飞牵嘴一笑："不可能，除非文A班取消了，不然本大侠绝对万无一失！"

简悠挑眉："这么有自信？"

“不是你说的吗，相信我战无不胜。”

“我现在相信啊……没人比你脸皮更厚啦。”

白云飞双手拍上她的脸，像小时候一样将眼睛嘴巴揉成一样圆的“O”形：“哈哈哈，来都来了，合奏一曲啊？”

简悠奋力挣扎，有些心虚：“我不要，我那两首练习曲才不要在你这个专业的面前丢份儿呢！”

“没事儿啊，都到艺术楼了，我去隔壁给你借把小提琴有什么难的！等着啊！”

简悠赶紧拉住白云飞的胳膊：“呃，算了吧，我……我不习惯用别人的琴……”

白云飞闻言一笑：“嘿，我说简女侠，你怎么冒出这么多毛病，以前没这么挑剔啊！”

“大了嘛，有追求了，不行啊！”

“行行行！来来来！”白云飞拖着简悠往琴房拽，“我看看这么有追求的简女侠有没有长进。”

简悠从他胳膊底下钻出来：“那什么，天晚了，我得回去上晚自习了。”

白云飞拦住她：“都考完了，你上哪门子的晚自习啊！”

“这是我的追求，学习使我快乐，你们这些临时抱佛脚的不会明白的。”

言罢一溜烟跑了。

白云飞看着她的背影消失在楼梯口，转身挪步走到钢琴旁，有些落寞，单手慢慢弹奏一首练习曲，指尖起伏，往日沉浮。

六

全年级刚从分班考的浩劫中走出来，元旦会演的阴云又猝不及防飘来。

“有才艺的同学要主动积极报名！咱们高一年级这回是第一次和高二、高三两个年级一起同台，绝对不能跌份儿！”班主任对于年级主任的指示进行上传下达，原属年级主任的七分霸气到了班主任这儿，只剩三分怨气，材料念完，班主任清了清嗓子。

“同学们，元旦以后还会有的，活动以后也会有的，但是高考人生中只有一次，千万要把握住了！分班虽然结束了，但是战斗没有结束，咱们就不能懈怠了！行了，继续自习吧。”

简悠听见四周压低的叹息和抱怨声，无甚感受，她早已习惯远离这些活动，一则小学时流言蜚语多来源于此，二则入实验初中时基础太差根本无暇参与。

她习惯站在台下当一个不用付出的观众，而畏惧万众瞩目的舞台，她也早已自愿放弃了舞台。

诺不轻许，亦不轻弃。

简悠这厢刚由内而外贯彻了“老班”的思想，把一颗心稳下去，那厢白云飞几乎是马不停蹄跑来，一把将简悠拎了出来。

简悠看他这副欣喜若狂的模样，一颗心瞬间提起来，久违了麻痹的地方又开始隐隐作痛。

“我们合奏吧！”白云飞眸子闪亮如星，“就和小时候一样，就在这次元旦会演！”他语速很快，掩不住的亢奋。

简悠抬头能看见他俱是笑意的眼角眉梢，甚至在嘴角牵出小小的酒窝。她只觉喉间苦涩，舌头麻木，明明已是时过境迁，慢慢淡忘掉的痛苦，竟是这么难开口。

“云飞。”她低着头，语声很轻。

“让我想想我们该选什么曲子呢？现在的我可是百家曲库了，炫技的、古典的都没问题，还有那首《童年》你记得吗？我改编过好多的版本，还有……”白云飞乐着说个不停，他几乎已经将整场合奏在脑子里排演了一遍。

“白云飞。”简悠抬头看着他，心中酸涩，眼眶红润，咬着牙关强忍。

白云飞傻傻回神，双手搭上她的肩膀：“你说什么曲子好？”

简悠舔了舔干燥的嘴唇，扯了个笑：“我已经不拉琴了。”

她努力说得云淡风轻无所谓，就像在说中午吃过什么、喝过什么，就像当初她上完最后一节课背着琴回到家中，也是懒洋洋不在意地向父母宣告。

“你说什么？”

简悠抿着嘴摇了摇头：“我已经不学小提琴了，很久了……”

她抬头用力屏住呼吸瞪大眼睛，将眼泪憋回去，笑了笑说：“这很正常的，不是每个人都能始终如一学到最后的，谁还没几个半途而废的爱好呢。何况乐器这东西太要天赋了，我……我不喜欢了，就不学了。”

“不喜欢了？”白云飞冷笑着质问，“那维也纳呢？”

简悠能感受到肩膀上手掌的力量不断收紧，骨肉被捏得生疼，她笑着抬头看他：“不过是个儿时的笑话，怎能当真？”

“好！”白云飞放下双手，“真好，小时候多好啊，话随便说，人随便信，说过的转身就忘，做过的一把推翻，简女侠真是好样的！”他一拳重重砸在窗台瓷砖上，嘶吼中已有泣声，“是你说过的！是你说要合奏，你说要去维也纳，你说……你说过的啊！”

他在失笑中抬起头，眼眶通红，青筋毕露：“什么‘人不如旧’，什么‘相思相见知何日’，简女侠，简悠！你也不过如此。”

不过如此绝情，不过如此寡义，不过被岁月打磨成一般无二的平庸。

不过如此，何难相忘。

第七章

绿兮衣兮，绿衣黄里

一

后来的日子，白云飞以备战比赛为名，没再来上过课。

年级主任四处拉人组节目，气急败坏，拉所有老师组成合唱，并将学生档案全部筛了一遍，白云飞这个好苗子关键时刻掉链子被长久拉进了黑名单。

慕斯身兼主持、独舞、合唱数职，忙得没踪迹。

整个校园闹腾起来，简悠躲到图书馆的阅览室去看书。

图书馆的书架排得紧密，简悠在不起眼的角落找到了金庸武侠全集，抱着书席地而坐，背靠着书架，冬日的阳光透过高大桂树透进来，让她感觉分外踏实安稳。

“同学，要关门了。”暮色时分，学生会的值班同学催促道。

简悠戴着耳机沉迷于故事中。

“同学。”戴着值班牌的陆子期走过去蹲下，轻轻拉下她左侧的耳机。

简悠抬起头，瞳孔一时放大。

“要关门了。”陆子期看着她，目光沉沉，声音温柔。

简悠低下头站起，赶忙将书塞进书架，拎起包从另一侧绕过书架离开。

依旧是躲瘟神一般的架势。

陆子期保持着蹲在她身侧的姿势，久久未动，目光停留在她刚刚塞回书架的书上。因为动作匆忙，书脊一角还没放正，他伸出手抚上书角，想要把它塞好，破旧卷边的书角上，落着西沉的阳光，仿佛还停留着某人的温度。

他闭了闭眼，叹了口气，将那本书抽出来，办好借阅后放入书包的最内侧，一排排满满当当的书籍独自沉默在暗淡暮色里，他伸手关掉所有的灯，毫不犹豫地离开。

之后是放假前的最后两周，简悠没再去过阅览室。

陆子期慷慨地包揽了放假前所有的值班任务，临近寒假的校园冰冷安静，陆子期屈着长腿，靠在那个书架上，看完了全册金庸。

飞雪连天射白鹿，笑书神侠倚碧鸳。是他埋葬在冬日阅览室，永不为人知的故事。

寒假前照例要开全校总结大会，学校尽力打最后一拨鸡血，激励学生们假期也不要放松。

从校领导的演讲题目里就能看出——“假期是用来反超的”。

学生代表简悠站在台侧一遍遍默背演讲稿，她的腿肚子止不住微颤，这是她自小的老毛病了，但凡一个人单独面对这样的场合，浑身上下里里外外的每一根神经都是紧绷着的，脸上寒气毕露，散发着生人勿近不好惹的气息，不言自威地拒人千里。

她抬头看了看台下，三个年级全体师生码得跟豆腐块似的整整齐齐，齐刷刷望着台上，就像……

“就像漫长雨季过后霍然放晴，那些个在屋顶上翻着肚皮晒太阳的大头香菇。”穿着初中校服的陆子期靠在台侧，语声轻嘲，抬手捏着下巴转头向她朗朗一笑。

“你呀，都快抖成个筛糠了。来，我教你啊，把手伸出来，在掌心写一个‘人’，然后握拳把它牢牢抓紧，张大嘴巴一口吃下去！”

陆子期看着向来清高的女孩呆呆站着，紧紧捂住嘴，吞下一大口虚无的“人”。

“哈哈哈，怎么样，有效吧。”

简悠喉结滑动，尽数咽下，适才急促跳动的心脏慢慢安稳下来，她愣愣地问：“欸？这个……不就是深呼吸吗？”

陆子期捂着肚子笑得欢。

那是简悠最初认识陆子期，人生若只如初见，那年你我俱欢颜。

台前校领导语声洪亮的高谈阔论已经进入尾声，她伸出掌心，轻轻画下一个“人”，捂着嘴一口闷下去，心率渐平，亭亭上台。

就敬往事一杯酒，如花岁月不回头。

二

爆竹声中一岁除，春风送暖入屠苏。

新年在连绵的爆竹声中开始，在弥漫的硝烟中热气腾腾。简悠回了趟木水，在一众亲戚的鸡毛蒜皮和家长里短中溜出来，一个人不知不觉就走到了中心小学。校门紧闭，简悠扒在栏杆间探头张望。

“简悠？”俏丽的声音在身后响起。

简悠转身：“乐彤。”

“哟，没忘了我呀！”乐彤笑靥如花地走近。

简悠低下头笑了笑，化成灰也认识吧。

乐彤走近了，简悠才注意到她穿得轻盈，短外套加长纱裙，翻领系了个蝴蝶结。她突然惊奇地发现自己小学时的审美居然拥有长久的生命力。

“不冷吗？美丽冻人？”

“习惯就好。”乐彤走到她身边，越过栅栏张望里头，“我看见你在总结大会上发言了，很厉害嘛，三年不见，当刮目相看啊！”

简悠皱眉想了想，似乎是有过这么一回事。

乐彤笑着靠过来：“慕斯和白云飞都搬去宜市了，没有回来。”

“噢？是吗？”

“我知道你们在宜中有联系。”乐彤笑了笑，指了指校门，“当初最早离开这里的是我们俩，现在还在和这个乡镇这群乡巴佬亲戚藕断丝连的，也是我们俩。”

“这只是你的想法。”简悠看着她，“不是每个人都和你一样，急于摆脱过去，急于改变自己。”

“简悠，你总是这样，把自己看得卓尔不群，孤标自傲。”乐彤歪头笑着，寒风中，裙摆飞扬，“但是那又怎么样，走得早不代表走得好，何况……”她凑到简悠的耳边，“很多事情躲得再远也逃避不了，我还记得那个老奶奶家的路呢，要我带你去看看吗？”她的语声轻柔，唇齿间吐出的热气如箭，刺在简悠耳中，锐利精准。

简悠牵了牵嘴角，退一步看着乐彤，毫不回避地笑：“彤彤，你可能误会了，我没什么要躲的，无论是谁，是什么事，我都没什么好怕的。倒是你，乐彤，从内到外，你真是没有一点长进。”

回宜市的路一点未变，宽阔绵长，车窗的树影飞快划过，简悠摇下玻璃探出头去看路边的路灯。夜幕中的灯光昏黄温暖，当年一步步走过的夜晚，数过的月亮，踩过的影子，冰凉的落叶，长久的梦境，罚跪的少年……历历在目。

简悠从口袋里掏出手机，删删减减，在到家下车前最后一秒发送信息。

“新年快乐。”

简单平凡，质朴庸俗，带着一个人的辗转反侧，服软低头。

像是完成一件大事，她长吁一口气开门下车，挑的位置不好，开门即水塘，居住多年，简悠明明早知道下车时要注意，还是一时恍了神，横空踏错，一脚爆竹纸屑沉积的淤泥，连带着从手中滑落的手机，扑通，游泳。

手机修好是在开学前一天，简悠急急打开收信箱。

除去几条中国移动、平安保险一类的华丽祝福，就是三条“慕斯”，和……一，二，三，四，五，六……呃，近百条“白云飞”。

简悠嘶一口气，感觉处境不太妙。

“哼。”

“哟。”

“还记得哪。”

“怎么着，群发的吧。”

“呵，没信了？”

“简悠你认错就这态度！”

“喂！怎么回事啊？哑巴啦？”

……

“睡了吗？”

“你怎么睡这么早啊！”

……

“起了没，大懒猪！”

“今天我比赛，练了这么久了，现在看见谱子就想吐。”

“喂，我拿了第一，虽然也没什么悬念吧，但还是挺开心的。”

“我可是第一个告诉你……我还不如跟一头猪说话，还能哼哼两声！”

……

“欸，我爸说去欧洲度假，想要什么东西，给你三秒钟，就这一次机会啊！”

“你……不会出什么意外了吧？”

……

“请问是本人吗？捡到手机请还给机主，联系我也行，我不会为难兄弟你的，这破手机想必也不值几个钱，想要多少你开个数行不？”

“兄弟咱们可是社会主义社会，八荣八耻怎么说来着，拾金不昧，好人有好报懂不？你扣一小姑娘的东西可不地道啊！”

……

“简悠，我不生气了，我错了行不行啊！你回个信啊！我在外头都玩不成了！”

“给你挑了个礼物，见好就收着吧！”

“如果你再不回我，上一条作废，我立马转身就扔河里去！”

……

“简女侠，你可以啊，我小看你了啊，你这耐性无人可比啊！怕是在古墓派底下埋了好几十年练的吧！”

“你有本事就走得干干净净，走得远点，别再出现在宜市。”

“简女侠，你有本事开学别来。”

……

“简悠，开学别跑啊！谁跑谁就是小狗！”

简悠一晚上颠来倒去看信息，看得哭笑不得，看得心满意足。

阅毕，简女侠如皇上批折子一般的气度回了一个字：

“好。”

本想功成圆满地睡下，压好被子，拍了拍枕头，信息提示音来了。

“短信发送失败。”

“尊敬的用户您好，您本月已欠费15元，超出信用期限将停机处理，为了不影响您的正常生活，请尽快缴费，谢谢合作！”

简悠拎上外套就往外跑，刚穿好鞋准备开门，哥哥从厕所出来看见她。

“哪儿去啊？”

“交电话费！”

“你看看几点了。”哥哥打着哈欠看智障一般，“就这脑子还考第一，真是一届不如一届了啊。”

“我……那你手机借我一下呗！”简悠赶紧拉住他。

哥哥恍如发现世界珍贵稀有动物似的，脑子一转，坏笑着问：“怎么，这么着急，有情况啊？”

简悠做贼心虚，但装得坦坦荡荡：“没……我问问老师预习些什么……”

“学傻了吧你！”他一拍简悠的脑袋，“老师不放假啊？放假不休息啊？不睡觉啊？尽讨厌你们这些倒霉孩子！”末了走之前还甩手数落一声，“怪不得嘉嘉都没空搭理我，都怪你们这些祖国的残花败朵，尽吸食人类灵魂工程师的幸福了！”

嘉嘉是哥哥的女友，伟大的人民教师。

简悠绝望，抓了一把头发，拖着步子回到床上，得了，天命。

三

开学这天老天十分赏脸，赐了个阳光灿烂的天。

简悠一手拎着一摞教材书，哼哧哼哧往教室爬，不时停步擦一把汗。

终于熬到教室，简悠把书往课桌上一堆，一屁股坐在座位上。

“喏，白大少的教材，小的给您拿回来了！”

“哟，还活着呢！”白云飞浅笑着睨她一眼，天热出汗的皮肤白里透红。

简悠懒洋洋地答了声：“托您的福，不敢挂。”

白云飞挑了挑眉，坏笑一声：“还说呢，你拿个教材这么久，前排的位置都被占了，你只能跟着本大侠坐这最后一排了啊！”

“啊……”简悠表情有些为难。

白云飞火气上来：“怎么着，不乐意啊？”

“没有……”简悠从包里掏出眼镜戴上，抬头看了看黑板上的字，“新学期快乐”，字迹还算清晰。

她摘下眼镜笑了笑：“挺好的，和白大侠坐同桌乃我辈无上之荣幸。”

白云飞眼疾手快抢过她的眼镜：“你什么时候近视的？”他举在眼前比了比，一片眩晕。

“呃……初中时老在被窝里打手电筒看书来着。”

“看武侠小说来着吧？”白云飞在她脑门一敲，给她装好眼镜。

“不是……”简悠摸着头，低眉笑了笑。

要是告诉他是打着手电筒看《历届中考满分作文合集》，应该会被笑死吧……

简悠抿了抿嘴：“那个，我去主任办公室交个表，待会儿喊上斯斯一起吃午饭吧。”

“这刚开学的，你交什么表啊？”白云飞狐疑地看她一眼。

“没……没什么，就是寝室申请什么的。”简悠从包里夹层拿出个文件夹。

白云飞瞥一眼那鼓鼓囊囊的文件夹：“你住校啊？”

“嗯，住校方便点嘛。”简悠抱着文件夹就要往门外跑。

“欸！”

简悠回头：“怎么了？”

白云飞挠挠头，叫得急了，一时无言：“呃……给我带瓶雪碧吧。”

“好。”简悠笑着走了。

白云飞低头叹口气，唉，一寒假不搭理人，这待了多久啊，又走了。

他郁闷地抓抓头发，一颗七上八下不得清净的心揪着，情绪也起伏不定，感觉生活一团糟，到底是怎么了？

“好的，材料都准备齐全了，你可以先回去了，奖学金这个月内就会发下来了。”年级主任笑着将一摞材料整理好。

简悠鞠了个躬：“谢谢老师。”

年级主任慈眉善目，笑得眼睛眯成一条缝：“你可是咱们这一届文科的好苗子，学校寄予厚望的，回去要专注于学业，不要为这些经济上的事务操心。这都是大人的事，你们这样的年纪，顾好学业才是最重要的。”

“嗯，我知道。”简悠微笑着告别主任，轻轻带上门出来。

交完复杂的材料，得到肯定的回答，简悠站在走廊边远眺着高空灿阳，长吁一口气，心中的石头终于落地，一时如释重负。

不远处的足球场有学生在踢球，迎着烈日，身着鲜艳红衫，大汗淋漓地奔跑，放肆畅快地呐喊大笑，一记得分，全场欢呼，蜂拥而上拥抱队友。有穿着短短百褶裙的女孩子跑上前羞答答地送水，高挑的男生笑着将一整瓶冰镇矿泉水迎头浇下，张扬地甩甩满是水珠的头发，四座起身喧哗调笑，灿灿阳光，炽炽年华。

主任的话，言犹在耳。

你们这样的年纪?

本该是勇敢冲动的年纪，本该是莽撞无畏的年纪，本该是天塌下来也有他人撑着的年纪，本该是闯了祸也背后有人收拾的年纪，迎风向前，不必回头，无忧亦无虑。

微风里，简悠轻轻一笑，突然觉得很幸福。

“傻笑什么呢？”背后有人一拍她的肩。

简悠回头，慕斯抱着一堆资料笑意盈盈。

“是不是看帅哥呢，笑这么开心。”慕斯靠到窗边张望，蓦然看见那一抹张扬肆意的红。

简悠顺着她的目光看过去：“嗯，是挺帅的吧。”

慕斯撇撇嘴：“呵，人面兽心，衣冠禽兽！”

简悠惊笑：“慕大班长，你这成语到底是夸是贬啊？”

“你不知道！”慕斯皱眉，“这家伙天天招蜂引蝶整得，跟个食人花似的，还狂妄自大，不知所谓！”

简悠迷茫地撑着下巴：“我记得白云飞和他挺熟的，对了，他上学期好像和你一班的吧。”

慕斯脸一黑：“这学期也是……”

简悠惊呼：“哦噢，缘分深厚哪！”

“哪门子的孽缘！”

慕斯皱着眉和简悠打闹，简悠笑着挠慕斯腰间的痒肉。

“闹什么呢你们?”少年的语声清亮如风。

白云飞从楼梯口就听见喧闹声，吸了口雪碧从转角走上来，果然就是她俩。

简悠回头见白云飞端着两杯饮料走过来，宽松的连帽卫衣，洁白如雪。

“等你买饮料早就要渴死了！”他嫌弃地抱怨。

“哟，没想到有朝一日也能被白少爷伺候一回啊！”慕斯笑着抢过他手中的可乐。

“喂！”白云飞正想追回，一个不留神左手的雪碧又被简悠端了去。

“欸！”他正要制止，可不防简悠已经咬上吸管，带着腾腾气泡的冰镇汽水通过细瘦的吸管涌上来，白云飞的脑子一时炸开，轰隆隆地腾腾冒泡。

简悠皱着眉咕噜咽下汽水，瞧了他一眼：“怎么了？”

白云飞愣愣看着那根吸管：“没……没什么……”

“没什么你脸为什么这么红？”慕斯好奇地瞧他，一路从脸颊红到耳根，脖颈的动脉突突涌动。

“我！我……我热。”他心虚地扬手扇风，眼神闪躲。

“你一没上场打球，二没上工地搬砖，哪儿来这么多汗？”慕斯伸手一抹，“你不会是体虚吧？”

白云飞皱眉回道：“你才体虚呢！”

他是心虚。

冰镇汽水冻过的口腔唇齿，一时火辣辣炙热。

四

开学典礼定于周一清晨，朝阳初升之时，数千学子挺拔列成方阵，昂首以待。

而典礼上最激动人心的就是给每年级的期末考前十名颁发奖学金，宜中建校大气，出手阔绰，学霸们领奖开心，看客们羡慕挠心。

“你看看，这还不就是入学前几名那些个人吗？”旁边同学酸道。

白云飞仰首反复张望，终于瞧着站在第二位的简悠，感觉像是看自家精浇细溉养出来的大白菜，老父亲似的回道："那是人家有本事好吧！你行你上啊！"

"说都不让说啦？我们民主国家倡导言论自由的好吧！"

白云飞白他一眼："在这底下悄咪咪地碎嘴发挥不了您的民主，赶明儿上台上拿着话筒宣扬去，咱们都聆听您的教诲，那多自由啊！"

谁知那人是个缺根筋听不懂话的，笑嘻嘻凑到白云飞边上："嘿，兄弟，就凭你这句话，我一定好好努力啊！不过话说回来，宜中这生源人才济济，这领奖台可不容易上啊！"

白云飞骄傲地看着台上的简白菜："那可不是！"

"你瞧打头第一个了没，那可是我们实验初中第一名的陆子期！初中就是文理双优，要不是高中选了理，哪还有那个简悠什么事儿啊！"

白云飞气不打一处来，嫌恶地退了一步："说什么呢？人家自己有本事，要你在这儿指指点点个什么劲？得亏那姓陆的选了理，不然老子虐死他！"

话痨同学嘿嘿笑道："哥们儿你可真不识趣儿，简悠和陆子期以前在实验中学就是状元和榜眼，雷打不动的第一和第二。现在一文一理，都成了状元，人家那是拆不散的金童玉女，你是没见过他俩当年一起上台发言的样子，那气度那默契，天生的一对！"

白云飞恼怒，推他一把："你胡说八道什么呢？"

"兄弟你看啊！"话痨同学指着台上，"他俩校服里都是圆领白衬衫，脚上也都是白鞋，身高刚好差半个头，举着奖状站一起，多配啊！"

白云飞看着台上微笑的简悠，再看看边上瘦高的陆子期，似乎是要一起合照留念了。两人靠近了些，同举着奖状，面对着镜头，优秀而自信。

他只觉得自己的白菜被猪拱了，甩手推开话痨同学，脸色阴沉地低头，暗骂一声：“配个屁！”

简悠从开学典礼回到教室就觉得旁边的白云飞有些不对劲，沉默地埋首，气压极低。

“你怎么了？哪儿不舒服吗？”

白云飞上上下下打量她一番，脸色越黑：“你眼镜哪儿配的？”

“啊？”简悠不解。

“问你就答。”白云飞没个好气。

“在中山路那边……”简悠凝视着他的眼睛，清亮有神，“你近视啦？”

“关你屁事。”少年气狠狠地转头。

简悠语塞，一脸茫然。

放学时铃声还没响完，白云飞就跟离弦之箭一般背上包飞奔出去。

简悠放下笔，弯腰将他带倒的椅子扶起来，莫名有些惆怅。

白云飞冲到校门直接拦了辆出租车，着急忙慌、风风火火的样子让司机还以为他逃课呢，“去哪儿”还没问出口，白大少扬了扬手说：“去中山路，快点儿！”

到了中山路，他摇下车窗一间间店盯着一路找过去，司机看他那仔细的样子忍不住问：“找什么呢？”

“眼镜店。”

司机无语：“刚刚你们学校对面不就有一家嘛。”

“不一样！”白云飞终于看到目标，车没停稳就开门下车，扔下几张钞票。

司机摇摇头：“现在的孩子啊……”

白云飞大步跨进店门，笑容甜美的导购迎上来：“配眼镜吗？”

“嗯，有没有那种黑框的，就有点儿圆，又有点儿方，挺土气的那种？”白云飞比画着描述一番。

专业素质良好的导购小姐保持微笑：“我们店的镜框都是最时尚的，戴出去绝不会被笑话土气的，您放心。”

白云飞不置一言，自己走到柜台寻觅起来，终于找到副大致相似的：“就这个吧，付款。”

“如果是近视眼镜的话，得先帮您测试一下度数呢。”导购手伸向这旁边的隔间请道，“这边，不会耽误您很多时间的。”

白云飞大大咧咧走进去。

“测试结果出来了，您的……”导购看一眼数据，笑得有些僵，“您的视力很好呢。”

白云飞抬头：“不近视就不能戴眼镜吗？”

“啊，当然不是。”导购笑容灿烂，“眼镜当今也是一种时尚单品呢……”

白云飞付完款直奔就近的商城。

大概笑容甜美的导购是促进销售的不二法宝，白云飞走进一间店，制服笔挺、妆容精致的导购就迎上来：“您好，请问需要些什么呢？我们新上的卫衣可以看看哦。”

导购判断他是阳光运动型的少年。

“不，我要衬衫。”

“哦，好的。”她转身拿出一件蓝白格子的衬衫，“您看这件如何，非常青春，很适合您呢！”

“呃……有白色的吗，圆领的那种！”

导购皱了皱眉：“有的，您稍等。”

白云飞长腿交叠，坐在沙发上：“有几件都拿过来吧。”

次日，白云飞人如其姓，脚步轻盈一身白来到教室。

站在窗边背书的简悠转身见他，皱着眉看着他架着的黑框眼镜。

“你眼睛真坏了？”

白云飞瞥见她校服内的格子衬衫，眼神一暗，低头看她的鞋，呵，深蓝帆布。他气馁地坐下。

“你到底怎么了？”简悠放下课本。

白云飞枕着胳膊，小声嘟囔：“没什么。”

简悠笑了笑，从抽屉里拿出一袋油条和豆浆：“喏，早餐。”

“给我的？”白云飞眼睛一亮。

简悠挑眉：“不然呢？”

“哼。”白大少一把接过，站起来咕咚咕咚喝起来。温热的豆浆温暖了胃，他看了看身旁喃喃开口背书的简悠，笑了笑，掏出课本一起背。

早读结束，他撞了撞简悠的肩：“我想可以一直这样比肩而立。”

简悠莫名：“这又有什么说法？”

白云飞眼神飘忽：“呃……”伸手坏笑着揉了揉她的头发，“我比你高一个脑袋，刚好可以打你脑门儿！”

简悠反手打回去：“背你的书吧。”

刚开学的体育课，还没有那么多稀奇古怪的占课理由，他们总算能够去操场活动活动筋骨，男孩子们抱着篮球过来喊白云飞一同打球。

他爽快地比个“OK”：“成，等我待会儿去厕所换件短袖啊。”

旁人不耐烦：“你怎么这么麻烦啊，明知今天有体育课还穿什么衬衫啊！”

白大少撇撇嘴，一挑眉：“要你管！”

白云飞一群人入场时，已经有好些人打得热火朝天，他很快加入战斗。

旁边休息的陆子期被他的三分投篮吸引目光，瞧了一眼只觉有些眼熟，手肘捅了捅旁边人：“那是谁啊？”

旁人喝口水笑着说：“噢！白大少啊。”

陆子期皱眉：“谁？”

“八中上来的，据说是个富商二代。”

陆子期眉头皱得更紧，目光有几分轻蔑。

富商啊，还二代？

说话间，一道熟悉的身影走进视线，娉娉婷婷。

简悠同几个女生去隔壁的羽毛球场，路过篮球场和白云飞招了招手。阳光下白云飞大汗淋漓，笑得开怀，抬手起跳，进球拿分，一时队友欢呼。

白云飞不好意思地挠挠头，从场上退下来，朝着简悠走过去。

两人隔着一道防护网，简悠点点头称赞他：“不错嘛！”

“嘿嘿……”他低头一笑，跨步走到她面前，轻声说，“这大概就是我想要的。”

防护网长满攀缘而上的藤蔓，风过叶片簌簌，简悠只见他嘴唇动了动：“你说什么？”

白云飞静静着看她，淡笑不语。

我想与你比肩而立，共同面对万丈荣光和未知风雨。

五

白云飞没想到机会来得这么快。

“简悠，作为全年级语文的单科状元，一辩稿跑不了啊！拿出写驳论的气势，震一震那帮理科班的愣头青，让他们见识见识咱们文A班的真正实力啊！”

班长拿着辩论赛的报名表已经和简悠废话了一整个大课间。

简悠不好意思地笑了笑，于心愧疚，但坚守阵地：“我……不太会说话的，临场口才不行的……”

“简才女，咱别谦虚了啊，当年你和陆子期金童玉女在国旗下讲话的时候，小的我可就在台下膜拜呢！别是惦念着遇上老同学就临阵脱逃了啊！”

沉默许久一直观战的白云飞闻声抬头，凌厉的目光瞥向简悠。

“不是这样的，你误会了，我……脑子笨，反应慢，照本宣科还两股战战，怎么辩得过人家？”

简悠最不擅拒绝，更受不得死缠烂打式的劝说，一时脸色十分难看。

班长不愧人情练达，看出简悠的薄脸皮，继续一脸笑意，滔滔不绝：“这有什么啊！自由辩论有二辩三辩抖机灵，让那几个嘴炮上，保准杀得他们片甲不留！简大才女你的任务就是一辩稿摆明立场，所谓战前先击鼓，亮出咱文科班的才情和气度，用词一定稳准狠，别给他们留半点情面！”

简悠仍在垂死线上挣扎，内心抗拒与面上尴尬难舍难分。

“对不起，我真的……”

“去吧。”白云飞撑着胳膊转头看她，认认真真的一脸期待，语气甚至有些讨好撒娇，“去吧，一起。”

“白大少你也报名？”班长双眼放光。

“嗯。”少年语声平淡，简悠一时怔然。

“那敢情好啊，咱这‘颜值’分印象分就赚够了！”班长递来报名表。

白云飞笑着接过，工工整整地签上自己的名字，然后笑着递到简悠面前。

“喏。”

简悠喉间苦涩："你真的想去？"

白云飞点点头："嗯。"

"好。"简悠微微一笑，"那我陪你。"

她接住那张雪白的报名表，一笔一画签下自己的名字，笔锋狠烈，一如当初。

六

"思悠悠，恨悠悠，恨到归时方始休。"

简悠站在阶梯教室外，背靠着透白冰冷的瓷砖，冷汗透衣凉。手里的一辩稿被捏得一角皱皱巴巴，像树皮的凹痕，像美人迟暮的皱纹。

以前阿姨笑起来的时候，眼角也有淡淡的皱纹，正是那浅浅的纹路，让整张脸柔和起来，温暖比阳，和煦如风。

"简悠，发什么呆呢！"慕斯笑着在她面前扬扬手。

"没……没什么。"她抬手擦擦额头的冷汗。

白云飞抽出张面纸递给她："别紧张，一辩念好稿子就成，被提问的概率不大，二辩三辩才需要临场发挥，自由辩论环节我们也可以帮你挡。"

简悠轻轻点点头，目光迷离。

"欸，我突然发现，你们穿得很配嘛！"慕斯打量着两人突然高呼。

白云飞和简悠俱是正装，白衬衣黑外套，简悠将头发梳起，娃娃脸也显出几分干练的韵味，白云飞自是不必说，挺拔高挑，清俊逼人。

慕斯跟看儿子似的笑意盈盈："列松如翠，层岩如玉。姓白的，挺有个人样嘛！"

白云飞笑嘻嘻翻个白眼：“你不说话的时候也挺人模狗样的！”

“怎么说话呢？”慕斯戳戳他，“我可是主持！你还想不想上场了！”

白云飞突然想起点什么，拍拍慕斯：“欸，说真的，待会儿介绍我们的时候多说两句，烘托一下气氛！”

慕斯抱着手抬起下巴：“你这叫贿赂主持人，是对其他选手的不公平。”

“大主持人赛前也不避嫌，公然与我方交涉，到底谁不公平啊！”白云飞笑着顶回去，一手又抢过慕斯的手卡。

“喂，还我！”慕斯睁目想抢回来，白云飞仗着身高优势速速靠在墙上写了几句，坏笑着高举头顶。

“来拿啊！哈哈哈……欸，你！”

舒流一把抢过，笑着睨他一眼：“敢欺负我们班长，当我们班人都死的啊。”

“别闹了，给我。”慕斯皱着眉踮脚。

舒流笑着递给她，慕斯拿上，不料舒流却是死死不放手，她生气地怒目圆瞪。

舒流被这傻样逗笑了，放了手，一掌盖上她的头顶，弯腰凑到慕斯眼前：“这就生气啦，班长大人？”

白云飞一手打开，挑眉一笑：“怎么，光天化日之下调戏我们村花，当我们这些朋友死的啊！”

舒流大笑：“村花？哈哈哈……”

慕斯在两人头上敲上一记：“你们够了！”

负责老师很快召集他们入场准备，白云飞转身拍了拍简悠，抽掉她紧握的稿纸，笑着说：“不怕，有我在呢。”

简悠抬眸，舔了舔干燥的嘴唇，牵了牵嘴角：“嗯，我知道。”

宜中致力于发展这些素质活动，将一个校内的辩论赛办得像模像样，就说这赛场的布置，已是有70%的审判场还原了。

简悠怔了怔，心中一紧。

第一场赢得颇为轻松。

虽然简悠的一辩稿开局念得有些磕磕绊绊，没有达到班长想象中开锣鸣鼓大战一场的气势，但好在逻辑清晰文采风流，输阵不输人。

虽然简悠他们不算表现得多好，但是对方明显心不在焉是来凑数的，大概就等着结束了回去刷卷子呢，双方满意而归。

这一场若要说有什么四座俱惊的手笔，大概只有慕斯的开场词了……

“下面让我们有请，学富五车又器宇轩昂……‘颜值’爆表？智商超群？碾压对手？拯救苍生的文A班？”

慕斯念得磕磕巴巴，看着被改得面目全非的手卡一头雾水，清醒过来时已经脱口而出，全场莫名其妙地盯着她这个像是走错片场的马屁主持人……

她都不记得自己是怎么保持微笑走下台的，只想找个地缝钻进去。

赛后，白云飞被慕斯敲手卡爆头，简悠看着，不发一言。

简悠恳求退赛换人的请求被班长直接驳回，理由是他们找不出第二篇精彩的一辩稿。

开什么玩笑，我们可是文A欸。

“简悠啊，你这就不懂了，全年级语文单科状元的手笔，自带万丈光芒，能够威慑众人！”

简悠克制住举刀断臂的冲动：“那……我写好稿子换别人念行不行，我……我一上台就紧张，念不好，拖累我们班啊。”

“简悠同志，请你端正态度！”班长拿出热泪盈眶的演技，“你以为我们是那种只顾集体荣誉牺牲个人利益的班集体吗？这种狸猫换太子的卑劣行为是对于辩论赛对于法律的侮辱！我们誓死捍卫你的著作权！”

班长最后不忘抹一把涕泪激励简悠：“我相信你！只要好好练练，念好稿子一定没问题的！班级的荣耀，社会的进步，祖国的未来，都在你的肩上了。”

简悠负不起重担，垂头丧气，脚步沉沉。

第二场来得猝不及防，简悠面如土色，白云飞倒是热火朝天，跟点燃的炮仗似的，浑身倒刺都立起来迎接战斗。

“我方代表理A班，问候在场各位。”陆子期笑如春风，彬彬有礼。

“我方代表英明神武、睿智无双、上知天文、下晓地理……”

简悠忍无可忍拉了拉喷炮仗的白云飞。

白云飞双手撑桌，冲着对手方轻蔑地挑了挑眉：“文A班问候在场各位！”

陆子期看见拽着白云飞衣角的简悠，眸子一冷，倏而又是一笑。

这一场的论题是：情与法。

算是正中简悠命门了。

陆子期站如青松，语声清冷：“康德曾提出道德有普遍的立法形式，道德行为可以普遍化，乱世用重典可以平天下，而盛世应融情于法才能治国家。”

白云飞咧嘴一笑：“古语有云：‘合久必分，分久必合。’盛世徇私而腐朽，乱世重仪而开规范，统江山，开太平，若行事办案都只讲一个情字，徇私情，枉公法，社会尚不太平，国家如何兴盛？”

“以史为镜，可知兴替。自春秋以来，儒法行道，以法为核的秦暴虐无道，昙花一现。而崇儒尚仁的汉朝历代更迭，以公情为基，迎来百年盛世。故我方坚守，法应容情。”陆子期吐字圆润，逻辑清晰，文史信手拈来，四座惊艳。

这边的白云飞冲冠一怒："若世人皆纵情随欲，藐视理法，如何安抚？若千万事缘情而沽，礼崩乐坏，如何治世？"

简悠抚额，这都是什么强盗逻辑。

陆子期也似被激起："若只知照本宣科，人与机器何异？若枉背人伦纲常，尔与畜生何异！"

简悠一寒，稿子烫手，旁边的白云飞已经拍案而起："你！"

"安静！"法官敲锤，眼神示意双方，"注意言辞。"

陆子期冷哼一声，舒了气："近代刑法学的鼻祖贝卡利亚说过：'一切违背人的自然感情的法律都是无益的，最终也是有害的。'行为不义必自毙，法纠无情必乱民！"

他的语声冷冷，简悠抬头，两人对视。

"请问对方一辩，是否也认为法不容情？冰冷的法律应当凌驾于赤诚真情之上，人可以枉顾人情冷暖，枉背世俗伦常？

"仅以今日道不同，将过往情义一一抹杀？践踏别人的真心？漠视昔日的真情？"

践踏别人的真心？漠视昔日的真情？

那天，简悠站在证人席上，阿姨的目光也是这样严厉拷问着她。

那天，阿姨的律师一遍遍质问她："天理在人，世道在心，你所说的每一个字都将成为呈堂证供，请你据实以告，关于和谐路的这套房产，到底属于谁！"

天理在人，世道在心！

据实以告，呈堂证供！

关于和谐路的这套房产……

简悠握着拳，满含泪水地看着两席的亲眷，都是她爱的人，都是说爱她的人……

当你站在法庭上，才是真正的孤立无援。

真心？真情？以尔之心，骗我之情，欺我之益。

她哽咽开口：“天下熙熙，皆为利来。你言真心？真心又为何？”

陆子期一怔，倏而只是冷笑：“人生于天地之间，当做到仰无愧于天，俯不怍于地，如果只因眼前明晃晃的利益，就冷血残酷地抛却情义，不匹为人。”

不匹为人？简悠自嘲而笑，既宽于待己，苛以待人，何必为人？

情乎？法乎？

言之凿凿，四座张皇，也不过纸上谈兵。

简悠抬手一扬稿纸，低着头泪水滑下来，轻声说：“对不起。”

白云飞有些不知所措，他隐隐知道，她的泪水是关于那段他不曾参与的岁月，他一无所知，无从安慰。

他错愕片刻，手里的稿纸被揉团扔下，修长手掌覆上颤抖的指尖。

“傻瓜。”

陆子期站得笔挺孤高，冷僻目光看着他们：“我方始终相信‘有两样东西，我们越经常越持久地加以思索，它们在我们心中唤起的惊奇和敬畏就会日新月异，不断增长，那就是我头顶的星空和心中的道德律’，对方辩友显然已经被我方说服……”

白云飞横眉一挑，瞥一眼倒计时，笑着说：“对方辩友可以继续一本正经地胡说八道，我方洗耳恭听，永不赞同。”

倒计时完，陆子期张开的嘴又闭上。

文A班败，白云飞意气用事、频频抢话被班长训了一顿。

这厮却是心宽体瘦的，挨完训依旧笑得眉眼弯弯，端着饮料来楼梯间找简悠。

赛后人群消散，楼间的玻璃映出暖暖斜阳，清净安稳。

“不是输了吗，你怎么笑得比赢家还开心？”简悠想起离场时陆子期怒火未泄意难平的黑脸。

白云飞撇撇嘴：“‘他强由他强，清风拂山冈。他横由他横，明月照大江。’小爷不跟他计较。”

简悠苦笑：“横的不是你吗，跟冲锋陷阵似的。”

“哈哈哈……无所谓啦，反正他赢了，我爽了，我已经达成目的了！”

简悠皱眉，狐疑地看着他：“目的？什么目的？比赛的目的不是赢吗？”

白云飞双手撑着地，仰望着澄澄晴空，嗤笑道：“所谓人生嘛，就是‘大闹一场，悄然离去’。”

他把包拖过来拉开，一通翻找，拿出一个黑色锦盒扔给简悠。

“什么啊？”

白云飞笑了笑：“寒假出去玩随便挑的，本来是新年礼物，现在嘛，比赛奖品吧。”

简悠哭笑不得：“输家哪来的奖品啊？”

白云飞一挑眉：“我说有就有，打开看看。”

简悠抽开丝带，锦盒端端正正摆着个圆润的水晶玻璃球，中央一张长椅，坐着个兔子和小熊，神情愉悦，比肩看风景，玻璃上晴朗碧空下倒映着悠悠白云。

“像不像我们现在？”白云飞眯着眼，玻璃熠熠闪光。

能够与你比肩而立的大闹，之后悄然离去，同看斜阳，当是爽快无憾。

第八章

子兴视夜，明星有烂

一

期中考的通知下来了，白云飞将各科的课本、笔记、练习册整理出来，铺了满满一桌，绝望地一脑袋磕上去：“这么多！这么多！简直比李斯特全集还可怕。”

简悠停下笔：“文科还不用你炫技，扎扎实实学下来就好了。”

白云飞转头看她，额前的发撩着眼睛，他撇嘴眨眨眼：“站着说话不腰疼……”

简悠一笑：“我这坐着和你说话呢。”伸手从他脑袋下拉出一本笔记本，开始列提纲，“从现在到期中考呢，还有二十天，你的英文是优势；数学再刷刷题型，仔细一点，提高十五分绰绰有余；文综的话，争取政治选择题不要错，答材料题的时候注意书写……总之，从最容易提升的科目入手吧。”她在提纲最后行云流水写下一个“Fighting”，将本子递回给他。

白云飞抓一把头发抬起头来，接过提纲瞟一眼。

他撑着下巴皱了皱眉头，袖口滑下露出白皙紧致的手臂：“那最不容易提升的科目是什么？”

简悠笔尖唰唰，想也不想回答：“语文。”

“哦。”白云飞吸一口气鼓起嘴巴，“所以语文好真的很厉害吼？全年级语文状元小姐？”

简悠闷笑：“怎么这么酸？”她又停下笔，认真拿出一张语文试卷指着卷面，“语文的作文和阅读占分比太高了，需要长久积累，短时间里看不出效果，容易打击积极性。”

白云飞撇撇嘴，神情幼稚：“噢，在简小姐眼里我这么受不起打击？”

简悠伸手，执笔在他头上敲了一记：“怎么跟小孩儿似的，我想说的是，你的语文成绩不差，所以提升的空间不大，耗时耗力，算下来不值得。”

白云飞扬手拉过她的摘抄本，厚厚两厘米的大本，记得密密麻麻。

“既然不值，为什么还如此耗时耗力呢？”

简悠盯着纤细骨节捏着的大大本子，一时被问愣了，片刻只是低头一笑：“是啊，既耗时又耗力，为什么还要做呢？可能，只是习惯了吧。”

白云飞翻到第一页，笔记上的时间已经是一年半以前：“不，不是因为习惯，是因为爱。”

简悠一笑：“你听听你自己，都在说什么啊？”

“因为热爱，所以值得。”

白云飞将本子放到简悠书堆的最上层，底下是一本本的名著典籍，边边角角上同样写满了笔记。他忘不了，简悠低着头凝神一笔一画落笔的样子，那是和做数学试卷不一样的认真，近乎享受的沉迷。

他熟悉这种感觉，当双手覆于黑白琴键上，当音乐悠扬辗转徘徊在周身，仿若脱离尘间，扶摇直上的自由，他懂得。

她说她放弃了音乐，白云飞不敢相信，但他渐渐明白，或许她找到了另一个世界的自在遨游，一个他不够理解但想要了解的世界。

白云飞握拳，对她一笑："我决定要好好学语文，从今往后，以提高语文成绩为首要任务，我要，正式向你，简悠，全年级语文状元宣战！"

我要向你的世界宣战，它不能再独占你，它将俯首称臣，迎接我的莅临。

"所以，我之前那一通分析和提纲都白费了呗？"简悠抚额，有些惆怅。

"如果这必然是一个漫长的过程，那么种一棵树最好的时候是在十年前，其次就是现在。"

二

简悠算是半个钻研考试的专家了，白云飞起早贪黑孜孜不倦她看在眼里，但期中考的结果依然只能算是波澜不惊。

虽然分科的同时分流了大量优等生，文理比例将近一比二，文科人数较少，但是白云飞这二榜第一的成绩，在藏龙卧虎的文A班实在排不上号。

简悠站在殷红的二榜面前叹气，好可惜，就差一点点了，两人的名字就能出现在同一张榜上了。

她转身瞥见金色的理科班榜单，目光暗了暗，陆子期的名字锋芒毕露，在长达数米的长长理科榜中，亦是独占鳌头。

在简悠记忆里，那个名字像是长在那个位置一般，无可撼动，就像那个人一样的坚如磐石，傲不可催。

初中时当初还在上升期的简悠，成绩还是时起时落，过山车一般动荡，带着她的心一同七上八下，每每大榜展出，她总是低着头不敢去看。那时候，从来没有悬念的榜首之人却乐意放下身段，挤过人群仰首看榜，认识的人指着打趣他："别看啦，你就在那儿呢，一动不动！"

陆子期笑而不言，一个个名字扫过去。

在她最紧张最纠结的时刻，口袋中的手机微微振动，一张带着名字和排名的照片，后面带着越来越小的数字：

"125。"

"98。"

"67。"

"39。"

"13。"

"8。"

"5。"

"2！"

"2！"

"2！"

……

后来直到毕业，她一直待在他的名字旁边，每次的照片像是声声鼓励，又像是耀武扬威。

直到文理分科，红黄分榜，南北两楼，他们的名字终于成为遥遥不可及的两颗星，各自闪耀在属于自己的银河。

“有两样东西，我们越经常越持久地加以思索，它们在我们心中唤起的惊奇和敬畏就会日新月异，不断增长，那就是我头顶的星空和心中的道德律。”

她仍然记得，昔日的少年意气爱笑，神采飞扬，指着星空与她讲康德。

她也会记得，辩论场上的理科榜首，冷嘲尖锐，指着良心指责她道德。

简悠揉着刺痛的眼睛回到班上，白云飞正在凝神翻看一本《诗经》。

她突然觉得全身疲惫，撑着脑袋戳了戳他：“离期末考还有两个半月。”

白云飞转头：“所以？”

简悠叹气：“所以，如果你愿意功利一点的话，数学和文综至少可以……”

“我不愿意。”白云飞转回头继续翻书。

简悠气不打一处来：“白云飞！你知道现在是什么时候吗？我们已经快要高二了，成绩、效率，比什么都来得重要！”

“那么之后呢？”白云飞语声沉沉，“高考之后、效率之后、成绩之后，你的一生就结束了吗？”

“在其位，谋其政，鱼和熊掌本就不可兼得。”简悠掷地有声。

白云飞一笑：“若我偏要兼得呢？”

简悠眉一挑：“以卵击石，自不量力。”语罢又惊恐自己语气太重，轻声补上一句，“过刚易折……”

白云飞见她这小心在意的样子，展眉一笑：“简悠，‘世之奇伟、瑰怪，非常之观，常在于险远。而人之所罕至焉，故非有志者不能至也。’我们还这么年轻，站在这样和平开放的时代，仰仰头抬抬手仿佛就能摸到星光，无限可能，不必过早就弃车保帅的。”

简悠垂眸，睫扇如羽：“如果选错了呢？”

“得失在己，无谓对错。”

“如果后悔了呢？”

“尽吾志而不能至者，可以无悔矣。”

简悠抬首一笑：“课文倒是背得熟，尽用来贫嘴了。”

白云飞嘿嘿一笑：“搁作文里，这叫‘引用论证’；搁古希腊，这就是‘智者诡辩’！”

一套一套的，现实版活学活用了。

简悠落败，探头过去翻看白云飞的书：“怎么突然对《诗经》感兴趣了？”

白云飞一愣，他总不能实话实说是因为你作文里老用吧！

“呃……这个《诗》乃五经之首，中国第一部诗歌总集，博大精深，源远流长嘛……”他笑着抬手擦一把额头上心虚的汗。

“嗯，是不错。”简悠点点头，“《诗》三百言‘思无邪’，倒是正好震震你这一身诡辩的邪气。”

邪气……简悠一语惊醒。

“《诗》虽好，入门却不易，你这本注释错误颇多，恐怕无益反生害。”

白云飞一惊，面子上有些挂不住：“我都不知道，还有这讲究啊……”

简悠从抽屉里抽出一本小小的册子，装帧精美，携带方便，字体也古雅。

真是没有对比就没有伤害。

白云飞默默把自己的书收到桌下，想着放学后去趟新华书店。

简悠一把截住：“我的和你换。”

“这……不是错误颇多吗？”

“没事，之前阅过多遍，如今看原文即可。”简悠感觉自己言语间似乎太自大了些，又补上一句，“反正你也就在旁边。”

大概是最后一句“旁边”极合心意，白大少兴高采烈收下，翻开扉页，只见龙飞凤舞两行赠言，他轻声念出来：

“纵有疾风起，人生不言弃。”

清朗的语声，熟悉的语句，一下将简悠拉回从前的时光。

那是初二的冬天，也是她人生的寒季，万物颓丧，眼神冻得像冰碴子，刺得人生疼。

“《诗》言‘思无邪’，愿能化去你一身戾气。”

老师恨铁不成钢地重重拍在她肩上：“简悠！生活不是江湖，一身武艺虽不能惩奸除恶，却能保护自己，振作起来，我期待这将是一场涅槃！”

北风刮得百树凋零，万物惶恐，玻璃窗颤颤声响。

“纵有疾风起，人生不言弃。”

那载风雪极冷，泪水成冰，意气熊燃，傲梅斗雪，抱死枝头。

终是一场涅槃，一场重生。

三

“秦王嬴政统一六国，纵横天下，二世而亡，何如？”语文老师抱书而立，温雅垂眉。

“‘靡不有初，鲜克有终。’焚书坑儒，例行暴政，天行有常，人道沦丧。”白云飞负手浅笑。

“荆轲点滴受于燕太子丹，慷慨悲歌，死无全尸，何如？”

“‘投我以桃，报之以李。’虽为点滴，提携玉龙，不负君恩。”

“项籍楚狂，沐猴而冠，失之良臣，何如？”

“‘言者无罪，闻者足戒’。”

“公子扶苏，仁义惨死，其弟胡亥，狠酷登帝，何如？”

“‘人而无仪，不死何为’！”

语文老师抬头，颇为惊喜地瞧他一眼，少年豪情，令人艳羡。

“白大少行啊！这酸不溜秋的中文大才子老师跟在千年秦淮河里浸过似的，每每来这课前三问，说书先生一样的子曰何以，还必须得用古文回答，第一回看有人能在他手下过三招，今儿个可是长见识了！”

“何止是三招啊！简直是见招拆招，势如破竹，我可是破天荒看咱这老师抬头正眼瞧咱一回，以前上课多傲啊，看咱们都是蝼蚁啊，不屑一顾！”

“白兄今天这一套一套的，酸到家了，小的佩服！”

白云飞笑着摆摆手：“走走走，别挡着小爷我上厕所，上他一节课愣是要憋出硬伤。”

“哈哈哈……白兄注意身子，撑到期末考，我等着看咱们班出双状元呢！”

这句话算是正中白云飞下怀了，从厕所回来，他一脸灿笑地趴在桌边问简悠：“怎么着，小爷我今天帅不帅吧！”

简悠面不改色，笔尖不停：“光而不耀，静水流深。”

白云飞抬手点点头：“我知道了，小爷我比太阳神阿波罗的光芒还要耀眼，比海神波塞冬还要威武！”

“白云飞！”

他深深叹一口气，疲倦地低下头，笑意尽扫：“我知道的，不畏浮云遮眼，方能……”

忧郁酸公子终究装不下去了，蓦然抬头一笑，他出其不意敲一记简悠脑壳。

“方能笑看英雄本色！哈哈哈……”

四

爱美之心，人皆有之。

简悠到五班门口等着慕斯周末一起回家，目光透过窗明几净的玻璃，一瞬间就被角落里的艳艳烈色吸引了。朝瑰脖颈修长，肤白唇红，静静坐在那里就像是一块无声无息的磁铁，悄然夺人心魄。

她几乎一瞬间明白了烽火诸侯所为何，千古将相，拱手江山，忍把千金酬一笑，从此君王不早朝，美人误国，意乱神迷。

“她真的很美，对吧？”慕斯的声音在耳畔轻轻响起，简悠惊醒回神。

只见慕斯低垂着眉，眼神中似悲似恨。

“她真的很美。”她喃喃道，无须回音，下了定论。

简悠拉过她的手：“怎……怎么了？”言罢她蓦然想起年级里流传的闲言碎语，皆言五班两大美人的比较和嫌隙。

这个年纪的女孩子，是最说不得相貌的年纪。美则易傲，庸则自卑，都不是什么好事。

“我生平第一次，知道嫉妒的滋味。”慕斯双眼迷离而悲伤，引得简悠一阵阵心疼。

“小的时候，别人也会捏捏我的脸蛋夸这个姑娘真俊啊。可我总是不甘心的，想着我不能当个花瓶，我努力地学功课，练舞蹈，选班长，担主持，有求必应。我是希望有朝一日别人能指着这个姑娘说她什么都会，什么都好。”慕斯语声呜咽，“悠悠……你说可不可笑，别人仅凭一张皮，就能抹杀你全部的努力，以你最为不屑的方式，夺走你梦寐以求的东西……悠悠，是我真的太自不量力了吗？”

简悠一时语塞，只能摸摸她的头：“斯斯……”

斯人已倾城，不料瑰倾国，一姝终比一姝妙。

女生的比较是汹涌的暗流，倔强地目中无人，暗暗戳心。

让这股暗流涌上明面的，是关于礼仪队的换届队长。礼仪队被视为全校最优女生的集结部队，样貌仪态层层筛选，成员们都十分引人注目。而队长，则是关注度最高的宝座，几乎相当于全校女生公认的典范。

朝瑰和慕斯同属礼仪队，慕斯是层层选拔考核留下的，朝瑰是学生会长生拉硬拽，好话软话废了一箩筐求来的，就这么供着还有约法三章：不训练，不考核，不烦她。

人人皆知学生会长滥用私权，仰慕美人已久，借机讨好，但谁也没说什么。一则，朝瑰虽不来训练，但是芭蕾舞者的身段往队里一放，依然是鹤立鸡群，艳压群芳；二则，只要朝瑰往那儿一站，就是他们这一届的门面担当，艳羡多少校级组织，白长的面子谁不要。

如此这般任性肆意，从不训练，朝瑰在队里仍能站到副队长的位置，现在，据说还被敲定为下一届队长，而这对于夏练三伏，冬练三九，早到晚退，勤勉的慕斯而言，自然愤愤不平。

“斯斯，对我来说，你才是最好的。”简悠伸手揩去她一脸的泪水，“人性贪婪，总是觉得求之不得的方为最好，所以朝瑰越拒人千里，越让人觉得遥不可及，就越多人趋之若鹜。但是日久见人心，你的努力和付出大家都看在眼里，不会被抹杀的，切勿因为一时的受挫，而抹杀了你的过往。

“对于我来说，朝瑰只是一块遥不可及的冰，看看就罢。但你不一样，你是温暖人心的春日风，乐于助人的及时雨，真正在我们的生命中发光发热。所以，我的慕斯独一无二，千金不换。”

慕斯被哄得破涕一笑：“悠悠，你的比喻真是太俗气了，不过……

我很喜欢，所以，我决定，放弃礼仪队长竞选了。”

简悠一惊，回想自己是哪句话说错了。

“别紧张，是我自己想通了。”慕斯捏捏简悠的脸颊，笑着说，“我想通了，其实之前加入礼仪队并不是我自己多想去，而是不善于拒绝别人的邀请，也抵抗不了自己蠢蠢欲动的虚荣心，想要站到最前面最引人注目的地方去。但是现在，我知道那个位置也不过如此，充斥着各种利益纠纷和见不得人的小心思，一下子也就不再高尚得令人憧憬了。是我亲手揭开了蒙着皇冠的纱布，看到了底下的裂痕累累，令人恶心而痛苦，所以，不如离开这一潭浑水吧。”

慕斯是下定决心离开的，走到学生会的事务中心，她深吸一口气，迈步而入，昂首挺胸，款款笑容。

“呀！这不是即将上任的礼仪大队长吗！”学生会长笑着凑过来。

慕斯顿步：“你说什么？”

学生会长搓搓手，眼睛笑成一条线：“刚定下的，还没公布消息呢！正要去通知你来着呢！”

慕斯笑得生硬：“什么时候定的，我……我怎么一点风声都没听到。”

“刚开完会啊，大伙都说你训练积极，工作勤奋，实至名归啊！”

她背脊僵硬，十指握紧：“那朝……朝瑰呢？”

学生会长面色一冷：“提她干吗啊，她……退出了。”转而拍了拍慕斯的肩膀，“怎么样，什么时候请大伙吃饭庆祝啊？这可是多少人都翘首以盼的队长宝座，全校女生的典范啊！”

是啊，这可是翘首以盼的队长宝座，全校女生的典范啊。手里薄薄的退队申请书被捏紧，虚荣与光辉，努力与回报，贪婪与欲望……

慕斯牙关咬得酸疼，心脏跳得飞快，五脏六腑中热浪流转。

舒流推开舞蹈教室的门，身子斜斜倚在门边，伸手将一袋无糖酥饼轻轻放在门边鞋柜上，抓了把头发，语声懒懒：“谢啦！”

朝瑰并不理睬，专注地听着音乐旋转跳跃，四肢修长，身姿曼妙，入情时目光流转。窗外树影葱茏，阳光投在地板上形成斑驳交错的光影，她是其间的梦。

舞毕，她抬手擦一把额头汗珠，感情在眸中一点点黯淡下去，语声冰凉：“我说过，你不要再来。”

舒流挑眉一笑：“我这站在外头呢，门内是你的舞室，门外还是公共的区域吧。难不成朝大小姐这么霸道，将这楼都包下了不成？”

朝瑰从鞋柜上拿过水杯，冷冷一瞥，转身无视。

“欸！”舒流挠挠头发，有些难为情地开口，“舒家家训：有恩必报。这回……还是要谢谢你。”

朝瑰仰头喝水，闻言冷冷一笑：“不必，我又不是为你。”放下水按了按修长的脖颈，“也不是为了她。”

舒流撇撇嘴：“不管怎样，上次……抱歉了。”

上次，他听了二三谗言，跑来和她兴师问罪，一把关了她未跳完的舞乐，犯了她的大忌，还指着她的脸，诋毁其卑鄙无耻，庸于俗色……不配作为舒家人！

舒流惭首，他是最没资格指责她的人。

朝瑰牵了牵嘴角，收下这声道歉：“不过，听说她还是退出了。”

舒流仰首笑了笑：“那是她自己的选择，与我无关。”

“其实我早就知道，你肯定看不上那个猥琐的学生会长！”舒流双手插袋，一副天王老子第一的傲娇样，“跟我叔比起来差太多了……”

朝瑰垂眸，光影里鼻头下颌线条流畅分明，有种凌厉嚣张的美。

“你走吧。”她走过去扬手关门。

“喂！你不是吧，这么直接赶人！喂！你……”

舒流生气地发泄大闹，一切喧嚣都被她一把关在门外，瘦削的背脊靠在门上，朝瑰低下头，自嘲一笑，想起那个热心单纯的姑娘，叫什么来着，慕斯……

弯了弯嘴角，她想，那真是个好命的姑娘。

慕斯一脚踏进广播站就被同伴拉到了一旁。

“怎么啦？”

同伴神情犹豫，轻声问：“听说……你拒绝了学生会长？”

慕斯惊得下巴都要掉下来：“啊？”

同伴意识到自己的话有歧义，赶忙纠正：“不是不是，听说，你拒绝了学生会长的礼仪队长任命？”这一通主谓宾，信息完整，害她差点咬着舌头。

“呃……”慕斯一时有些难为情。

那天她一咬牙，递上了退队申请，被学生会长好一通教训，什么不识好歹、眼高于顶、无法无天……

慕斯莫名其妙抓抓头，这说的似乎不是她啊？

顶下这一通教训，慕斯顺利退出了礼仪队这个学生会长控制下的泥沼。

“慕斯，你可真行，队长的宝座都不要，我们这小小的广播站还能容下你这尊大佛吗？”同伴皱着眉拉拉慕斯。

慕斯仰天一笑：“哈哈哈，放心放心，我不是那种贪慕名利之人，能够待在这一方小小的格子间，播报大家精心撰写的内容，我很开心。”

“慕斯，不瞒你说，今天站长听说你拒了礼仪队，特意让我来探探口风。”同伴一把揽过慕斯的肩，用指点江山一般的豪迈气势说，“不过说好了，咱们广播站虽然藏于幕后，没办法像礼仪队那样大张旗鼓在众目睽睽之下给你个舞台展现风情，但是你放心，咱们绝对没有明争暗斗那一套，点歌赚点外快大家都一起吃吃喝喝，有福同享！”

慕斯突然觉得，放弃有时也是一种正确的选择，不爬出泥潭，不会晓得春风十里柔情，人间遍地真心。

五

期末考如火如荼，似乎每个人都憋着一口气，想撒在考场上，泄在考卷上。

而一旦考完，又像是被榨干的气球重新注满了气，生机勃勃，就像夏日的西瓜。

“老板，这西瓜多少钱一斤啊？”

“两块五。”

简悠从钱包里掏出零钱，接过新鲜切盒的鲜红西瓜。一旁的白云飞等不及，西瓜刚切开就从老板刀下夺下一大块，啃食得汁水四溢。

“欸，滴到身上了。”简悠赶忙从包里找纸巾。

白云飞不以为意地擦一把：“没事儿，咱们走吧，还这么多书呢。”

“好。”简悠笑着将西瓜盒往他手里一塞，蹲下身清点书。

放假前，他们要把课桌的书籍清理出来，以防假期时有社会考试需要借用考场。简悠家远，全部搬回去不切实际，只好收回寝室，小部分带回家复习。

白云飞借来一辆黑色的摩托车，一趟趟轰隆隆地帮她运书。

简悠第一回见到车时惊呆了：“那个……有没有低调点的啊？”

慕斯笑着搂过她：“有啊，白大少府上的大奔和宝马，你想要哪辆？”

简悠吸一口气，选择闭嘴。

奔波一下午，回家时已是暮色时分，简悠理出几本书装进书包，抬腿小心跨上颇高的摩托车，将书包挡在两人之间，拉了拉白云飞的书包带子：“走吧。”

白云飞嗤笑一声：“你坐好了吗？”

简悠脸颊发烫，将书包拉近了些：“嗯。”

白云飞挑眉坏笑，收脚发车，起势甚猛，简悠一下撞上他的背脊，身体间是书包，脸颊却是实实在在贴了上去，柔软发烫的脸侧能感受到棉质T恤下瘦削的背脊骨，心一时被提起来。

出了校门白云飞稳了稳速度，绿得发亮的樟树叶在头顶扫过，急速的风鼓起两人的衣衫，白云飞咧嘴笑着，俯低了身准备加速：“抓紧哦。”

夏天的落日都是张扬的，光耀了半壁天空，洋洋洒洒的彤云，脸颊瞳孔，尽是绯红。他们在摆满小吃摊的桥边停下，坐在桥墩上吃一盒西瓜。

白云飞停下车迅速奔向小吃摊，很快带回两盒凉皮。

“喏，夏天就是要吃凉皮哦。”

简悠笑着接过：“你吃西瓜的时候，也是这么说的。”

“夏天嘛。”白云飞跨腿坐上桥墩，“夏天就是要吃好吃的呀！”桥下清池微澜，桥边绿柳随风低垂，小吃摊热气腾腾，简悠忽然觉得周身都轻松了。

她抬手伸个懒腰：“考试真好。”

“噗！”白云飞差点被噎住，“学疯了吧，考试哪里好，备考那么累！”

简悠收了手：“考试呢，是这个世界上极少数努力就会有回报的东西，全力以赴之后，满心充足地等着好消息，是最易获得的满足感。”

白云飞咽下西瓜，唇齿清新：“还有很多事情都能获得满足感的。”

简悠转头看他：“比如呢？”

“比如……吃一个饱满的西瓜，比如尝一份劲爽的凉皮，比如就像现在，什么都不想，任风吹过，柳絮飘摇。”他转头对上简悠的目光，“比如亲人安康，朋友在侧，世界和平啊！”

简悠哈哈一笑：“欸，你知不知道，年级里都说你很不好惹！”

白云飞低头挑了挑眉，夹起一筷凉皮，囫囵咽下：“他们说的，是我爸不好惹吧？”

简悠噤言，想起小时候那块不知真假的风云墙，不知是否触了他的逆鳞。

“你别这样。”白云飞伸手戳她紧闭的嘴角，“你以前很敢的，天不怕地不怕，想说就说，想做就做，现在不知道为什么，简女侠㞞了很多啊！”

简悠：“这叫谨言慎行。”她不知吃了多少苦头才学会。

“狗屁！”白云飞嗤笑。

“这样不好吗？”简悠轻声问。

“一点也不好！”他伸手叉起最后一块西瓜送入嘴里，“小时候墙上写的都是真的。”

简悠惊讶地抬头，曾经一行行触目惊心的粉笔字又浮现在眼前。

“他……我爸爸，他很少回家，偶尔回来了也是没待多久就匆匆离开了，我和妈妈从不知他去哪里，也不知他去干什么。我们只是一天天守在老房子里等着他。

“那天，是妈妈的生日，他答应会回来一起庆祝，但是刚进家门他就被一个电话又叫了出去。我很生气，跟着他追了出去，在路口，我看见他被两个穿着制服的警察带上了车。他真的被警察带走了，你知道我有多害怕吗？我不敢想象他能是个英雄，可我也绝不能接受他是个罪犯。”

简悠默默垂下头，她明白那种感觉，曾几何时，她也坚信爸爸是个英雄。

“但是，简悠，他不是杨康，他不是个坏人，你相信吗？”

白云飞目光烈烈，灼热看着她：“他不是杨康，这比我成为杨过还要令我高兴。”

简悠咧嘴，牵出一个笑：“嗯，小时候，我信错了很多事情，但是唯独相信你这件事，我没有错。”

白云飞粲然一笑：“是啊，你眼光真好。”

“少自恋了，天都要黑了，赶紧回去吧！”简悠将西瓜盒、凉皮盒收好扔进垃圾桶。

“你家怎么这么远啊！”白云飞懒懒地跨下桥墩，突然想起什么，“简悠，你为什么来宜中？”

简悠愣了愣，回头：“什么？”

“你家附近明明也有同是重点中学的一中，为什么要去离家远，还要寄宿的宜中呢？”白云飞挠挠后脑勺，“我记得小时候，你闹着要从木水走回宜市的家。既然明明这么舍不得离开家，舍不得离开家人，干吗还跑这么远？”

简悠背光而立，身后是荣光漫天的落日，桥下浮光跃金、静影沉璧，身旁的柳条随风轻轻摇动，刮落的一片柳叶在空中蹁跹翻转，落在她的肩头。白云飞抬手想要拍掉，她张了张口，声音轻淡，气息沉哀——

“因为，我根本不是家里的女儿啊。”

第九章

如临深渊，如履薄冰

一

陆子期是整个初中三年里，简悠唯一的朋友，唯一的。

彼时的简悠算得上是四面楚歌，十面埋伏，整日里都不敢抬头看人。酒气四溢的饭局上，老师给她的入学条件是达到分数线，并以作文大赛一等奖的名头将她调入自己的尖子班。

未曾说清楚的是，期限。

花开一季，她的奖项殊荣只有一学期的寿命，初一下学期的分班考才是见真章的天秤，一网打尽他们这些水平不够的漏网之鱼。

老师坐在办公室的转椅上疲惫一笑，桌上是堆积如山的试卷、作业和材料，抬手拍了拍她的肩膀："各凭本事，有本事者留。"

简悠的入校成绩紧贴着最低分数线，岌岌可危，底子又差，急得火烧眉毛。

每夜对着床头白墙背课文背单词，耳中塞着棉花，嘴里念念有词，活像走火入魔的修道士。

“砰”的一声强烈的摔门声震得她房中门窗回响，手一抖，课本摔在地上，弯腰去拾，耳中的棉花也跟着掉出，她闭了闭眼睛叹口气，疲惫地抹一把脸，在客厅低声的哭泣中慢慢起身，打开门走出去。

客厅里乱糟糟的抱枕、杯子摔了一地，茶几被一脚踹歪，背景墙挂着的“家和万事兴”十字绣被砸得面目全非，她勤劳持家一天拖三遍地的有着严重洁癖和强迫症的母亲，跪坐在这一片脏乱糟糕里，绝望伤心地啜泣。

简悠愣了愣，轻步走到阳台拿来拖把和抹布，小心擦干地上的茶渍和水迹，将弄脏的抱枕拆下枕套放入洗衣机，再一片片地捡起碎玻璃扔到垃圾桶。到厨房拿扫把的时候，她瞥到砧板旁的整套刀具，银色的刀体在灯下锋芒毕露，锐利而诱惑。她浑身一颤，背脊发寒，赶紧走过去将刀具一一收到下面的碗柜里。

收拾完一切，她站在客厅旁不知所措，想了许久，还是低着头跪到了母亲旁边，冰凉的白瓷砖贴上脚背，她喉咙哽咽：“妈……”

母亲吸了吸鼻子，眼眶鼻头通红。

简悠伸腰拿来抽纸，递过去，母亲瞧她一眼，抬手接过。

垂下手，漫长的夜，月华如水，冷意刺骨。

简城是出去躲债的，钱债有之，情债有之。

母亲很快赶回了娘家四处借款，简悠无处可去。

她在家从不敢开门，无论是借口抄水表收电费，还是直接大骂踹门的，她只能反锁好保险。门外的人大声威胁道，再不开门就要砍门砸锁了，她瑟瑟蹲在门边，嘴里紧紧咬着毛衣一角，以防发出的呜咽声暴露自己，双手颤抖地紧紧握着电话，输入报警电话却不敢按下。大门被踹得整间房子的门框连带着回响，地动山摇像是地震，轰隆隆一声声像是砸在她身上。

她报警抓谁呢？是门外暴力疯狂的受害人，还是血缘相亲潜逃在外的她的父亲？

房屋天地震动，天花板上巨大璀璨的水晶灯靠着细细一根铁链吊起，摇晃得可怕，不如就来一场地震吧，天灾哪有人祸可怕，就结束这一切，结束吧！

天下熙熙攘攘，钱让鬼推磨。要债的人是无孔不入的。

简悠不时发现走在路上也有鬼鬼祟祟跟在后头的人，屏息克制住胆战心惊、四肢颤抖，左穿右躲希望在人群中绕路甩掉他们。最后跑入漫长漆黑的隧道，轰隆隆的汽车飞驰而过，狂风带起阵阵尘埃，她一刻不敢停歇，像在渔网中无谓挣扎的困斗之鱼，像在万丈星河里无所皈依的浮尘，绝望地向前奔跑。冲出洞口的一瞬，喘息中喉咙撕扯生疼，口腔里淡淡的血腥味道，咽不下，去不掉，一抹脸，肮脏的尘土和着冷冷热热的泪水，是一种无能为力又令人抓狂的难受。

简悠的学校很好打听，几乎问一问邻居便知，那所学子挤破脑袋都想进的百年老校。

那段时间，简悠在学校是绝不敢抬头的，她和父亲长得很像，之前她毫无防备被人盯上，捆到教学楼后的高墙下，搜出的手机被抢走。父亲的电话很快接通，这边债主的威胁还没说完，他的女儿还在他的手上，那边的父亲已经冷漠无情地挂断了电话。

简悠的肚子被狠狠踹了一脚，她感觉自己五脏六腑绞在一起疼。债主应该是工程队的工人，身强体壮，手指粗糙，按着她的脑袋往墙上撞时，同学们喊来了老师。她满脸血污躺在黏糊糊的泥地上时，眼前鼻腔里一片猩红，很奇怪，她突然想起了小学毕业之后再也不见的乐彤。她想起乐彤的孤立和排挤，嘴角咧出自嘲的笑，小孩的世界果然还是比大人的世界，仁慈很多。

后来，简悠绞去了长发，习惯低着头躲在人群里，力求不要引起任何人的注意，对于任何上前问话的人更是表现得如同惊弓之鸟。有一日她走到楼下才隐约记起，适才握着桃花枝拦她路的年轻人，手指纤长，骨骼细腻，声音清亮，应不是……罢了，这个时候，是好是歹，她都惹不起。

二

再见父亲是在楼梯口，她从未见过这样的父亲。

印象最深刻的父亲，是开着尚不普及的亮丽汽车，驶过泥巴小路，笔挺的西装和厚厚的公文包，得意扬扬地踏进木水故乡，逢人备受尊敬，各家拉去喝一杯茶；抑或是在工地上一呼百应的总工程师，在乡人艳羡的城市拼搏出自己的一番天地，那时，人人尊称他一声“简老板”。

简城的西装已经破破烂烂，皮鞋上满是泥垢，额角被砸得头破血流，蜷缩在楼梯间，已是昏迷多时。简悠哭喊着将父亲送到医院时，泪水已经流干，靠在手术室外茫然无措。

她第一次如此切实地感受到自己的无能，青黄不接的年纪，不能被大人珍藏保护在羽翼之下，也不能站出来以一己之躯挡在前方保护家人。尚未走出半生，人已身在江湖，身不由己。现实这个江湖，利益这场战役，没有快意恩仇，只是刀刀见血。

她掩面而泣：“我怕，我真的，很害怕啊。”

“悠悠。”低沉的男声在医院尽头响起。

“哥！”简悠扑过去。

“爸怎么样了？”

“在手术，你怎么回来了？”简悠擦一把眼泪。

“我能不回来吗？”简慰扶起妹妹，“还没吃饭吧，拿着钱自己去外边吃点儿，妈一会儿就来了。”

“我……我害怕。”简悠低下头，她太眷恋这双年轻有力的手，太害怕未知的险恶。

“没事了。”简慰摸摸她的头，“大人的事情很快就会解决，你好好上学就是。”

简慰的归来像是一根定海神针，风潮浪口的家在病床前获得短暂的风平浪静。

“妈，这是我这几年攒下的，先拿去应急吧。”简慰从包里掏出个牛皮纸袋，“没多少。”

简城像是一夕失去了光彩，头发为了清理伤口而被剃掉，裹了一层层纱布，骨折的腿也被吊起，他躺在病床上双眼迷离地看着窗外，一夜老了许多。

“你们先出去吧，我跟悠悠说两句。”他语声沙哑，却深深揪了一把简悠的心。

病房的门被合上，简城转头看着简悠，抬手摸了摸她的头发：“小时候很多人家重男轻女，但我不是，儿子是天生的冤家，女儿才是贴心的棉袄。悠悠，这么多年，爸爸没有对不起你过，甚至说，是偏爱你的。”

他的语声异常温柔，但是简悠心里异常寒冷，她能猜到，他终于要坦白了。

一颗早已埋下的种子，今日终于在这场流血暴力的浪潮中得见天日，其实真的已经很久很久了，从乐彤附在她耳边种下一分疑，到蛛丝马迹猜到四分惑，后来看到爸爸手机里的短信明白了九分，现在，终于要从他口中，得到这最后一分的确定。

不是没有幻想过的，如果可以一直不说，永久封存，只要还没有敲板定钉，她也能死守这最后一分的余地，假装九分的天真无邪，他们还可以是无间无隙，平平凡凡的一家人。

据说人的记忆是一串串的编码，眼耳口鼻，取自各方信息。

那年，隔着肯德基鸡腿的浓郁油香，乐彤语声轻柔："你呀，不是你妈妈生的呢。"

今朝，飘着消毒水气味的医院病房里，简城懊悔颓丧。

"你……是我和你阿姨的孩子。"

上帝对她是仁慈还是残忍呢？给了她好几年的时间，牵线木偶一样让她一步步走下去，一点点揭开真相，习惯惊慌，熟谙舔伤，最后将自以为麻木成熟到可以坦然接受的她送到凌迟架前，做一个了结，没什么大不了嘛。

是钝刀子割肉来得细腻温存，还是快刀斩乱麻来得爽快呢？

"悠悠，这件事，是爸爸对不起妈妈，但是现在爸爸没有办法了，真的没有办法了现在，你愿意帮帮爸爸吗？"

嘴里咸咸的，泪水无声地从眼眶流进嘴角，面对白首的战败的英雄，她怎能说不。

但是，他的要求，实在令人瞠目结舌。

人的心，终究是狠的。

三

自从上一次简悠在教学楼后被要债的工人殴打，她又一次被流言缠身成为人们茶余饭后的谈资，各种说法甚嚣尘上，什么"得罪黑社会""人口绑架""关系户寻仇"，当然，还有更多不堪入目的言论写于小字条，在枯燥的数学课上漫天飞。

她抚额有些头疼，为什么她总能迅速占领学校的八卦话题榜呢，这算不算一种天赋异禀？当艺人的话真是省了炒作的开销了。

课间她轻轻撩起头发，额角的伤口还没结痂。

"嘶……"掀开染了血污的纱布还有些撕扯的疼痛，她一把扔掉纱布，从兜里掏出纸巾按上额角，血液很快透过纯白洁净的纸巾染红了指腹。

“这样会感染的。”陆子期从兜里掏出个创可贴，“喏。”

简悠面对这突如其来的久违而陌生的善意，愣了愣。

陆子期有些尴尬，一把挪开简悠的手，撕下沾血的纸巾，麻利地覆上创可贴。

“欸，课后的一对一补习，你记得要留下啊。”少年皱了皱眉提醒道。

简悠突然想起来老师为了提高平均成绩，抚平偏科，在课后设置了一对一补习，优生带差生，她近来琐事缠身，忘得一干二净。

“嗯，好。”简悠点点头。

陆子期是长在年级大榜上的优等生，居然愿意牺牲课余时间主动为她补课，她有些受宠若惊。

简悠文科底子还不错，只是数学和物理拉了后腿。她一根筋的脑袋，实在转不过数学的百转千回和物理的起浮电引，陆子期讲得很认真，简悠一知半解。

“由已知的水的体积可以算出石块的体积，然后再算出石块的密度，懂了吗？”

简悠微微点点头：“嗯。”

“骗人。”陆子期笔杆敲一记她的头，“眼神飘忽，魂都不知道飘哪儿去了。”

简悠摸摸头：“对不起。”

“你不必对不起我，你是对不起你自己。”陆子期手指灵活地转着笔。

简悠低下头：“哦。”

“喂。”陆子期撇撇嘴，“说两句就不行了？这样受不住打击，怎么学得好数理化？”

“站着说话不腰疼，你又体会不到学习的痛苦。”

陆子期不屑地挑挑眉：“屁，老子在挑灯夜战研究浮力的时候，你们还不知道在哪条巷子口跳皮筋呢！”

“我们三更半夜也不跳皮筋……”

走廊刮来一阵邪风，陆子期随手拉上外套的拉链：“行啊，接着贫吧，我回家了。”

陆子期走过简悠身边时，她不禁抓了一下他的袖子：“欸，我分班后还能留在重点班吗？”

“做梦。”陆子期毫不留情。

简悠的自尊心被揉烂，放了手：“哦。”

“就这样？”陆子期瞥她一眼。

“就这么放弃了？”他撑着桌沿看着她。

简悠合上物理练习册，疲惫地揉了揉眼睛：“没有。”

“明天是周末。”他的手指在桌沿一敲一点，似在犹豫，“来市图书馆的自修室吧。”

市图书馆离家很远，简悠倒了两班车才远远瞧见了图书馆门前长长的阶梯。阶梯上坐着个喝汽水的黑衣少年，她突然想起《罗马假日》里，奥黛丽·赫本穿着大摆裙，也是坐在这样长长的阶梯上，吃一支冰激凌。

她吃力地爬上去，没有大摆裙也没有冰激凌，只有又厚又沉的数理化练习册。

陆子期居高临下看着她，递来一支大头娃娃的雪糕。

“呀，还真有！”简悠惊呼。

“什么？”陆子期皱眉。

“赫本、阶梯、大裙摆！”简悠撕开包装，“啊不，没有大裙摆。”

“你这什么乱七八糟的逻辑。”陆子期抬腿上去，一步两个台阶，轻盈不费力。

简悠哼哧哼哧跟上，这台阶真是充分贯彻了国家教育纲领，培养德智体美劳全面发展的学子，还没进图书馆的门槛呢，体和劳遛了一遭。

自修室人影寥寥，大概爆满的是阅览室，他们找了个偏僻的角落，红棕色的木桌子，泛着葡萄酒般厚重的光泽。

简悠只觉得，这桌子真宽真大，摊开书特别舒坦，有一种指点江山、激扬文字的激励感，涌起学习的热情和动力。

陆子期脱下黑色的外套，里面深蓝的牛仔衬衫与红棕木的桌椅异常融合。

沉寂的蔚蓝深海，生长着奇异的红枫树。

时光静静沉淀下来，两个小时后，陆子期在提纲上画下最后一个勾，合书收笔。套着深蓝衬衫的瘦长手臂拿起她手旁的数学练习册，随手翻开："你几何做得很好啊。"

简悠愣了愣，笔尖颤抖一下："啊，嗯……对。"犹疑尴尬的回应好笑又夸张，陆学霸何许人物，怎么给点阳光就灿烂了呢。

对面的人"扑哧"一笑，抬眼看着她："为什么喜欢几何呢？"

她厚厚一本练习册，做的题不少，但是勾勾画画，乱涂乱改也不少，往往是没想明白就落笔，写到一半觉得不对劲又画掉重来，边边角角都是计算式，乱七八糟，不堪入目，一步步全是没头没脑的试探，最后脑子一团糨糊，举了白旗，这一题报废。

唯独几何，步骤列得清晰明畅，逻辑顺畅无阻，笔记都是精简至约，辅助线加得手起刀落，小心翼翼又暗暗骄傲。

"写几何题的感觉，是最好的感觉。"简悠喃喃道。

几何用最简单的图形困住你的思绪，带着你沉溺其中，过滤掉满脑子的郁闷，变换的图形中有不变的规律。就像单单纯纯走一座迷宫，纯粹的征服感和满足感，多奇怪的线条治愈。

“那就记住这种感觉。”陆子期将练习册推到她面前，“其实数理化，才是最要求感觉和状态的，多少真理的发现，都是一瞬间的感觉。”他神态认真，目光虔诚，向着理想那方。

简悠淡笑：“难不成你做题都凭感觉不成？太欺负人了吧。”

陆子期睨她一眼：“怎么可能，当然要把感觉训练成习惯，习惯成自然。”

一生二，二生三，三生万物，乃入化境？

简悠似懂非懂地点点头，提笔继续写物理，陆子期伸手按住她。

“够了，做点别的科目吧，给一门学科太多的时间，容易助长自己的惰性，降低效率，以后动笔前列个提纲，潜意识会催促你脑子动快一点。”

简悠张了张嘴巴：“噢，陆同学把方法都交给我了，不怕自己的位置不保吗？正所谓教会徒弟，饿死师父呀！”

陆子期嗤笑一声：“不怕不怕，你啊，道行还浅。”

简悠悻悻闭嘴，拉过他的练习册，封皮还新，页脚已经发卷。她随手翻开，基本每一页都是简约利索的笔记，推导过程十分简略，没几步就是答案。

“这里，不是还没学到吗？”她翻到后面几章的内容。

“学习呀，永远是先发制人。”陆子期抿嘴一笑，“不要等着老师来上课，不要等着考试为难你，要未雨绸缪，要主动出击。”

主动出击吗……

被挟持着缴械投降的感觉，真的很难受啊。

“明天，我不能来了。”简悠轻声说。

陆子期的眸子暗了暗：“随便你。”

她收起书包，起身推回椅背，踏出一步想了想，回头俯下身对他说：“下周，我给你买甜筒吧。”

陆子期脸一黑：“随便你。”

“哦。”简悠默默离开。

周日上午是她雷打不动的小提琴课程，这一天简悠记得很清楚，从半夜开始，外面淅淅沥沥下起雨来，直到天亮，雨势越来越大，敲打在玻璃窗上，烦躁不息。

她背着琴盒，套上雨衣，琴盒将后背的雨衣撑得鼓鼓囊囊，她像个背着大壳的乌龟。低头系好鞋带，妈妈还在客厅里徘徊着打电话，多的是一声挂断，少的是客气拒绝，任凭妈妈放低姿态的请求，仍无动于衷。君子周急不济富，他们在亲朋的眼中，大抵就是一朝没落的富，是个借钱有去无回填不满的坑，人人弃如敝屣。

她轻轻地带上门，瓢泼大雨倾盆而下，耳边嗡嗡作响。

那节课她上得格外认真，上节课的练习曲她练得十分娴熟，难得受到了老师的夸赞，还说如果她能勤奋一些，踏实一些，来日不可限量。

可惜，不可限量的来日，不会有了。

“老师，再见。”她第一次朝这位向来烦厌的老先生鞠躬，忍住眼泪，走得干脆利落。

来不及套上雨衣，豆大的雨滴砸下来，她挤上公交车，一人高的琴盒让拥挤的车上更加拥挤。雨幕成流的车窗上，她看见那所乐器学院的大门，她仍然记得第一次来到这里，炎炎酷暑的夏日，妈妈看着别家孩子都学了个绘画舞蹈，也想凑个热闹，拉着没几岁的她开车到了这里，用一袋零食哄着她进去看看。舞裙蹁跹的高挑少女，十指翻飞的钢琴少年，新鲜而梦幻。

妈妈还在和满嘴开花的报名处老师周旋，简悠被一阵悠扬的琴声吸引过去。半开放的小提琴教室，瘦高矍铄的老先生还没有暴露出逼人练琴的讨厌面目，长身玉立，翩翩风雅，弓弦悠悠，是真正的世外高人。

妈妈笑着打断了招生老师的喋喋不休："不用介绍了，就这个吧。"

她是在长长一排的小提琴中一眼挑中了那把琴，其实现在看来也没有什么特别的，但是那时候，它静静挂在橱窗里，琥珀色的光华，无言诉说着故事。

它不曾让她失望过，何时握在手上架在肩胛，都是最好的拍档。

令人失望的，只是她而已，三番五次地因为疏于练习而被老先生罚站在门口。她也撒娇哭闹、撒泼打滚过无数回再也不练了，但是下一堂课，依然是背着琴盒舔着冰棍，蹦蹦跳跳向先生谢罪，嬉皮笑脸赌咒发誓，今后一定好好练琴。

先生说过的，她虽懒惰，胜在灵气。音乐有灵，非蛮习可以得。他对她，始终看好，寄望着何时长大懂事了些，越加勤勉起来，届时也绝不会逊色。而简悠，也是诚心梦想过的，站在金光四溢的舞台上，着华裳，奏华章。

小姑娘终于长大懂事，却只能无奈放弃。

回到家时雨声渐渐小了，简悠路过客厅，衣角发梢都在滴水，穿着湿漉漉的袜子一脚一个水印子。

妈妈疲惫地靠在沙发边，手机还握在手里，头发乱糟糟粘在脸颊。

"饭在厨房自己吃吧。"

简悠走到房门口，手握上把手："嗯。"

关门的一瞬，她叹口气，伸出脑袋。

"妈，下一期的钱不用交了，我……我不学了。"

四

上法庭的那一天，简悠坚持自己去学校上了堂早读，临走前，还听见陆子期在和人玩笑，指间的笔转得精彩。

"我的手刚刚利用了这支笔的向心力吸收了你们的气，改变了教室里的格局。”他的声音狂妄幼稚，声调里都是少年人的轻松惬意。

简悠走过去拍他一下：“欸，放学等我补课，昨天最后那道数学题，我想出了第三种解法。”

陆子期朗朗一笑：“行啊，谁怕谁！”

来接她的是简慰，简慰一路上将车开得横冲直撞，发泄着沉闷的怒气。

简悠在一个急刹时没有扶稳，额头撞上前座：“哥……”

简慰踩了刹车减速：“没事吧？”

简悠揉揉额头：“没……”

他拍喇叭催促着前面拥堵的车辆，深深叹口气：“我是希望，你不要扯入这些事里的。”

“这是……家事。”简悠低下头。

简慰趁着红绿灯点了一根烟，他以前从来不抽烟。

法院门口，简慰替她拉开车门。

简悠扯了个笑，一步步走进去。

“悠悠！”他在身后大喊，“别怪家里啊！”语声咆哮呜咽。

简悠顿了顿，没敢回头，提步走进去，开堂了，便是不可回头了。

“证人简悠！”律师的声音不像是人的声音，而是这庄严司律的声音，一声声，震动灵魂，质问真相。

她抬了抬头，看见座席两侧的亲人，父亲刚出院没多久，坐在轮椅上，额头的纱布未拆，透着淡淡的血痕，满目沧桑憔悴；而许久未见的阿姨，虽然疲倦，穿着仪态依然可见皎皎风华，后边靠着她坐的妇人抱着一个不大的男孩，那就是了吧，她想起偶然在爸爸手机里看见的……

“两个孩子，咱们一边一个……”

她还记得曾见过那孩子一面，小学时阿姨接她放学，谎称是朋友的孩子……

多可笑，堂上的两席，一是生身之亲，一是养育之恩，骨子里流淌的，都是息息相关的血脉，而今，却要对簿公堂，她站在中间，亲手挥槌。

那日病房里，她伟岸的父亲哭得像个孩子一样恳求她："悠悠，爸爸真的没有办法了，没有办法了呀！"

"爸，妈妈呢？妈妈怎么说？"简悠低着头，"妈妈也同意吗？"

简城皱眉："关她什么事？"

简悠惊愕地抬头，苦笑着说："怎么会不关她的事，你们这些腌臜事儿，她才是最后的受害者，你们想过她吗？你知道你走了以后，她是怎么过的吗？"

"等这件事情完了……"简城拉过她的手，"咱们家就好了，就好了……"

怎么能好呢？伤疤尽数血淋淋地被揭开，甩了每个人响亮的一耳光，刻骨铭心。

"你这样做，是昧着良心！"简悠握着拳，挣开他的手。

"什么良心！"简城气极，"那些开发商卷了所有款项跑路的时候，没遭天打雷劈，我被人追债，东躲西藏，家不成家的时候，没人愿意帮帮我！什么良心！都是狗屁！"

简悠冷笑一声，作孽之时，何想报应。

"证人简悠，请你据实以告！"法庭上，阿姨的律师还在一声声逼问。

简悠侧目看向阿姨，满目失望与冰凉，是啊，自她站上这里开始，过往亲缘，一拍两散。

"是。"简悠指尖抓着桌沿，"是！"

其实只要她应一声，作为产权所有人出席，父亲找来的律师，就会信誓旦旦，抓着不放了，剩下的事情，再无关痛痒了。

署名是她的父亲赠送给阿姨的房产，会被极速转卖，房款小部分补偿阿姨，大头填补债务，他们家这一场由经济债务引发的血战，在撕开所有丑陋的伤疤和不堪回首的秘密后，终于，能够落下帷幕了。

父母还在和律师商讨善后事宜，简悠从法院走出来，天朗气清，她瞥见哥哥蹲在车旁一根一根抽着烟，头发乱糟糟，地上积了一小堆烟头和灰烬。

她跨过草坪，独自走上街道，不知不觉就走到了学校，很多班都放学了，她的班级亮着一盏白炽灯，从楼下抬头看，像一片漆黑中，独一无二的小星星。

蹦上楼，推开门，陆子期一只手撑着下巴，另一只手还在转笔，风起云涌，像是加速运动，她恍然觉得今天发生的一切都只是一场梦，一切都在原地等着她醒来。

陆子期抬头一笑，得意扬扬地说："那道题，我找出了八种解法！"

五

简悠的成绩上升很快，两次月考都进入班级前二十，她倒是挺满足，陆子期却看不上。

也对，爬到山顶的人怎么会觉得半山腰的人有多辛苦，有多厉害。

"我看你啊，不是'饿死师父'，是气死师父才对，连个前十都没进，出去别提我名儿啊，丢人。"陆子期半靠在她桌边，捻着她的试卷絮絮叨叨。

简悠无奈，戳戳他："欸，你知不知道，女生以前都说你是座冰山，油盐不进。"

陆子期嗤笑一声，点点她的脑门："那你知不知道，男生私下都说你清高，招惹不得。"

两人一齐哈哈笑起来。陆子期说：“果然啊，谣言止于智者。他们要是看见你当初在主席台念个稿子腿能抖得跟筛糠似的，肯定幻想破灭！”

简悠皱眉：“什么幻想？”

“你背景强大，有人追杀，是个遗落民间的……”陆子期顿了顿，不太说得出来。

好在简悠也没在意，仰头问：“那你觉得呢？”

你是否会觉得，我麻烦缠身，是个不该招惹，不好相处的人呢？或许她真的孤独了太久，从被动孤立到如今孑然一身，她突然意识到，是不是她自己就有问题呢？

陆子期展眉一笑：“你啊……你就是个数理化的边角料，谁也救不了。”

他谈笑着，指尖旋转的笔突然飞出去。简悠伸手去接，陆子期也顺势张手，一瞬间两人的手交叠，紧握着那支笔。

陆子期愣了愣，简悠的脸唰地红了，赶紧松手，笔直直掉在地上，“叮”的一声，敲醒了愣住的陆子期，他茫然低头看看自己的手。

“我……我先回去了。”简悠收好书包跑出去。

陆子期看着她慌张的背影离去，莫名一笑。他也很快收好书包，整理一通课桌，关了灯锁上门离开。近来他回家越发晚，和家里推托说问老师题目问晚了，也不知道有没有被怀疑。

可有什么怕被怀疑的呢？帮同学补课而已，还是老师批准的，他为什么这么心虚？

路过球场时，他想得入神，撞上一个刚从球场出来的同学，大汗淋漓刚拧开的可乐撞了满怀，陆子期手上溅上了不少，糖分黏黏腻腻，十分难受。

“唉，满手都是可乐味了。”他摊开双手，茫然望着。

同学一身热气靠过来："没事，来，拿纸巾擦一下就好了。"

陆子期摇了摇头没接，莫名有些排斥："算了。"

同学是个粗神经的，一掌拍了张纸巾在他摊开的手上。陆子期一惊，推了他一把："你干吗！"

同学被气笑了："怎么，刚牵过美人儿不成，还舍不得了？"

陆子期下意识回嘴："你胡说八……"话还没说完，他突然愣了愣，回味了一遍那句话。

刚牵过美人儿不成？

是啊，刚牵过。

舍不得？

好像有点儿。

"兄弟，怎么着，有……"同学嘿嘿一笑，推搡着他。

放屁！陆子期第一反应就是这两个字，偏偏还是没吐出口，别别扭扭地推开同学，气冲冲走了。

回家的路走得格外慢，仰首是一轮流光溢彩的月，圆而亮。他想起最早听闻的简悠，别人口中的简悠：

"那个姑娘眉目清秀，可惜气质太冷了，老是低着头，拒人千里似的。"

"既然低着头，又如何得知眉目清秀？为何说可惜？"

"正是低着头无甚特别，偶一抬眸，惊艳绝伦。"

"气质太冷则生人勿近，不敢招惹。"

"清秀也无用，惊艳又何如，上回被人捆到后墙，不知得罪了哪路神仙。"

"入校分不高，却在重点班，神秘神秘。"

"起点虽低，日常却刻苦，勤勤勉勉。"

……

月亮在和云雾捉迷藏，星斗在和黑夜做抗争，有的是民间绝色，谁又是沧海遗珠。

说来奇怪，从来孤身一人，偶然多个陆子期，并未觉得世界中突然多了这许多的眼睛和嘴巴。课间他们讨论题目时，能看见周围明里暗里的指点；体育课上两人搭档打球时，也能听见四下细碎的闲言。是世界突然吵闹了，还是身体突然敏感了。这其实对于简悠来说，并不是很在意，好不容易有个不计较的朋友，没有女生那么多弯弯绕绕的小心思，还能时时指点你的功课，不能再好了吧。

人有一种本能，很多事情只要没人戳破，都可以自欺欺人装作不懂。比如眼前飞过了一只蝴蝶，你低着头没有注意，可以装作不知，但是一旦有个爱管闲事、并有着打破砂锅问到底的顽强精神的人戳破了这件事，你就不能再自欺欺人了。

班级大扫除，倒垃圾时身旁的女生突然笑着问简悠：“你是不是对陆子期有意思啊？”

“砰”的一声，有什么东西破了。有人倒回去抓回了那只蝴蝶，清清楚楚摆在你面前，说你眼前飞过的就是它，你该怎么办？

“没有。”简悠答得云淡风轻。

答可以答得毫不在意，面对面却做不到心无外物。

说漂亮话容易，做漂亮事却很难。

安稳宁静，岁月无声，简悠忍不住抬头：“陆子期，你有没有听说……”

“什么。”陆子期头也不抬，笔尖不停，利落写下一行算式。

“关于，我们……”简悠低下头，实在不知如何开口。

陆子期却笔尖一顿，划破了页面，留下一道斑驳的皱痕，打断了顺畅的算式。

他伸手抚平那一道划痕，却发现斑驳已铸，无可反悔。

他喃喃开口：“离分班考还有多久？”

简悠答得迅速：“七十七天。”

一周有七天，北斗有七颗，人有七窍，太阳光有七色，那么七十七天，是否也是特别的呢？

“你列好接下来要做的任务提纲了吗？”

“嗯。”简悠将一旁的计划本拿起，“首先要从增长空间最大的科目入手，数学和理化，努力每科都良好。然后文史地靠勤奋和记忆，语文和英语作为优势，保持手感就好，可以适当减少时间，还有……”

“所以，”陆子期抬头看着她，“你哪里还有空管这些闲言碎语？”

这话是说给她听，亦是说服他自己。

简悠的确很受用，醍醐灌顶，一语中的，没有什么比目前留在重点班更加重要的事了。

陆子期很像是迷航之时的灯塔，他总是处变不惊地伫立在最醒目的位置，生长在成绩大榜最高的地方，只进不退，骄傲自大又生机勃勃。

不知道头悬梁，锥刺股到底是个什么滋味，但是一点的皎皎星月，两点的虫声俱静，三点的暗云翻涌，四点的鸡鸣雀舞，五点的天朗气清，六点的旭日磅礴，简悠通通领教过，或在睡前，或在梦醒。

分班考结束，她感觉自己简直脱胎换骨，妈妈比了比她脑袋，似是长高了，大概是身体也在愤怒抗议，以迅速而撕扯的方式，拔地生长。

多日以来绷着的弦在考完的一刻稍稍松了，简悠几乎倒头就睡，早晨迷迷糊糊醒来，明晃晃的阳光透过纱帘射进来，屋子亮堂堂得陌生。她惊醒，噌地坐起来，抓起闹钟看一眼，已经七点了，要迟到了！

七上八下跳下床穿上裤子，抓一把满桌零零散散的试卷，手握上冰凉的金属门把，才惊觉今日已是周末，考试，早已结束。

挪着步子颓颓躺回床上，绵软的羽绒被，像是轻柔的云朵，她浑身轻松起来，像是飘在云天。清晨的家中，安稳平和，梦境尚沉，泛金的日光晒得周身温暖，有一点点笑意漾上嘴角，明明困意全失，她却一点起身的欲望也无，只想这样赖着，对着天花板发发呆。

记得某一节紧张的物理复习课，午后温存，人影困倦，老师停下浮力的讲解，看他们在底下哈欠翻天。老师尚年轻，眼角眉梢俱是笑意，她说："其实想想，若是能够无所事事放放空，发发呆，就是最幸福的时辰了。"

春有百花秋有月，夏有凉风冬有雪。若无闲事在心头，便是人间好时节。

打破惬意的是短信提醒。

简悠皱皱眉，恋恋不舍地起身捞过手机，屏幕上闪烁着"陆子期"，她脑海中立即浮现出那人自负的眸子，熠熠华彩，谁也不容。

连信息编辑也是深得其道："下楼。"

不问何时何地，是否方便，凛凛的指令，不容分辩。

简悠一蹦一跳跑下楼，陆子期坐在一家便利店的窗边。

她推门进去，刚落座他推来一杯乌龙茶，你看，连喝什么也是不由分说的，好在她也是个不挑剔的。

"刚考完呢，你都不好好休息一下，补补元气？"

陆子期抬眸看她一眼："早起，也是一种优秀的习惯。"

简悠吐吐舌头，不置可否。

陆子期抿了抿嘴，拿出一张报名表，推到她面前，常年握笔的长指交错相叠，据说，这是一种胸有成竹、胜券在握的姿态。

"数学竞赛？"简悠一惊。

"嗯。"对面之人却是气定神闲。

"我……不够格吧？"她很心虚，她的数学基础甚弱，应付考试已经精疲力竭，竞赛？简直天方夜谭。

“赛前还有假期训练营，你期末的分数，刚刚好过线。”陆子期语声沉沉，冬日里探着丝丝白气。

“可是以我这刚刚过线的水准，比赛一定会输得很难看吧。”她不好意思地笑了笑，想要打消他这个不切实际的念头。

“无妨，这回请的都是全市拔尖的名师，仅仅训练营就能学到很多了，就算竞赛不拿奖，有这么一个参与项，日后升学档案也是增光添彩。若能给指导老师留下好印象，于分班于申奖都有益处。”

简悠看着他，目光从容，沉稳淡定，似乎一切都在掌握之中，光辉荣耀唾手可得。

她伸手捏着吸管搅了搅乌龙茶，牵了个笑：“我们才多大，你都想到这么远了。”

“我说过的，学习，永远是先发制人。”对面之人朗朗一笑，“除此之外，还要有敢于压上全部筹码，冒着风险放手一搏的勇气。当然，你跟着我，风险几乎为零。”

他目光灼灼，神情骄傲，等着意料之中的肯定回答。

乌龙茶搅出一个气泡漩涡，像是大海的波浪，龙卷风的眼睛。

“好。”简悠点点头。

漩涡渐渐散去，陆子期嘴角扬起一个满意的弧度。

分别时，简悠想起什么，回首喊住他：“陆子期！”

“嗯？”他止步转身，牛角扣外套衬着少年清俊的脸庞。

“你……是从什么时候知道竞赛消息的？”简悠扬了扬手中的报名表。

陆子期皱眉想了想，片刻即答：“两个月前，怎么了？”

“没……没事儿。”简悠摇头笑了笑，向他挥手再见。

两个月前，这么早吗？

或许在她还为小小分班考愁眉不展的时候，陆子期已经信手拈来准备着竞赛了吧。她一点也不用怀疑，陆子期必然已经准备万全，只等竞赛上一举夺魁，他和她这样混个参与项的人是不一样的，他们是不一样的。

有什么好难过的呢，人家百忙之中还为你补习，深谋远虑为你可怜的档案添光，到底还有什么好别扭的呢？

只是她这一路走来，磕磕绊绊，孤独颓丧，无论升学与家变，都对命运毫无招架之力，走到今日这一点点惬意的云开月明，已是全力以赴、精疲力竭。

而近在身边的陆子期，却总是那个掌握全局、翻云覆雨之人，多少人还囿于眼前困窘而难以自拔，他却早已云淡风轻地站上云巅，俯仰众生，傲视苍穹。

绝世独立，又偏偏恩泽不吝。

简悠扪心自问，有点难过，有点嫉妒，来自年少轻狂的自尊心，她想要看看云端的风景。

训练营设在独立封闭的一所院校，假期里空荡荡，只有他们这群备战的预备军。封闭训练的日子，简悠过得很苦，不同于期末复习的量化疲惫，做过竞赛题的就会知道，通行课本真是九牛一毛。

她承受着来自成绩和自尊的双重打击，本就基础差，地基不固，大厦将倾。简悠真的觉得，数学这个东西，真得靠点儿悟性和灵气，一点就通的天赋远胜于点灯熬油的辛勤。

纵然她是起得最早，睡得最晚的人，一旦课上被点名提问，出丑的频率奇高，她成为团队中的笑柄。

而鄙视链是一个环状组织，有她垫底，就有陆子期头筹，对答如流的回应和快速精巧的逻辑，他迅速成为老师的宠儿和大头兵们的楷模，被抬得高高在上。

午饭时，简悠和陆子期两人默契同行，就构成了这个链条的闭环。

她能很清晰听见身后餐桌的女生们的窃窃私语，然后视若无物地咽下一口口干涩的饭菜，吃得安静欢腾。陆子期抿嘴一笑，从自己盘中夹过一块牛肉。

牛肉红香冒油，简悠听见身后的动静又大了些，抬首对他一笑。

陆子期去买饮料，简悠拿过两人的盘子走向餐盘传送带。

“就是她啊……”

“可不是嘛，脑子可笨了……”

这样的话听过太多，她轻轻将餐盘放好，转身一句完整的话钻进耳中。

“子期当配伯牙，她算个什么玩意儿。”

话语尖酸冷漠，极尽嘲讽，简悠被刺得心一凉。

寒夜里，握笔的指尖生硬，寝室条件很差，凛凛的从风四面八方透过墙缝门角透进来，骨节腕侧处破天荒第一次长了冻疮，使劲狠了有些疼痛，越发握不住笔，字迹歪歪斜斜。简悠披着一件外套盘腿坐在床上小桌前，坐得太久，两条腿都又冰又麻，低头久了，颈椎连着背脊都是酸疼的，她简直不敢轻易动弹，身体发肤，都在拉锯作战。眼前一道道精简复杂的题目盖着密密麻麻爬满计算的演算纸，她的眼眶突然有些热，拢手到嘴边哈一口气，微微的热感让生硬的手恢复点点触觉，骨节的通红冻疮一时受热生痒，像是蚂蚁丝丝啃噬。她仰首想要憋回眼泪，仍有一脉逃出生天，滴在演算纸上，像个小小的凸面镜一下放大了字符，调皮又辛酸。简悠苦笑，提笔俯身，长夜如水。

用勤奋换天分，最后还是得了个不错的结果，她没有白白受一场煎熬委屈，二等奖最后一位，终不是窝窝囊囊，混个参与项。

陆子期刚领完一等奖，后头还有一堆等着合影留念的老师学子，他却一步跨下台来，欢意未散，眉飞色舞，拉过她就跑开。

“喂，跑这么快干吗！”跑到一方小水池旁，简悠甩开他。

陆子期捏着她的手腕不松，夺过她二等奖的奖状：“不错嘛，士别三日，当真出乎我的意料，令人刮目相看！”

简悠咧嘴一笑，心想你怀里还抱着一等奖的奖杯呢。

“简悠，我们一直这样吧。”陆子期笑嘻嘻地把奖状卷起，递给她。

“怎样？”简悠接过奖状，“我都快被数学虐疯了！”

“按目前的状况，我们一定都可以进重点，宜中以理科竞赛闻名，每年都有好几个保送名额，我们一起考宜中，一起去竞赛啊！”他的语气带着抑制不住的兴奋。简悠极少见，他将心事计划都展露人前，他总是万事俱备，再撑得一派潇洒。

“理科竞赛？”简悠低下头。

昨日完卷，她心知尽力，一时了然，难得睡得香甜。晨起，批阅室门口人头涌动，想必结果已然公布，她不愿凑这个一时半刻的热闹，无论结果如何，都可坦然接受。

倒是在厕所遇见一位授过课的老师，洗手时忘带纸巾，她连忙掏出一张递上，出乎意料，老师对她竟还有些印象。

“是你啊！和陆子期一起来的那个。”

“嗯，对。”简悠点点头。

“你们俩都不错，榜上有名，尤其是陆子期，给你们学校争光了！”

“他一向很优秀的，没想到我……也能……”

老师笑着皱了皱眉：“我们看过你的试卷，知道你的确很努力。”

简悠抬眸，有些受宠若惊：“我……谢谢老师，我还会更加努力的！”

老师温厚的手掌拍了拍她的肩头，目光有些犹疑，半晌还是缓缓开口：“可是，这样努力是不够的。你可以把每种题型都做上千百遍，可以总结出套路公式都背下来，可是，这不是真正的学习数学。数学不应该是死记硬背的，它需要活学活用，如果仅靠着文科记忆的方法，你很难学得很好。”

冬寒料峭，每句话掷地有声，惊雷在心。

简悠尴尬而难过，努力咧出个笑：“老师，是我没有天赋吗？数学，到底怎样才能学好呢？”

老师有些揪心：“每个人天赋不同，你不必钻这个牛角尖，数学是需要思维需要体验的，热爱数学的人学得轻松又快乐，庖丁解牛，游刃有余，比如陆子期。”她皱着眉头俯下身，“以你的勤奋程度，只要坚持努力自然也会有不错的成绩，但是若你没有兴趣，没有快乐，又为何偏要为难自己呢？之后理科中不仅数学难度更高，还有理化生的加强，你会很辛苦，可能还难以出头。以我多年教学的经验来看，你是个文科的好苗子，假以时日，必然出众。”

理之艰险，前路堪忧；文之灵赋，或有所得。

“我……我不成。”简悠低头轻声说，她不敢面对陆子期那种胜券在握的期待目光，他又在等她意料中的正面回答。

这样的相信自我，满怀骄傲，照得她卑微而渺小。

“为什么？”陆子期皱眉，叹一口气，“你有什么好害怕好犹豫的，跟着我走，不会错的。”

“我当然害怕。”简悠抬头，“这是我的人生啊。”

她的人生，磕磕绊绊走到如今，经不得一点行将踏错。

“我不明白，突然之间，你怎么了？”陆子期望着她，这个亲手一步一步带着走过来的人，他们之间的距离好不容易越来越近，可一夕之间，却又远得像隔着整个宇宙，中间是茫茫星河。他第一次有些茫然，“我们才刚拿到奖，来日可期啊。”

身在云巅之人，不会懂得蜉蝣艰辛，他不会懂得为了这薄薄一张不高不低的荣誉，她是怎样熬过来的。

“如果以后我选文科，我们还能当朋友吗？”简悠抬头看着他，语声些微颤抖。

“哈。”陆子期撇撇嘴，像是不可思议般苦笑地叹气，双手覆上她的肩，“你要去死记硬背学文科，向那群书呆子看齐？”

“原来是这样的。”简悠喃喃。原来是这样的，自云端俯视他们这些拼命又无奈的人，是这般的卑微又可笑。

“是，如果我预备这样，你还能当我的朋友吗？”她抬头，怔怔对视。

狂妄自大也罢，骄傲幼稚也罢，他终究是她唯一的朋友，是会在课后细细为她补习，将那些脑子略过的步骤再一一耐心分解给她看的人；是处处为她考虑为她加油，始终相信她的人；是她拼命努力注定异途、追不上的人；是孤独了这么多年，她身边唯一的朋友啊，优秀又灿烂。

“你疯了吧简悠！”陆子期脸色冷峻，黑眸深沉，“好好的科学真理不学，去搞那些顽固不化？”

简悠能感受到肩上的力度加大，而他又在拼命克制，悬崖边上，应该要闭嘴服软的。

可她还是忍不住执拗问一句：“我们还能当朋友吗？”

“当个屁！开什么玩笑！”陆子期收回手，站得笔直，目光凛凛，“简悠，别告诉我你不知道。”从胳膊到牙后根，他都是颤抖的。

“我不是对谁都这样的！”他深吸一口气。

“好，我先说。”陆子期俯下身，眼神灼灼，极近的距离，两人一同屏息。

“你愿意当我唯一的伯牙吗？”

第十章

青青子衿，悠悠我心

一

有一场双方各自沉默而希冀着，准备了许久的正面较量，最终爆发在篮球场。

舒流拍着球笑着退场：“嘿，你们这一场可不是友谊赛，硝烟太浓，我不参与。”

白云飞接过球，谁跟他有友谊，搞笑。

陆子期嘴唇紧抿，目光刺向白云飞，来啊。

白云飞过于心急，被一个假动作骗过，陆子期腾空上篮，朝白云飞竖起食指，冷冷一笑：“你，不合适。”

白云飞被激怒，低头快速调整好呼吸，下一局很快反身投球，挑眉撞上陆子期：“你，不配。”

陆子期一拳揍过去，白云飞一脚踹过来，两人迅速挂了彩，被年级主任好一通教训，罚站在办公室门口当展览。

“是你不配。”陆子期负手而立，目光寒凉，“她要去的地方，她所在的位置，你这个吊车尾的艺术生，根本追不上。”

“呵！”白云飞嗤笑一声，“你知道她想去哪儿吗？你知道她想过什么吗？老子带着她闯天涯的时候，你还不知道在哪个犄角旮旯穿开裆裤呢！”

陆子期睨他一眼：“常与同好争高下，不与傻瓜论短长，时间代表不了什么。”

“噢，是吗？”白云飞咧嘴一笑，“那好，我问你，你喜欢简悠什么？”

陆子期瞳孔收紧，凝神看着他，嘴唇紧抿，没想到第一次掀开这层膜，是在这么狼狈的时候，和这样一个玩世不恭的纨绔子弟。

白云飞挑挑眉：“怎么，说不出来了？”

“刻苦努力、独立自持、谦逊典雅。”陆子期语声沉沉。

“你评三好学生楷模呢！”白云飞气笑，“我告诉你，这几个字压根不是她，是你，是你想象中的理想人！”他戳着陆子期的肩，笑容中带着三分痞。

“她很懒惰，刻苦都带着无可奈何，伸懒腰的时候最开心；她很孤独，渴望朋友都陪在身边，才能有安全感；她很骄傲，容不得自己比别人差劲，所以老是暗暗较劲；她很懦弱，人多的场合，从身体到声音都是颤抖的。”

陆子期双手握住栏杆，骨骼毕现：“你说的都是以前的她，人，是会变的。”

白云飞畅然笑着：“是啊，我亲眼看着她，从一个娇生惯养、上天入地的小公主，变成想要什么不敢说，受了委屈自己忍，不敢开口生怕麻烦别人的委屈鬼。可我不要她那么懂事，我不要她无所不能，我只要她笑得开心。

“你们都看到她的光芒，可我愿意守护她的阴影。对我来说，无论是以前生机勃勃的她，还是如今宁静如水的她，都好得不得了。无论她日后高戴桂冠，还是安于平庸，她都是她，只要是她，我愿肝脑涂地，万死不辞。”

简悠从座位上抬起头，身边的座位空空荡荡，年级主任办公室在对面理科楼的二楼，再往左边数四个窗户，就是理科A班。

她深知陆子期何其骄傲，被那样拒绝之后，他们之间就再无做朋友的可能，要么携手同行，要么万劫不复，他是如此极端，如此决绝。

也罢，醉笑陪君三万场，不诉离伤。

二

白云飞成了年级文A班第一号才子，每每考试后的作文，总是全年级复印分发，有韶华佳媛慕名而来，欲得公子一顾，却纷纷败兴而归。

白云飞这个顶着文A班好资源的挂名大才子，终于还是暴露出了艺术生张牙舞爪的本质，请了长假去外省集训。他走得匆忙，随手只捎了几本练习册，桌上课本笔记堆叠如山，风来时簌簌翻动，好似故人归来。

简悠起初还想保持原样，毕竟很多人的物品摆放虽然看起来乱序无常，但其实内有乾坤，是当事人心知肚明的熟稔，别人一旦插手，反而容易好心办坏事。只是一晃眼入了冬，她无意间拿起一本笔记，薄薄铺了一层飞絮细尘，令她大惊失色，平日埋头不觉时光匆匆，原来，他已经走了这么久了吗？

窗外大雁盘旋，枝叶秃条，有一点莫名的萧索。

秋山导演来校选角的消息，像是空谷投石，惊起校内一阵阵沸腾。

秋山已是享誉国际的演员和导演，更何况传出的消息是此番将要翻拍其成名作《见我应如是》，在年轻学生中挖掘女主角，昔日只能隔着电视屏幕方能仰望的人事，一时毫无防备炸开在校园，无疑惊涛骇浪。

据说面试点设在艺术楼，全面开放，自愿报名。大多数人自然都只是看个热闹，自知雀屏中选的概率小于中彩票，但也是兴致勃勃仰颈以待，期待自己学校能否飞出一只明日之星。

“欸，你们听说没，有人看见朝瑰去面试了！”

“真的啊！结果怎么样？”

“不知道，应该没过吧，面试还在继续开放呢，如果通过了就不用再开放了吧。”

“天啊！眼高于顶的朝大美人都不行？”

……

隔桌的女生还在议论不休，简悠推推发呆的慕斯：“想什么呢，饭都要凉了。”

“噢，没事。”慕斯怏怏拿起筷子吃了两口，买饮料时一手伸向杧果汁。

简悠连忙拉回她：“你对杧果过敏忘了？到底怎么了？”

“悠悠……”慕斯为难地舔了舔嘴唇，“如果，我说如果，我说我的梦想是成为女演员，你会不会觉得，我好高骛远不自量力？”

简悠有些惊讶，倏而微微一笑，拉过慕斯的胳膊：“不会，而且我相信，你能成为很棒的演员。”

“为什么？”慕斯抬头，眸子闪亮。

“既有天资，又有努力，何事不成？”简悠说得很肯定。

“我想成为热爱戏剧的演员，不是沽名钓誉雍容华贵的明星。”慕斯有些踌躇。

“去秋山导演那里面试吧，秋导也是一位真正热爱演艺事业的演员。”简悠拉过她往前走。

“我害怕……”慕斯顿步。

“害怕什么？怕失败，还是怕朝瑰？”简悠叹气，“我知道你不怕失败，让你现在抛下学业就去演戏也不太现实，我们更多只是去试一试，一定会有收获的，你惧怕的，是朝瑰吧？”

“朝瑰那么优秀，那么漂亮。”慕斯嘟囔。

“可能朝瑰就是你命中注定的劫数，映照你的短处，激发你的自卑，但是怎么办呢，慕斯？你没有办法抹杀掉她的魅力，你只能让自己越加完善和强大，就算如今没有朝瑰，日后你进入演员行当，还有数不胜数的佳人丽影，你预备怎么办？一而再再而三地退缩吗？斯斯，纵然浮云万千，你也世无其二。”

慕斯捶她一拳，咧嘴笑出来，泪水就滑到小巧下巴，雾蒙蒙的大眼睛睨着简悠：“你夸得我都不好意思了，行！就如你所言，只有去了才会有收获，何况秋山那样的大导演，平生都不知能否再见一回，我不能放过！明天，我好好收拾一下自己就去！”

简悠冒着雨急急忙忙赶到医务室，慕斯衰弱地躺在病床上吊水，眼眶通红，神情倦怠，皮肤起了大片的红疹，十分恐怖。

“怎么回事？”简悠心疼地走过去握住她的手。

慕斯笑容苦涩：“可能，我就没有当演员的命吧。”

“胡说八道些什么！怎么会突然之间就过敏了呢，你接触到什么过敏源了？”

慕斯摇摇头："没有。"

"别想太多，我去给你买点吃的吧。"简悠转身出去。

淅淅沥沥的雨还在下，慕斯挣扎着起身："披我的衣服去吧，你都湿透了，再这么下去，就得躺我隔壁床了。"她气息虚弱，递来校服外套。

简悠接过，抿嘴一笑，摸摸她的头："好的。"

暴雨的课间，食堂人影寥寥，简悠只要了一碗粥，掏口袋正要刷饭卡，突然摸到一张小小的塑料包装纸，拿出来的是小小的五彩斑斓的一张糖纸，闪着七彩的光，没有任何厂家名字的信息，她皱了皱眉，凑到鼻下闻了闻。

身旁有谈笑风生的女孩子，三三两两挽着手走来。

"欸，听说了没，继五班的朝瑰之后，七班那个乐班花也折了。"

"乐彤？她也去面试女一号了？"

"可不是，她好像和五班那个班长一起去的。"

"没想到啊，人家要的不是朝瑰这样的人间富贵花，也不是这些个清丽小班花，人家要的是翩翩谪仙人儿啊。"

"哟，怎么说？"

"据说昨儿个晚上，那大导演一人瞎溜达，瞧上高三一个长发如瀑的仙女儿，可惜人家家长不同意，没成……"

简悠一个字也听不下去了，她的脑子轰然一蒙，周身颤抖，过往种种又浮现于眼前，有气愤，有不甘，甚至燃起丝丝恨意。

慕斯为了面试近乎一天一夜没有进食，皮肤痛痒，饥肠辘辘，疲惫地睡过去成为一种解脱。朦胧的梦境中，悠悠似乎回来了，大概还有医生，她听见有男子惊呼她手臂吊水太久回血了，语声暴躁，可冰凉的药膏涂在脸上，却是指尖轻柔。

醒来时依旧是空无一人，她疲惫地睁开眼睛，床头小桌上放了一碗热气腾腾的粥，上面还有一张窄窄的信笺，字迹流逸。

“岁月悠悠，衰微只及肌肤；热忱抛却，颓废必至灵魂。”

简悠在食堂门口拦住了乐彤，此时她已经在檐下淋了两个钟头的雨。

“哟，这不是文A班的简大才女吗？怎么搞得这么狼狈？”乐彤负手一笑。

简悠掏出那张糖纸，冷冷看着她：“你真的以为不会有人知道吗，这样拙劣的故技重施？”

乐彤有些慌张，强笑着捋捋头发：“你在说什么呢？”

“斯斯告诉我，小学留级也是因为过敏，恰好，你也因为成绩差受欺负留级了。”简悠瞥向她，“你真当别人都是傻子吗？”

“是慕斯知道的，还是你发现了？”乐彤笑着，目光流转。

无可理喻，简悠抬手抓住她的衣领，手上白粥倾翻在乐彤胸口，黏腻冰凉：“没有下一次！”

“你干什么！”乐彤推开她，“你们凭什么这么看不起我，从以前到现在，一次又一次夺走属于我的东西，我没有想要抢的！从六一会演到秋导选角，我也想要展现一下自己，我错了吗？为什么你们永远高高在上，以前慕斯人美歌甜当班长我认了，你横行霸道我也认了。凭什么现在这些我都有了，还要被你们踩在脚下，你们凭什么一次次摧毁我的希望，凭什么！”

“从没有人把你踩在脚下，是你自己，总是仰望别人。”简悠一字一顿地说，发梢的水珠顺着脸颊流下来，她紧握的手指渐渐松开，沉沉叹一口气，算了。

“乐彤，就当我们从没认识过吧。”

爱恨消散如烟，情仇一笔勾销，随着风刮过的岁月，雨打碎的时间，通通埋葬。

三

慕斯痊愈得很快，饭吃了很多，觉睡了很久，笑容有点苦。

简悠成绩退了几名，被各科老师轮番请喝茶，一时压力山大。

天空灰蒙蒙低沉沉，哈气成霜凝结成凉凉的花。

这个冬天来势汹涌，大家都不太好过。

推开教室门，按亮满室的灯，又是一个平淡无奇的冬日早自习，走廊上还有呼呼的寒风将树枝刮得沙沙响，窗户上结了一层朦胧的霜，案籍如山的教室里，最后一排位置角落，扔了一个黑色的行李箱。空了许久的桌子上，少年枕着手臂睡得酣甜，他的侧脸下草草垫了羊绒围巾，梦中不时皱了皱眉，在冷风中瑟缩一下脖子。黑色的羽绒服帽子上带一圈黑色的绒毛，越发衬得他面色白净，眉眼雕琢。

简悠小心关上教室的门，把冷风隔绝在外面，轻轻走过去，站在白云飞面前，挡住了白炽灯投下的光线。此时的南方中学教室里，没有空调也没有暖气，冰天雪地的气温里少年瑟缩了一下，微微睁了睁眼，看到他日夜想念的人，不自觉上扬了嘴角，抬起头揉了揉眼睛，眯着半只瞧她。

“你回来了。”简悠拉着书包带看他。

白云飞扭了扭酸僵的脖颈：“嗯，今天早凌晨的飞机。”

简悠看到了他身后的黑色行李箱，皱了皱眉：“怎么不先回家休息，这么冷，睡这儿了。”

他笑嘻嘻抬起手伸了个懒腰，抬起头说：“我迫不及待想学习啊。”

也迫不及待想见你啊。

简悠瞥他一眼，笑了出来：“白大侠好学至此，简某真是不甚惭愧。”

白云飞玩笑着拱拱手：“彼此彼此，这天不亮的时分，冻死人的早上，简同学依然勤奋感人。”

多奇怪，只是多了一个人，凛凛冬日都温暖起来，由内而外，丝丝入扣。

高考的钟声敲响，慕斯毅然决然转入了艺术班，北上集训，学习表演，准备报考艺术院校。

他们整栋楼的人浩浩荡荡，搬入了传说中风水极佳的高三楼。搬着书站在楼前时，简悠愣了愣，想起之前她和慕斯漫不经心谈论着遥遥相望高三楼，嬉皮调笑，一身轻松。

初闻不识曲中意，再听已是曲中人。

“发什么呆，赶紧搬啊，你都不知道你有多少练习册和试卷！”白云飞抱怨地催促她。

搬完新教室，白云飞拎起包就去练琴了，有时一走几天几周见不到，去艺术楼还是校外私教，简悠不问，他亦不说。对于未来，他们保持着一种沉默的默契，事关离别，事关决断，沉重到他们想要钻到繁忙功课和练习中去躲避一二。

比悲伤更悲伤的是伤悲，比痛苦更痛苦的是苦痛。

简城离世，事发不突然，只是通知简悠很突然。

她被小叔找到学校班级，拉到木水的时候，已经是临终一别。

一路上她心如死灰，头靠在车窗上，看路灯和树影飞速划过，依旧是这一条路，简城得意扬扬带她衣锦还乡的路，她跟着白云飞一脚一步沉沉丈量过的路，光辉懵懂、绝望挣扎都在这儿了。人过一生，命走一路。

简悠见到他时，是一个浑身插着管子、戴着呼吸机的老人。

“爸……我还没考上大学呢。”眼泪一颗颗滑下来，滴在手背，滚烫苍凉。

他走得很安详，该是做了一个沉沉的梦。

他生于木水，达于宜市，也曾自底层开天辟地，也曾一掷千金众人艳羡，也曾墙倒人推迷失怅惘。无人知满手尘土的简工何其意气风发，无人知粗犷的总工程师亦会提笔拈花，书写过怎样的传奇，陨落过多少哀伤，失掉了怎样的远方，忘却了多少理想。

人之一世，草木一时，不过尔尔。

众人催促着简悠回学校备考，他们权衡利弊不能体谅她的悲痛。

有时半夜，简悠呆坐在床上，压着的习题集冷漠无言，一如这人世间，冷眼旁观。

脱下孝服的那一天，白云飞骑着那辆黑色的摩托车闯进学校寝室区，驾着风而来。

很默契，他没有说什么无关痛痒的节哀顺变，来日方长。

他一把将她拽入怀中：“你想做什么都可以，我都陪你。”

怀抱带着拂晓的雾气，寒意未退，简悠却格外吝惜：“我可不可以，什么也不做？”

驰风之中，简悠抱着他瘦削的腰身，贴在他的背脊上，摩托车骑得飞快，绕城一周又一周。

路过去木水的路口时，白云飞感受到后背温热，简悠哭得痛快：“我再也……再也不要走这条路，永远永远……都不要。”

慕斯赶回来带她出去散心，逛街购物，暴饮暴食。

“悠悠，说出来吧，说出来会不会好一些。”

真正的悲伤，是天凉好个秋，是不足为外人道也。

简悠想扯一个笑，扯不出来。

站在试衣间边等着慕斯付款，简悠突然看见一个半蹲在地上的老人，头发花白，衣衫褴褛。旁边的女儿将两条衣裙扔给他，他抬头微微笑着，小心翼翼看一眼标价，然后抿抿嘴还是笑，那笑中，有顺从，有讨好，有宠溺。

她的眼眶一下红了。

简城的葬礼隆重非凡，跪在灵前烧纸点香的三天，膝盖肿痛，她依旧面如死灰，泪水都流尽了，眼眶像一口枯井，她以为，悲哀也能一点点淡漠了。

但是此时，却像是积蓄已久的突泉，奔涌而下。

看到此景的慕斯措手不及："悠悠，你怎么啦？"

"我真的，真的，没有爸爸了……再也没有了。"

四

最后一场元旦会演，黑名单上的白云飞主动请缨，钢琴独奏。

金色灯光洒下，挺拔瘦削的少年在流光溢彩的三角钢琴旁站得笔直，黑色衬衫衬得面目越发精致白皙，袖口有一闪一闪的金色扣子，语声清朗，拿着话筒有些腼腆紧张："这是我第一次尝试自主创作，《子衿》，谢谢带给我音乐、带给我勇气的你。"

慕斯皱了皱眉头："'子衿'？哪个子衿啊？"

简悠凝神喃喃："《诗经》，'青青子衿'。"

"悠悠我心"没能出口，留在心头盘旋。

慕斯看着这台上的人："这家伙什么时候还开始读《诗经》了？"真是活得久了什么都能见着。

高考那天，锣鼓齐鸣，爆竹喧天，你很难想象，一向倡导科学主张真理的物理大佬年级主任，是如何一把鼻涕一把泪地带着他们请求顺遂的。

或许唯一能让冰冷真理动摇的，就是人类这一点点恻隐之心吧。

简悠心如止水，或许是已经见过太多试卷和例题，内心麻木，下笔利索。

考最后一门英语时，她检查了三遍，在收卷的前三分钟翻过试卷，背后是乳白的纸张，盖上笔帽，双手交叠看着窗外，明净安稳，日光浓郁，偶有几声蝉鸣鸟语，越加温存。

吾已磨其性，利其器，尽其能，充实满足，坦坦荡荡。

十年寒窗，没有比这更加幸福的一刻了。

第十一章

心之忧矣，我歌且谣

一

只有久久被关在笼中之鸟，方懂得广阔天地的自由。

关于毕业旅行目的地，三人之间第一次爆发冷战，主要的开战双方，是向往美食古镇大红灯笼的吃货少女慕斯一方和心属星辰大海国外小岛的纨绔子弟白云飞一方。简悠的主要存在意义，是为老死不相往来的两个幼稚鬼传达信息，努力让他们各退一步，并坚持“吃土”，自掏腰包。

不知是体谅简悠墙头草的辛苦，还是体谅她长日攒下的微薄奖学金，双方终于握手言和，在一个炎热的午后，齐齐盘腿，吹着风扇坐在凉席上，啃着冰镇西瓜在大地图上画圈圈。

最终的商讨结果是，厦门。

三人一起坐着绿皮火车踏上了征程。

慕斯穿得清凉，碎花的吊带裙勾勒出少女苗条的身姿，常年藏在宽大校服下的皮肤光泽莹润，日光下透白如雪，戴一顶宽边的草编遮阳帽，细长的蝴蝶结缎带和绸缎般的长发相间，真是青春无敌。

白云飞捧腹笑着扯慕斯的草帽：“都什么年代了，还有这种中世纪的玩意儿！”

挺拔清秀的少年穿着休闲，七分的长裤松垮透气，显出修长的腿和白净的脚踝，棉质的T恤外套天蓝的衬衫，脖颈连着下颌的线条顺畅流利，方方睡醒赶火车便随意抓了几把头发，发梢微翘，笑时的双眸，流光灿灿。

慕斯踮着脚抢回帽子：“你懂个屁！还我！”

过往路人笑瞧一眼，捂着嘴耳语，好年轻般配的一对。

简悠的目光移回到手上的书，凝神看着一行行蚂蚁字，许久许久，一页未动。

白云飞劈手捞过书：“盯着半天了，看什么呢？”

简悠一愣，抬头，目光不禁随着拿书那只白皙瘦长的手一起转移。

窗外绿油油的树影和澄澈的天空不断倒退，像时光葱茏的隧道，坐在窗边墨绿座椅上的少年伸手翻过书页，额前的碎发在阳光下金灿灿毛茸茸，纯棉的衣领随风轻轻鼓起，书页后露出的眼睛随着一行行文字流转，清澈好看。

简悠屏息，手指屈起，突然想起适才在眼下流过的句子。

“爱你才是最重要的事，莱斯特小姐。有些人觉得爱就是性，是婚姻，是清晨六点的吻和一堆孩子，或许爱就是这样，莱斯特小姐，但你知道我是怎么想的吗？”

大脑受到情绪的调配，自动将曼妙的英文翻译成她最熟悉的母语，一声声，一问问，回荡在她的脑海。

你是怎么想的呢？爱是什么？

“I think love is a touch and yet not a touch.(爱是想触碰却又缩回的手。）”

清朗低微的声音在书后响起，唤醒简悠缥缈的思绪。

白云飞言罢，凝神摇摇头：“I don’t think so！（我不这样想。）”年少又张扬。

“爱一个人就应该大声告诉她啊，躲躲藏藏，犹犹豫豫，太婆婆妈妈了！”

慕斯撇嘴：“你懂个屁，女生梦寐以求的是浪漫好吗？就像……川端康成那句‘今晚月色真美’，直接说出来还有什么情趣！”

白云飞挑眉，十分郁闷：“我就搞不明白了，月色美不美跟人有半毛钱关系吗？‘人生代代无穷已，江月年年只相似’，咱们这一生就像这趟列车，轰隆隆只进不退，你顾念着月亮叽叽歪歪，月亮才不管你短短一生一世！”

慕斯争不过，拉拉身旁的简悠：“我真搞不明白了，就他这么没情趣的人，是怎么干掉了全年级的语文作文的？改卷老师打盹改错分了吧！”

白云飞得意地挑挑眉，一手合上书：“嘿嘿，小爷我靠的是理趣，有理走遍天下，整一堆花架子有什么用啊？”

慕斯气极：“悠悠，你说，你不会也跟这个书呆子一样没情趣吧。”

简悠转头看了看两人，笑着拿回那本引起一场车厢论辩的小书，低头扶了扶眼镜，左手抚摸在书籍封面上，正是一个凸起的黄澄澄晕着光的月亮，地上是一条瘦长的在深夜中抬头仰望的孤影。

“我觉得，古往今来，无论中外，都有这么多人寄情于月，或许它真的能在某些时刻予人慰藉吧，张不开口的话，不好意思的事，都可借它来挡一挡，反正它远远照耀我们千年，也不会背叛我们打小报告嘛。”

二

抵达厦门时是在阳光最充沛的下午，自车站出来，慕斯激动不已，对着空中大喊一句：“毕业旅行，我们来啦！”她深吸一口空气，笑着拉过简悠，“悠悠，你闻闻，风中有海的味道！”

白云飞嗤笑一声：“什么海的味道，边上就是海鲜市场，鱼腥味好不好？”

慕斯气得跳脚：“啊啊啊！我受不了了，我怎么会和这么破坏气氛的人出来旅行啊！”

“好啦好啦。”简悠安抚着慕斯，“我们先去订的民宿吧，放好行李还可以出去逛逛，咱们去海边闻海的味道行不？”

慕斯点点头，对接下来三天的吃货之旅充满期待。

很遗憾，预期三天的旅程，慕斯才吃喝玩乐一天，就接到了家中八百里加急的电话，说某所艺术高校刚刚开放了一个面试通道，就在一天之后，责令她即刻赶去面试。

“这么急哪里买得到票啊，等我玩完再回去不成吗？”慕斯对着电话吼。

“成啊，等你玩完，你的前途也就玩完了！”电话那边的人回吼道。

慕斯垂头丧气地挂了电话，白云飞笑着走过来：“情况紧急，真的没有直达车了，刚刚帮你订了去南市的车票，再从南市转车去吧。两个地方离得近，应该会有很多车经过的！”

慕斯噘嘴：“这么着急赶我走，有什么企图？”瞟一眼简悠。

白云飞莫名心虚：“是，我‘企图’你一举高中，得偿所愿。”

这是真心话，处在万事万变的年华，我们都愿意相信，会有光明万丈的未来。

慕斯气哄哄地收拾起行囊：“唉，要是上学的时候再努力一些，现在是不是就不会这么措手不及了？真羡慕陆子期啊！”

简悠一愣：“他怎么了？”

“你竟然不知道，真是两耳不闻窗外事，一心只读圣贤书。他呀，拿了两个竞赛大奖，已经保送名校了！”

“唔，真好。”简悠点点头，果然是他啊，永远稳居上风，从不会令人失望。

慕斯走得匆忙，简悠担心着她，又一直等不到报平安的电话，游玩兴致大减。

次日去的是闻名遐迩的鼓浪屿，既然闻名遐迩，自然人满为患，各大景点门口人潮涌动。白大少和简同学都是懒癌深度患者，都不愿意站在大太阳底下排好几个小时买票入门。虽然少了许多观赏，所幸两人兴味一致，也没有矛盾。

“都说岛上建筑错落，植物茂盛，倒是适合串巷子。”白云飞拂开巷口烂漫的花藤，回头一笑。

童话般色彩缤纷的小筑民宿依势而建，房屋之间窄窄的阶梯望不到头，墙头壁上花枝弥漫，偶遇一个红砖转角，又是不一样的风光。

白云飞跳脱本性暴露无遗，四处拍照不停，简悠跟在后头，不时伸手挡住抓拍的镜头。

“哎呀，别挡嘛，我技术很好的。”

“这么多人呢，多不好意思。”简悠推开他。

虽说讨厌排队，但有一个景点却是一定要去，就算白大少不耐烦，简悠也觉得必去一趟，方不留遗憾。

下午四点，夕阳如血，人潮渐渐淡去，简悠拉着他奔到钢琴博物馆门口，队伍比之前少了大半。

她抬腕看一眼表：“轮渡在一小时之后，时间应该差不多，逛完我们赶紧去码头。”

白云飞懒洋洋伸长脖子瞟向漫漫人群：“一定要去？”

“嗯。”简悠笃定看着他，“毕竟与你相关，我不想你留下遗憾。”

白云飞一笑，指着人群之后华丽的展馆：“它就在这儿，哪儿也跑不了，能成什么遗憾？”修长的手又指指自己，“我呢，大概会弹一辈子琴，日日对着它。”嗤笑中，他映着千里落日的脸庞生机勃勃，“真正的遗憾，都不是我们能把握的东西，比如时间，比如距离，比如……梦想。”

通红的脸庞上，目光灼灼，简悠几乎知道他即将要说什么。

“我……我去买瓶饮料吧，你在这儿等我会儿。”她猝不及防地逃开，太多的变故和离别接踵而至，她实在还没有做好准备。

一口气跑出老远，简悠漫无目的地疾步走着，沿着人来人往的街道，有人向前，有人向后，虽是不同的方向，终归都会有好风景吧。

“既然如此……”她转身向着来时的方向狂奔，掠过无数行色匆匆的过客，掠过数十年的孤寂温暖，朝着夕阳那方。

与此同时，追着简悠离开的白云飞彻底迷失在横七竖八的山路巷子里。

“这里是不是之前来过？”他退回到上一个巷子口，路痴本性暴露无遗。

“算了，还是得靠现代技术。”白大少气定神闲地掏出手机，《童年》唱到第二句，终于接通，“悠……”

“喂喂？白云飞？你在哪儿？”简悠朝着电话那端急问，话还未说完，通话就被中断了，再拨过去已是关机状态。

“不是吧！这时候没电关机了！”白云飞气得跺脚，“早知道少拍点照片，多省点电了，一格电难倒多少英雄好汉啊！”

闲情逸致时错落有致的巷子在迷路时立刻显现出张牙舞爪的凶恶

面目，白云飞怎么绕都绕不出去。他不断绕回到同一条花枝弥漫的巷子口，藤上红花不知品种，艳色逼人，夕阳下，像是燃烧的火焰，曾在这里，他抓拍到一张简悠低头轻嗅的模样的照片，一时感慨，他走过去抬手抚了抚花枝。

“原来两个人看到的风景，和一个人看是不同的。”

花枝微颤，似含笑点头。

简悠绕着钢琴博物馆找了一圈又一圈，天色渐沉，早已错过了轮渡，星辰渐起。

热泪望着灯光璀璨下华美的博物馆。

“云飞。”

海风呼啸，夜色中阵阵凄人，传来远方的回响：“简悠！简悠！”

惊起退后，灿灿月光星河下，海浪像是倒映的天空，白云飞一身狼狈疲倦地走来。

“你知不知道那些迷宫巷子多难走出来，我简直……”他被飞奔而来的身影抱住，一时愣了神。胸口漾出温热潮湿的气息，怀中之人像一只寻主的猫，呜咽颤抖。

所有的抱怨消散，他轻轻抚上她毛茸茸的脑袋：“傻瓜。”

“云飞，别离开我了。”简悠喃喃道。

他的手停了一瞬，也只是一瞬，修长灵动的手又轻轻落在她头上：“好。”

星光下的钢琴博物馆无言伫立，白云飞向它微微一笑，盈盈眸光中，金色大厅的光彩点点消散，皆落入怀中。

慕斯的电话不挑时辰地到来。

简悠匆忙接起，那边的慕斯似乎身处车站，列车往来咆哮，风声猎猎，她哭得像个泪人儿：“悠悠，怎么办，从南市过去的车停运了，我赶不上了……”

“怎么会！”简悠一时心急如焚。

南市受到台风影响，开启预警模式，大量列车停运。

慕斯垂首：“悠悠，大概命中注定，我当不了演员，天意如此。”

“说什么傻话呢！你先别急！”简悠抬眸望向白云飞，“怎么办啊？”

“南市？”白云飞皱着眉，脑中将认识之人走马灯般捋过一遍，“南市！舒流好像在那儿！”

“那个‘下九流’！”慕斯惊呼，“他怎么可能会帮我！”

白云飞接过电话：“舒流不是见死不救的人，我这就给他打电话。”

“欸……”慕斯放下握着电话的手，抬眼看着车站里人潮汹涌，异地他乡，无亲无故，泪珠一颗颗滑落下来。

手中电话振动，她连忙接起，不羁的声音自狂风中传来：“哪儿？”

“南……南站。”她的舌头打战。

“来东出口。”

“东，东出口在哪儿？”

“你旁边有什么？”

“我这里有电梯、柜台、自动贩卖机……”

“在那儿等着，对了，买点吃的。”舒流的声音果断决绝，耳畔的风声更大了。

慕斯抱着一袋零食，茫然站在贩卖机旁，远远地，熙攘人群中走过来一个鹤立鸡群的高大身影，穿着一身皮质黑衣，来人利落地摘下头盔，微长的栗色头发带着点点汗意。

慕斯心底升起一阵惊惧，感觉自己惹了一个不好惹的人。

舒流走过来一把拎过她地上的包，转身就走。

“欸！”慕斯连忙跟上，确认了这个人的不好惹。

车站外，舒流一把将包扔上车，慕斯看着这辆熠熠发光的黑色摩托车目瞪口呆：“怎么，你们都喜欢这套？”

舒流长腿跨上车，掏出另一个头盔套上她的脑袋。

头盔很紧卡到她耳朵，她痛呼：“啊，疼！”

舒流手一顿，轻轻套进去。她瘦瘦的身子顶着颇大的头盔，他不禁一笑，抬手拍了拍她的脑袋，像是哄一个小孩。

“去哪儿？”

慕斯报出学校。

舒流发动车：“坐好。”

车速很快，慕斯的裙摆兜风，浑身冰凉瑟缩，却只敢紧紧抓着他的衣摆，感觉自己下一刻就要被甩出去。

到达休息站时，慕斯抱着胳膊下来，颤颤巍巍将零食袋伸到他面前。

舒流一笑，掏出一根火腿肠掰两段，将一段塞给她：“补充点热量。”

慕斯咬下去，转头看到漆黑幽静的大道：“这是去哪儿啊？”

“你听说过人口贩卖吗？”舒流嚼着火腿肠，指指她的肚子，“各种零件能卖不少钱呢。”

慕斯下意识捂住肚子：“‘下九流’你敢！”

舒流坏笑一声迫近她，两人的鼻尖几乎抵上：“怎么不敢？这荒郊野外的，发生什么都不会有人知道吧。”

他的语声极尽温柔暖昧，热气呼在她的耳边脖颈，慕斯不断后退，一阵瑟缩。

舒流嗤笑着，脱下皮外套，露出里头黑色的打底衫，紧致勾勒出高大身形。

“你你你，干吗！我要叫人了！”

“我是不是该说，‘喊破喉咙也不会有人来救你的，公主殿下’。”他笑意盈盈，将外套披上她的肩膀，宽大的外套衬着瘦瘦的她，别有趣味。“冻着了就卖不出好价钱了。”他将拉链拉到顶，手腕不经意间蹭到她。

慕斯像受惊的兔子般弹开，低着头自己套好外套，宽大皮衣里带着隐隐温度，碰上鼻尖，味道干净，没有烟酒一类的痕迹。

深夜，浓雾四起，舒流看着天空：“能见度这么低，恐怕到不了，一定得去？”

慕斯点头：“一定，塞缪尔说过‘岁月悠悠，衰微只及肌肤；热忱抛却，颓废必至灵魂’，无论成败，我一定要去。”

“你喜欢这句话？”舒流看着她。

慕斯觉得这眼神有些奇怪，但她还是笃定地点头：“很喜欢。”

舒流一笑，有点眼光：“走吧。”

两人御风前行，冲入浓浓雾霭中，俯身骑行，像是一腔孤勇的侠客，像是无惧前途的离箭，冷风中肆意淋漓，疾速带起的狂风将慕斯拍向他的背脊，柔软脸庞能感受到薄薄的打底衫下透出嶙峋的脊骨，一时慨然，细细的手腕挽上他的腰，世界令两个孤零零的人紧紧相依。

冲出雾瘴，慕斯仰首，云开月明，星辰朗落。

“舒流。”慕斯轻呼，她恍然觉得这似是自己第一次喊他的名字。

舒流的速度慢下一点点：“嗯？”

谢谢你，三个字酿在心口，却怎么也说不出来，慕斯皱着眉。

没有等到回话的舒流再一次将速度减慢：“怎么了？”

你好像和我想的不一样？慕斯愣愣想。

“喂，你看。”她扬手指了指天空，“好大的月亮！”

迎风中，他似是一笑。

慕斯恍然想起绿皮火车上，简悠说的关于月亮的话——“张不开口的话，不好意思的事，都可借它来挡一挡，反正它远远照耀我们千年，也不会背叛我们打小报告嘛。”

白云飞那个二愣子，会不会明白呢？

公交车上，简悠笑着递过纸巾，白云飞一个接一个打着哈欠：“到底谁在咒小爷我！”

简悠转头看向窗外，夜晚的海宁静非凡，与鼓浪屿热潮褪去后天地一隅的孤独浩大不同，城市的海，沾着烟火气，格外安宁。

“据说白城沙滩是最美的。”

白云飞眨眨眼：“昨儿个鼓浪屿的沙滩人太多了，沙子里都是碎石木屑，以后还是去国外的……”他顿了顿，公交车播报下一站就是白城。

“欸，我们下一站下吧。”

简悠为难：“可是我们还有两站到民宿，走回去要一两个小时呢。”

越久越好，白云飞撇撇嘴心想，车很快到站，他起身跳下车，简悠一惊，连忙跟着跳下去。

“喂！”简悠气极，“你知不知道刚才那是最后一班车了。”

“嘘。”白云飞笑着，脱下鞋，“踩踩看。”

脚下是十分细软的沙，被海水一遍遍淘洗，每一粒都饱经历练，细腻非凡。

简悠追着他在海滩上奔跑戏水，看海潮打上脚背，留下一个浅浅的坑。

头顶是华月流光，星河璀璨，这个城市有浪漫的海，还有干净的天。

皎皎月光下，简悠拎着鞋子走在海边，白裙子随风扬起。

“简悠。”白云飞唤她。

倚月回首，却把海风嗅。

“嗯？”

“我……”白云飞酝酿了千百回，到底哑然，脸烫得难为情，捂脸失笑，之前慕斯那一句酸不溜秋的话是怎么说来着？

今晚的月色怎么着？

憋了老半天，少年抓一把乱乱的头发，眸光闪亮，笑容真诚，指着天边的一轮明月，对女孩说：“简悠你看，那月亮又大又圆，贼漂亮！”

简悠笑得肚子疼：“你在说什么啊？”

“呃……就月亮嘛。”他舌头打结，不好意思地挠挠头。

慕斯那丫头不是说女生都喜欢这种酸不溜秋的浪漫嘛！

“没事儿，以后再说吧。对了，你想好报哪所学校了吗？我找找周边的艺术院校去……”

他笑得云淡风轻，像是在说别人随心所欲的人生，简悠的目光被刺痛了。

“云飞，去维也纳吧。”

海浪翻涌，白云飞以为自己听错了。

“你说什么？”他的笑容一时苦涩，“昨晚不是说，我们……”

“云飞。”她唤得那么温柔，白云飞却心如刀割。

“你还记得我送你的那本《诗经》扉页上的话吗？”

“纵有疾风起，人生不言弃。”

“是啊，我从来没有放弃过，也不会为了任何人放弃要走的路，所以我希望，你也不要轻易放弃。”

简悠笑靥如花，鬓发飞舞，轻灵而立，白云飞突然想起那日办公室门外罚站，鼻青脸肿的陆子期目光寒凉，他说：“她要去的地方，她所在的位置，你这个吊车尾的艺术生，根本追不上。”

不是追不上，而是你拼了命往前跑，她却亭亭等你一站，只为告诉你：不必追。

简悠面朝大海，波光粼粼映在年轻俏丽的脸庞上，同是晶莹。

“云飞，我想送你新的两句。”

他苦笑抬眸，她转身蹁跹。

“大鹏一日同风起，扶摇直上九万里。不要犹豫，不要放弃。”

白云飞抹一把脸，泪光凝在眸子里：“好。”

三

披星戴月的一夜飞驰，赶到学校时已然上午，报考面试的队伍排得老长，慕斯跳下车，将外套还给舒流，提裙就要狂奔。

“等等。”舒流把她拽回来，摘下头盔，捋捋汗湿的头发，扯着袖口擦擦她灰蒙蒙的脸，没想到奔驰吃灰一天的衣袖却是越擦越脏，他无奈地苦笑拍拍她的肩，“进去洗把脸，别紧张。”

“嗯。”慕斯点点头，头顶烈日，背脊生寒，一时冷热交加，颤颤愣愣地走进校门。

“慕斯！”身后高大不羁的男子大喊，慕斯转头，那人懒懒靠在车边，炽烈的日光洒下来，浑身泛着金，他朗朗一笑，“祝你得偿所愿！”

“好。”慕斯轻轻应下，笑动眼角眉梢，适才的紧张烟消云散，挺直了背脊走进去。

面试者甚多，面试也很快。

她站在一排鲜艳靓丽的女孩中，灰头土脸成粉黛，手臂脚腕蹭了道道脏痕。

面试官倜傥风流，撑着下巴问她们：“你们觉得自己凭什么被录取呢？”

才艺有之，美貌有之，经验有之，仰慕有之。

慕斯垂眸愣了愣，抬头正对上面试官凝视的笑眼，身旁众丽影亦投余光，或不屑，或漠然。

“我自知才不出众，貌也逊色。”语声清脆，不卑不亢，“唯心中一片热忱，姝影甘后，耐劳当先。”

面试官嗤笑一声：“人生如戏，你倒是个红缨刀马旦。”

慕斯不懂，颔首告退。

门内面试官抬指抚了抚鼻尖，朝身旁教授道：“吃得苦，稳得心，七分颜色三分担当，是块璞玉。”

慕斯全身而退一身轻，出了校门四望舒流，谁知狂妄不羁的舒大少靠在路旁抱着头盔倒是睡得香甜，额发遮眼，薄唇微启，俊俏如画中人。

门卫老大爷似是瞧那张扬的摩托车十分不顺眼，大竹扫帚带起纷扬尘土，画中人就这样狼狈地被灰尘呛醒。

慕斯才发现这车前还贴着个赛标，那件皮外套亦扣着号码牌，昨夜惊慌，漆黑之中竟没有发现。

“昨夜，你在比赛吗？”慕斯喃喃开口，愧上心头。

舒流一笑：“玩而已。”懒懒从地上爬起来，“面试怎么样？”

“如果幸运的话，应该差不多吧。”

“一定会幸运的。”他拎起头盔细细给她戴上。

“为什么？”头盔里一双眼如星。

“因为我保佑你！”

慕斯撇撇嘴，你以为你是上帝啊！

第十二章

有美一人，清扬婉兮

一

高中的忙碌是分分秒秒有迹可循，大学的忙碌是弹指一挥间身心俱疲。

简悠数份兼职加身，挤出来的休息时间都奉献给了学业和写作，忙得昼夜不分却收效甚微。慕斯倒是吉人天佑，一路顺畅，升学演出谢幕收花，从一众刚入校的小花里脱颖而出，梦想之途一路顺畅，最好年华里活色生香。

两人同在一城，见面机会不少，可每每简悠见着她，总觉得哪儿哪儿都不一样了，要说却又说不上来。

那厢程砚之倒是逢人就夸："本以为是块璞玉，不料却是明珠蒙尘。"

他是骨子里透着文艺的导演，言必文雅，换了一同入门的新人只是背后道：“原来扮丑也成了手腕，丑小鸭才装了多久，憋不住鹅翅了不是？”

慕斯张开瘦长的双臂谢幕，彩带轰鸣，四座鼓掌，她穿着华丽的长裙深深鞠躬，衷心感谢命运。

脱下华美衣裙换上便装，脸上的脂粉未褪，镜中眉眼款款动人。

“这么晚了，怎么回去？”程砚之靠在门边抽一根烟，烟雾缭绕，深眸缱绻。

“公交车啊，再奢侈一点打车呗，还能怎么样？”慕斯笑道。

程砚之一笑：“还可以再奢侈一点，随意召唤一位裙下之臣。”

慕斯讪笑：“你高看我了。”

程砚之徐徐吐出一个烟圈：“像你这样的小姑娘，身边怎么静得下来？”

慕斯抬眸看他，烟雾中，那人风度翩翩，谦逊温柔，一如当日面试之时，他坐在席后掌握命运罗盘，她站在庭下等一个未知因果，面试时席后的人游说四方固执已见，庭下的人懵懵懂懂破釜沉舟。

庆功宴上，慕斯晃了晃酒杯：“大叔，你不知道呀，那是我大雾之中风驰电掣跨越了两座城。”

程砚之凝眸一笑：“小姑娘，你亦不知，当日无人看好你，我拍案跳桌摔笔起誓赌咒要留你一展风华无二。”

醉后糊涂，难得糊涂，真言难收，他成了大叔，她成了小姑娘。

慕斯踌躇难耐，手指纠成了麻花，揽过简悠：“悠悠，我好像爱上了一个人。”

简悠睁目，停下手里的笔：“你如何得知？”

“爱就是爱，心领神会。”慕斯信誓旦旦，“你都不问他是谁？”

简悠垂眸：“谁？”

慕斯一笑，那得从庆功宴后说起。

爱一个人，是从自卑开始的，他在你眼中镀了光，你开始处处挑剔自己，恨不得将天底下最好的一切捧到他面前。

程砚之倜傥风流，阅尽千帆，慕斯第一次嫌恶自己太过于年轻，匹不上他的经年沉淀，总像个小孩似的，处处需要他指点，既无独立之姿，又少稳当之性。

她买了很多很多新的衣裙鞋袜，端的是仪态万千，装的是游刃有余，迫不及待去尝新探奇，简直想把十年都缩成朝暮，如此才敢抬眸看他一眼，对上目光也不闪躲。

排练完的一天，他们忘了时辰，正是鱼肚白的天，无处容身又恋恋不舍，寻了一间便利店吃早餐。

慕斯妆容精致，长发低低绾于脑后，额角一缕垂下，眉眼俱是风情。他们坐在窗边谈戏剧，谈世态，谈诗歌，谈看过的风景遇过的人，慕斯凝眸静静听着他侃侃而谈，引经据典。他指尖点一根烟，丝丝缕缕的烟雾缠绵后，是他似笑非笑英俊的脸，慕斯趁勇夺下那一根烟，贴在唇边，咳得翻天覆地，呛得仪态全无。

程砚之憋着笑：“小姑娘还是乖一些好。”

慕斯皱眉：“这有什么难的，烟可以学，酒可以练，蹦迪、化妆、文身我一样可以很酷很成熟，你信不信？”

“我当然信。”程砚之点点烟灰，“可是没有必要啊。”

“化妆、蹦迪、文身，甚至探险、漂流、跳伞，这些看似很酷的东西，其实都不难，只要经济允许轻易就可以做到，真正酷的事应该是你能持之以恒做的事情，比如认真地读一本书，比如亲自写一部戏，比如……认真爱一个人。”

他眼神幽深，嘴角浮起一抹笑意，像极了法国老电影的男主角，灼灼风华，浪漫至极。

“所以，你爱上了他？”简悠问，“为什么我觉得，你仰慕的是他带给你的感觉呢？”

“悠悠，爱情是禁不起推敲的，你不能让我把心掏出来给你看吧？”

简悠叹气：“我不用你把心掏出来，我只要你认清它。”

“好吧。”慕斯双手交叠捂在心口，三秒后，“我认清了，你帮我告白吧！”

“告白？”

“嗯，就在下一次演出，我要对着堂皇的剧场，亲爱的观众，宣告我的爱情。”

二

慕斯总是轰轰烈烈，绚烂如烟火。简悠却把自己煎成了茶，亏得白云飞乐意，一封封信写过来。年轻的生活总是忙碌不已，隔着千里重洋，总是一个有空一个又忙起来，话怎么也说不完，时间怎么也不够，倒是只有提笔落字，才能吐个畅快。

在这样迅捷的科技时代，青色信笺漂洋过海，跨越时间空间辗转来到她的面前，带着古典的契约之美。慕斯嘲笑他们浪费信息技术，凑一对儿的老掉牙，简悠笑而不语，真的很老掉牙吗？那她再努力一点吧。

白云飞很惊讶，简悠这次的信非常薄，明知辗转千里不易，居然还这样敷衍他？他气哄哄请了假，拿着信回到公寓，正准备看完信一个电话打过去教训她。

如简悠所料，电话来得及时，接通就是白云飞雀跃的声音：“真的吗！”

简悠浅浅一笑：“正式通知还没下来，不过导师已经许诺了。”

她听见那边乒乒乓乓一阵喧腾，像是某人太开心从椅子上摔下来，连带着摔了一桌子瓶瓶罐罐。

“喂，你没事吧？”

白云飞揉着磕疼的脚趾：“没，你什么时候过来，我得换一套大一点的公寓才行，你喜欢什么颜色啊？想去哪儿玩？要不要厨房啊？欸，对了，你会做饭吗？”

“太夸张了，白大少！”简悠大笑，“我是交换生去交流学习的，又不是去度假。”

“我才不管，要不是我攒着假期回去看你，你哪里会想起我！我不管，你来一年是吧，这一年都必须听我安排，吃喝玩乐，学习交流，都必须在我方圆十里！”白云飞大喊道，单腿蹦到床边，等着那头怼回来，没想到简悠只是一笑，轻轻应下一声“好”。

他愣了，受宠若惊般不知所措，良久，低头一笑：“简悠，我们一起去金色大厅啊。”

简悠目光暗了暗，想起昔年老教堂里信誓旦旦的小女孩：“好。”

“嗯，就这么说定了。”白云飞兴奋地一脚踹上椅背，椅子撞上墙转了一圈。

“谢谢你，云飞。”简悠语声温柔。

白云飞哑然捂脸，起身将可怜的椅子扶回来，赔罪似的摸了摸椅背。

慕斯为了告白演出开始通宵达旦地排练，简悠偶尔去看她，穿着塑形衣的女孩靠在台边柱子上背台词，随意绑了高高的马尾，不时抬手咬一口全麦吐司，咀嚼时也是念念有词，精致小脸眉目如画。

多美好的姑娘，当初硬生生被人踩下一头折了翼，反而长得越加坚强美丽，她想起那个惊鸿照影的艳烈玫瑰，竟已是记不分明的面容，你看，容貌倾城也经不起岁月侵蚀，令人眷恋的到底是身侧的嬉笑怒骂，活色生香。

天若有情天亦老，人间正道是沧桑。

慕斯倾尽全力的演出因为暴风雨而延期，装点富丽的剧院空无一人，像被抛弃的绝代佳人。慕斯一人坐在台边，只开一盏灯，晃荡着双腿自言自语念台词，一遍又一遍，口干舌燥，素日七分饱的胃声声作响。

仰首望着红绸绿绒的舞台，她喃喃道："寥落古行宫，宫花寂寞红。"

"白头宫女在，闲坐说玄宗。"程砚之从后台走出，打开所有的灯，一时灯火璀璨夺目。

"你非白头，谁又是玄宗？"他笑着走到台下，看这个不施脂粉晃着双腿肚子还咕咕叫的女主角，他钦点的女主角。

"唔，你怎么来了？"

"宫女在，玄宗自然也在。"他调笑看着她，"走吧，再不吃饭，白头是不一定了，面黄肌瘦上台难看是肯定的。"

慕斯本以为要去什么典雅的西餐厅之类的，暗暗踌躇了半天自己衣服是否得体，结果程砚之带她去的是一家养生粥店，慕斯环顾周边食客，平均年龄大概是两个她。

程砚之盛出一碗海鲜粥："饿这么久了，养养胃。"握勺的手沉稳秀气，一如其人。

饭毕，雨势小了许多，他们借了店家一把小伞沿着街道漫步。

朦胧雨色中，霓虹光影斑斓，地面像是倒映的梦。

"小姑娘总是不知道保养的，天凉，还穿这么短的裙子。"他笑着将外套披上她的肩。

慕斯咧嘴一笑："好看呀。"

“你的好看，众所周知，从小到大都听烦了吧？”

慕斯摇摇头：“不，很久很久没有过了。”

“怎么可能，像你这样的小姑娘。”程砚之一笑，“真令我惊讶，现在的男孩子们视力都这么差了吗？你要自信，我的女主角，你可是有资格让整条街的男孩子排着队为你打伞的。”

他戏谑着向前走，锃亮皮鞋迈过一个又一个水塘，倏而回首，看顿步在后的慕斯，绵绵雨丝中，笑得委屈又漂亮。

“因为，‘别人都不曾费心走那么远，别人都觉得寻找太麻烦，所以没人发现过我的美丽，所以没人到过这里’。

“大叔，你愿意来到这里，为我打伞吗？”

三

白云飞拿出了比对待国际青年钢琴大赛还要认真的态度去布置新公寓。首先是找房子，房屋中介带着他走过一间又一间的出租屋，他每到一处，就拿出各种仪器测量长度、光线、温度、湿度，一条条记在笔记本上，惹得中介都不禁问他：“您是工程师，还是设计师？”

白云飞一笑：“都不是，看下一家吧。”

中介皱了皱眉：“抱歉先生，目前记录上有出租意向的就是这些了，您没有一间满意吗？”

“啊？也不是，就是觉得下一家会不会更好呢。”

“这么严苛，您是为家人看房吗？”

“家人？”白云飞苦笑一声，若是家人，血缘相系，有太多的理由见面，天涯海角也不怕丢失，多安稳。可若是家人……一定会更艰难吧，那些没有血缘却做着家人之事的人们，何其珍贵。

若挑剔公寓只是第一步，那么接下来的家具家电布置才是逼疯了设计师。

第一回洽谈时，白云飞的要求是：“女孩子喜欢。”

当设计师榨干少女心布置出一套粉嫩的公寓时，他又一脸黑线。

第二回调整，白云飞说：“呃，其实还会有一个男生。”

设计师笑意盈盈，一脸明白人地将公寓布置成情侣酒店，白云飞差点砸了那个玻璃浴室和双人浴缸。

第三回修改，白云飞坦言：“感谢您的好意，还不是那个……呢。”

设计师再一次一脸明白，白云飞暗暗涌动出不好预感，终于在看见那组姐弟双人床时爆发了，怎么看，他也不像弟弟吧？他捂着脸平复心情，终于僵着笑脸送走了这位设计师。

事实证明，文化差异太大是无法沟通的。

看着满屋子不伦不类的装饰，白云飞突然被气笑了，心里装着喜事，便能消解掉无数苦闷。

晚上，白云飞掐着点给简悠打电话，张口就是迫不及待：“简悠，你喜欢什么花？”

那头的简悠一头雾水：“花？我何时说过自己喜欢花？”

白云飞皱眉：“高二上学期三月的随笔，你第二，噢不，是第三段写的：百花深处，田宅芳香。”

简悠心头一暖，笑道：“可昨日之我，已非今日之我。”

白云飞颓然坐在院子里，面前一堆花种：“你又不喜欢花啦？”

“不是不喜欢。”简悠翻阅着一堆被退回的稿件，还夹着一张催款单，“只是花太娇弱了，还是树好，独立又坚强。”

他听出不对劲：“你怎么了？”

简悠惊觉泄露了情绪：“没什么，早点睡吧。”

“树？”白云飞挂了电话，犯了愁。

第二天他还要陪Novar教授去教堂。刚来维也纳的时候，大家都对这位世界音乐泰斗敬而远之，因为他威望极高，又对后辈非常严苛，若给他的印象不好，日后申请进修其他学校恐怕也会受阻，所以当教授提出他需要一位每周能陪他去教堂参与祷告仪式的伴奏者的时候，满堂寂静。一群金发碧眼和棕发蓝眼的人群中，黑发黑眸的白云飞轻轻举手。

教授对他沉稳的演奏很满意："很多年轻演奏家心高气傲，只乐意接受华丽的演奏厅和身着礼服的绅士淑女们作为观众，但是云飞，真正的音乐，不该是飞扬在金色大厅的掌声里，它能浸润每一颗虔诚真挚的心。"他面向十字架，微笑地问，"你也信仰他吗？"

白云飞没心没肺："不，我只是喜欢教堂。"

教授似有些失望，又问："因为某人？"

他灿笑点头："对。"

教授一脸真明白，神情却有些哀伤。他从书架上取下一本书给他："这是我很喜欢的书，送给你，年轻人，要知道艺术家的心是很珍贵，很脆弱的，你可要想清楚。"

他拍了拍白云飞的肩："'如果打算爱一个人，你要想清楚，是否愿意为了她，放弃如上帝般自由的心灵，从此心甘情愿，有了羁绊。'"

四

俗话说得好：狭路相逢勇者胜，勇者相逢智者胜，智者相逢，无谓输赢。

舒流在商场遇见慕斯，一瞬间，他没有认出来。

那个姑娘，亭亭立在繁华人群中，身旁是一片玲珑别致流光溢彩的香水瓶，细跟的鞋勾勒纤长的体态，轻盈裙摆微微摆动，长发如瀑散在背脊。分明已经完全蜕去了厚重的茧，那些来自内心的自卑都消失殆尽，她站在那里，一颦一笑，动人心魄。

舒流忽然忆起，那个被朝瑰和流言挤对得无处容身，因为过敏脸肿得像猴屁股孤零零昏睡在医务室，还有浓雾中趴在他背脊上哭得一塌糊涂，灰头土脸地跑去和一群光鲜明艳的女孩子争奇斗艳的她。

一幕幕回退闪现，每一帧都像是珍藏许久。

他站在人群之后，看她俯身轻嗅，看她笑靥如花，看她挽上那个人的手臂，依靠撒娇。

而那人看起来，与如今的她亦是如此相配。

明明如此相配，舒流还是没有忍住，身随意动，跨步上前，牵出一个笑："慕斯。"

慕斯抬眸："下九……"她惊觉身旁还有程砚之，"啊……舒流。"

舒流苦笑，她正正经经喊他名字，他居然这么不适应。

程砚之款款一笑："这位是？"

"我的同学，下……啊不，舒流。"

程砚之伸出手："你好，程砚之。"

舒流伸手与她相握，抬眸正视："在下舒流，'登东皋以舒啸'的'舒'，'临清流而赋诗'的'流'。"无谓旁边慕斯的一脸莫名其妙，"程先生器宇不凡，不知祖籍哪里？何处高就？"

"不敢。"程砚之转头看一眼慕斯，"家父在港，不才暂居南市。"

晚饭时，程砚之调笑道："你那位同学很关心你呀，连我祖上都要问上一通。"

"他是有点儿奇怪。"慕斯喝一口粥，"不过他不是坏人。"

连夜，舒流找出那辆积尘已久的改造摩托车，曾经这是他的心头爱，他享受追风的飘然感觉，也享受极限竞速取得的无上光荣，但自从上次中途退赛，他默然接受了被开除出车队的惩罚，到底心伤，从此再也没有碰过它了。

一下一下擦去尘埃，渐渐散发黑夜繁星般灿灿的光，戴上头盔，舒流抬手温柔地摸了摸车身：“你多好啊，经久未变，倒是我，对不起你了。”

夜深人静，风声呼啸，熟悉的感觉一点点回温，所有的亡命之徒都像是无脚鸟，只有在风中，才是自由的。

冲入浓雾时，他恍了恍神，蓦然想起那一夜，她指着天空让他看月亮，他只是笑了笑，没有抬头，现在鬼使神差，他想要抬头，看看月亮。

只是一瞬间的晃神，车速如风撞上了路栏，他飞了出去，一瞬间的自由，久久的疼痛和麻木，舒流试着想要爬起来，腿脚都像灌了铅，和思绪一般沉重。他怅然失笑，自碎裂的头盔里看着天幕的月亮，皎皎流光。

“有美一人，清扬婉兮。邂逅相遇，适我愿兮。”他咧嘴一笑，“慕斯，我看见了，好大的月亮。”

白云飞在一个月后终于安置好了公寓，果绿墨绿相间一点点樱花粉的主色调，既清新又温暖。屋子里铺了厚厚的长毛地毯，墙上挂着幕布，身后摆着投影仪，算是个小小的私家影院，墙上打了层层叠叠的书柜，等着她来填满。

他骑着单车去取金色大厅的演出票时，满城都在为圣诞节做准备，金灿灿红彤彤绿油油的一片，热闹又欢腾，他的心情比过节还要激动上几分。

取票回来，又顺手买了一棵圣诞树，店长说里面有装饰好的能更加方便一些，白云飞想了想，还是买了一棵光秃秃的树和一大箱装饰物，她应该会想要装饰一棵独一无二的树吧？

内心的雀跃是瞒不过音乐的，这周的祷告伴奏结束，Novar教授拦住他问：“从未见你如此开心。”

白云飞笑嘻嘻地挠挠头：“有一个我日夜思念的人即将到来。”

教授惊问：“是她吗？”

“谁？”白云飞这才想起上次的对话，不好意思地点点头，“嗯，是她。”

“只有她，能在千里之外，轻易控制你的喜怒哀乐。”教授慨叹，拄着拐杖走了。

五

舒流被纱布五花大绑吊着石膏腿躺在院子里时，舒父正在修剪盆景，将一盆又矮又肥看不出哪里好看的草摆弄来摆弄去，左一剪子右一比对，乐此不疲。

谁能想到，杀伐果断的舒大人平生最大的爱好就是饲鱼养龟、修枝弄叶呢。

舒流躺得久了脖子发麻，一晃脑袋带着摇椅荡起来，嘎吱嘎吱的起起沉沉间，想象自己年过半百，尝过烈酒，唱过欢歌，浮生若梦，一生不曾折腰低眉，过得洒脱肆意，当无遗憾了吧。

思来想去，笑意渐消，到底意难平。

他颤颤巍巍抬起手，目光凝在那抹红晕上：“爹，这梅枝逾墙了。”

天庭饱满、肚载方圆的舒大人挪了挪胖乎乎的身子，也不回首看那红梅，只是笑眯眯瞧着自家的倒霉孩子：“墙外自有天地舒展，攀上去的那枝不也开得最艳？”

舒流目光迷离："吾施吾家肥，凭何春光乍泄，便宜旁人？"

舒大人畅然一笑："盘根终在内，若赠一枝春，常得满园欣，何乐不为？"他抬头睨了舒流一眼，若无其事地笑说，"花有花归处，心有新归尘，天涯何处无芳草？"

老狐狸终是通透，舒流慨然苦笑："凡心匪石，难以轻易。"

"花亦有心栖蝶红，勿乱芳菲折前程。"

舒流苦哼一声，颇为不屑："若蝶为乱蝶，花为自毁！何如？"

这也正是最痛苦之处，明知所托非人，却不忍折花断情。

舒大人握剪子的手一顿："那就手起刀落，斩断乱麻！"只听"咔嚓"一声，盆景的副干被剪，瞬时残了一半，"乱蜂坏我花，虽远必杀。"

老爷子抬头朝他一笑，目光凌厉："赶紧养好身体，回去护你的花，舒家可有狂风，不可输乱蝶。"

简悠从办公室退出来，再也扯不出笑，既有悲愤，亦觉自嘲，更多的，还是致远方的愧疚。她一个人随处漫游，不知不觉间就到了江边，江水凄清，江风呼啸，江岸霓虹堆影，光怪陆离。

在这个繁花似锦的城市里，有太多太多冰冷的光，一栋栋耸入云天的高楼大厦，亮着一格格豆腐光，家宅千间，明灯万盏，每盏灯后面或许都是一个孤魂，至少还有一盏灯是为他而亮的，但是没有一盏灯是等着她简悠的。

等着她的，是一颗星星，隔着迢迢重洋。

江风吹僵了脸，刮寒了心，简悠终于从包里拿出电话，打给那颗星星。

"云飞，我去不了维也纳了，对不起。"

老师背信弃义时，没有对不起，她是真正的受害者，但要说对不起。

“云飞，对不起。”声音越来越轻，哽咽越来越重。

许久许久，江风呼啸，电话那边终于结束了漫长的沉默。

“简悠，我找到了，会开花的树。”白云飞跪在院子里，双膝深陷泥土，白皙双手沾满泥泞，抬头看着树梢未开的花苞。

他的声音很沉，像是一字一顿的叹息：“三个多月来，我放弃了比赛，放弃了推荐信，每天迫不及待地从琴房奔出来，差一点就被教授扫地出门。

“快一百天的日日夜夜，我只干了两件事情：布置你要住的公寓，还有，等你。

“简悠，我讨厌你。”是忍耐不了的愤怒，是得而复失的委屈，随着泪水一起决堤。

“我讨厌你！”白云飞咆哮着挂了电话，伏在深陷的泥土中，捂面的手被泪水浸湿，淌下一脉脉污浊。

我讨厌你总是任意予人希望又无情令人绝望，讨厌你在我决定放弃时又一把推开，讨厌你随心控制我的喜怒哀乐，讨厌哪怕我以这样双膝跪地的卑微姿态讨好守候你也无动于衷。我讨厌，这样被你摆布为你折戟的，我自己。

少年人最不羁的骄傲狂肆，终为伊人折了腰，终为命运付了账。

舒流捧着大把的玫瑰等在剧院门口，修身的西装掐得线条分明，衬衫微敞，靠在车旁扶了扶墨镜，朝慕斯走过去。

慕斯低头避开四周非议的人群：“你有病啊！”

舒流摘下墨镜，挑眉一笑：“给女主角捧场，没买到票。”

慕斯皱眉看他：“今天是排练，没有演出！”

舒流笑着拉开车门：“那下次送票给我吧，今天的饭就当定金。”

"谁答应要和你吃饭了？"

舒流坏坏一笑："我不介意在这里多站一会儿直到说服你为止，只怕一会儿剧院的人都走完了，不知把你传成什么？"

慕斯一愣，赶紧上车关好车门。

剧院里关于她和程砚之的传言也就算了，再掺和一个纨绔二代，她怕是跳进黄河也洗不清。

"干吗突然请我吃饭？"餐厅里，慕斯利落地切着牛排，只想赶紧吃完赶紧走。

舒流一笑，递上玫瑰："自然有事。"

慕斯瞥一眼那红艳艳的花："说。"无事献殷勤，非奸即盗。

"晚间我在这里有个交流会，缺个女伴。"

慕斯挑眉："就一个会，结束就走？"

舒流点点头："嗯。"

"成。"

舒流晃晃酒杯："这么爽快？"

慕斯将一大块牛肉送入口中："之前你送我面试也很爽快啊，一报还一报，日后就两不相欠啦！"

舒流眸子暗了暗，看着她苦苦一笑，两不相欠吗？

感情是多么不公平的事情，你为她翻江倒海险些没命，辗转踌躇只为一见，她却大快朵颐无所顾忌，轻飘飘想着，两不相欠？

剔透的酒杯碰在一起，响声清脆，稠红琼浆涩涩滑入薄唇，齿腹辛酸，英俊的男子潇洒一笑："好，两不相欠！"

六

认识沈飞檐是个意外。

简悠每日在图书馆写稿子，早出晚归，坐在三楼角落里的固定位置，没有临窗东升西落的日暮好风景，只是白茫茫一片一成不变的靠着白墙的木色桌椅，大段的时光无声流淌，常觉不知今夕是何年。

写作是再孤独不过的事情，寻觅缪斯，榨干灵感，在一寸天地里画地为牢，累了倦了写不动了，就丢下一桌的草稿大纲纸和敲满密密麻麻字的笔记本电脑，起身去书架上寻一本孤僻的大部头，低头悄无声息地啃下去。

疏忽总是容易出意外的，趁着简悠离开找书的片刻，一只手佯装满不在意地伸向她的电脑，梁上之事未成，坐在后面一桌的沈飞檐抓住他："兄弟，这青天白日的，干什么呢？"

那人想来也是老手，强装镇定回嚷道："我收拾自己的东西怎么啦？"

沈飞檐挑眉一笑："你的东西？坐这儿的姑娘我瞧四个月了，你算从哪儿冒出来的东西？"

写稿写得傻傻愣愣的简悠抱着《中国哲学史》飘回来的时候，只见她所坐位置的对面，多了个穿着白色连帽卫衣、阳光干净的男生。本也是双人桌，她也不能赶人家走，愣愣无言地拉开椅子坐下，对面的男生却开口了。

"电脑开着就走了，都不怕泄露稿子吗？"沈飞檐笑起来时左脸的酒窝陷下去，像是年少时最爱的玻璃瓶汽水，朝气蓬勃得不像话。

写稿写得人老珠黄的简悠皱着眉："啊？"

"大二就签约的畅销书作者简悠，全系谁不知道呢。"他坐在对面看着她，笑容干净。

"入校时英文满分被教授们争来抢去做翻译的外国文学才子沈飞檐，全校谁不知道呢。"简悠的室友如是说。

熬出黑眼圈向国家一级保护动物靠近的简悠摇摇头，她不知道。

沈才子活在教授加持的重重光环之下，也是个成天忙着给教授们翻译和整理的干活人士。生性懒散却无奈金光加身，逼着要使出通天遁地之能，可翻译从没有一个筋斗云就十万八千里，从来即是九九八十一番努力，七七四十九般琢磨。

世上有天生我才，可世上没有才华产品的自动加工生产线。

沈才子打着保护财产，守护知识分子结晶的大旗，从此驻守在了简悠那桌的对面座位。

简悠虽诧异也默然，外院是名声在外的美女如云，桃腮柳影曼妙多姿，沈飞檐又不近视，怎么可能看上她！如上实事求是的分析出自简悠室友，简悠听后点头，十分赞同。

倒是室友有些后知后觉的不好意思："悠悠，你别误会，我不是说你不好，只是沈飞檐啊你懂的，他太好了，不食人间烟火吧。"

"烟火悠"点点头，撸起袖子出门去餐厅兼职。

舒流的交流会议比慕斯想象中更加隆重奢华，佳人倩影推杯换盏，她为舒流挡了几杯酒，一时目眩，好在舒流赶忙扶住她。

舒流一笑："见你这么积极，我还以为这酒很好喝，你酒量很好呢。"

"好喝个屁！"慕斯捂着胸口，束腰的礼服让她分外难受，"身为女伴，总得为舒大少分点忧吧，我又不认识这些人不能给你打圆场，只能给你挡几杯了！"

舒流抿嘴笑着，心头一暖，抬头张望一圈，目光定在刚进场的一位绅士，揽过女伴的肩，拍了拍她的背："好点没？"

温柔的语声让慕斯一愣："嗯，好多了。"

他微微一笑，手从肩上滑到盈盈一握的腰际，将人一把拉近，凑到她耳边："扶着我站稳了，我们去见个熟人吧。"

程砚之被一群人包围，舒流走近朝着言笑晏晏的人群敬酒：“程导，好久不见。”

旁人见了他立马堆上笑：“呀，这不是舒少爷！真是少年俊才，舒老爷子身体可好？”

舒流朗朗一笑：“家父还是老样子，硬朗得很，成天训我不着调呢。”

程砚之回过味来：“原来是宜市舒家的公子啊，真是百闻不如一见。”

“不敢不敢，常听家中叔叔长辈提起程导，受教良多啊！”舒流盈盈举杯，拉过一旁慕斯，“这位就是香港大名鼎鼎的程导演，斯斯你学表演一定听说过吧。”

他的手紧紧靠着她的腰。慕斯一见程砚之就惊了，不知舒流卖的什么关子。

程砚之摸爬滚打练得油滑，笑道：“慕小姐艳若桃李，前程不可限量。”言罢就敬了她一杯。

慕斯一愣，苦笑着正要回敬，被舒流含笑挡下：“斯斯是新人，天真不识，我替她敬您。”瘦长的脖颈仰起饮下琼浆，他抿嘴一笑，“程叔，斯斯是秦月小姐的忠实影迷，不知我能否觍着脸讨要一张签名照，哄她开心？”

旁人闻言附和道：“哎呀呀，差点忘了，砚之兄还有那么一位倾国倾城的未婚妻哪！不知道什么时候才能讨上一杯喜酒呀？”

慕斯腿一软，愣愣地看向从容不迫的程砚之，看他被提起未婚妻时低头一笑，并不推托。

“秦小姐那可是当年红极一时的绝代佳人，砚之兄有福啊！”

慕斯浑身颤抖，背脊生寒，若非身旁人的手牢牢挽着她，想必早已跌倒在地，出尽洋相了吧。她苦笑着，看向舒流，朱唇亲启：“你早就知道？”

眼眶一点点热起来，她想甩开他，却没有力气。

舒流抱着她，望着她，决绝中依然舍不下愧疚。他举杯饮尽，猩红的酒顺着发颤的脖颈动脉淌下，鲜血般染红了衬衫。

“抱歉，各位，慕小姐不太舒服，我们先告辞了，各位尽兴。”

他紧紧挽着挣扎的慕斯往外走，终于出了会场，慕斯一把推开他，束身的华丽衣裙带着她也失去平衡向后跌去，重重摔在地上。

“你早就知道！”慕斯哭着问他，鬓发落到眼前，“这就是你想要的吗？让我出丑，让他难堪。”

舒流蹲在她面前，一把捏起她的下巴，用袖口擦干眼泪：“他算什么东西。”

慕斯甩开他：“我们在你舒大少的眼里，都不过是跳梁小丑吧，你像牵线木偶一样导了这一出戏，开心了吧，满意了吧！”

她哭得一塌糊涂，妆容花乱，拎着华丽的裙子勉强站起来，踢掉难受的高跟鞋，居高临下地看着蹲地沉默的舒流：“下九流！我再也不想看见你！”

舒流久久才起身，看她提着裙摆赤脚跑下长长的阶梯，刚下过雨的地面湿漉漉的四散着路灯昏黄的光，瘦削的女子身着一袭金色礼服踽踽独行，微散的墨发衬着背脊上嶙峋的蝴蝶骨，凄美又骄傲。

他一拳砸在墙上，黏稠深红的血液顺着手臂一滴滴流下，滴到锃亮的皮鞋上，泛着光。

第十三章

既见君子，云胡不喜

一

青色的信笺被锁入抽屉，轻易不敢打开。

曾有室友好奇打探沈飞檐，好奇两人在一张木桌上相对而坐，就没有一点感觉？有个词叫什么来着？噢，日久生情。

简悠疲惫地将脸埋在柔软的枕头里，她和沈飞檐忙得不可开交，各自看书做笔记，键盘上手指翻飞，两尊雕像似的几乎没有交流，生哪门子的情？

看室友对他这关注度，她倒是要怀疑自己被用来堵枪眼了。

终于有一天，他们那张小桌上，拥挤得小山似的再也堆不下书，沈飞檐看了一圈随手堆到了脚边的地上。简悠瞧见了，若无其事地指指旁边的空桌：“那边不是空着吗？”

她捧起水杯喝一口水，目光澄澈，微微一笑，礼貌赶人。

沈飞檐含笑瞧她一眼，摸了摸下巴想，这是在赶我？

“不用，这儿风水好。”他气定神闲地说。

简悠差点一口水喷在键盘上：“咳咳咳……这翻译还要风水啊？”

沈飞檐咧嘴一笑：“可不是，此桌地主东南，沟通西北，采天地月华，集古今浩气，我能把到李健吾、傅雷的脉搏，感受到福楼拜、巴尔扎克的气息。”他若有其事地指指简悠身后，“喏，莎士比亚正支着胳膊看你稿子呢！”

简悠莫名感到背后凉丝丝的，抖了一下肩。

沈飞檐瞧她这胆小鬼的样子，捂着嘴憋笑：“行啦，再忍忍，你知道在这偌大图书馆找个清静的位置有多难得吗？等我忙完这批译稿，把灵气都还你。”

简悠努努嘴：“这周围不都挺清静的吗？”

对面人挑眉一笑：“能坐我对面纹丝不动保持清静的人不多啊。”

简悠第一回见如此奔放直接的认知，他对自己的美色还真是毫不谦虚。

所以，她真的是个堵枪眼了的呗，有她这么个无欲无求毫无战斗力和攻击性的女生坐对面，他能少一些别人觊觎的目光？

想到这里，简悠忍不住“扑哧”笑出来，手指飞舞，键盘敲得溜。

截稿日就在眼前，她已经愧疚万分地推了好几次慕斯的邀约，慕斯这么频繁找她，她隐约猜到一定是出了什么事情，但又无奈走不开。慕斯是个倔脾气，问也不肯说，让人担心得紧。

慕斯的确闹得不小，逃了学校，辞了剧院，一个人浪荡买醉，程砚之的电话打到爆，她的心随着循环不绝的铃声绞了一遍又一遍，既不屑接起听解释，也不甘挂断斩情丝。说来可笑，她竟然还心存一丝侥幸，他这样不厌其烦地找她，是不是，也曾有过一点真心呢？

“慕斯，想什么呢！他可是有未婚妻的啊！”

她的骄傲绝不允许割裂自尊去拥抱一份爱情，与其放弃自尊，不如放弃爱情。

她是值得，一份坦荡的爱。

碧绿的酒瓶倒了一地，KTV的灯圈光怪陆离，打在脸上五光十色，让她看起来像个妖怪。

服务员推门进来：“舒先生，这位小姐已经喝了一天了，您看？”

舒流双手插袋，隐隐透彻手心的纱布，他低头看着醉倒在墙角抱着酒瓶的慕斯，目光寒凉：“出去吧。”反手带上了门，黑暗陆离的小包厢里，只剩这么一醉一醒，一哭一静的两个人。

慕斯抱着膝盖，泪眼蒙眬中看到静坐在沙发上的舒流，像座冷冰冰的塑像。她从地上摸起话筒：“喂！下九流！你又来看我笑话吗！”语声带着哽咽不清的哭腔，“下九流，你怎么能这么坏啊！”

彩色光圈摇来荡去，她的眼睛肿得像兔子，舒流双腿搁上茶几：“你真丑。”

“喊。”慕斯甩甩头，发丝粘在黏腻的脸上，对着话筒喊，“我告诉你，本小姐从小到大都是被夸大的！”

舒流一笑：“哟，看来我眼光不错啊。”

“可不是，欸，不对，关你屁事啊！”慕斯醉眼看他，拽得跟个二百五一样靠在沙发上，双腿搁得老高，她又想起那个一样拽的女子，人如其名，傲如玫瑰，净是些讨厌的人。

“欸，我说下九流，你是不是都没有听过我唱歌？我告诉你，我唱歌可好听了，比那个牛气哄哄的朝瑰强多了！”

舒流嘴角一颤：“好啊，你唱。”

慕斯满意一笑，将手上的话筒砸向舒流，“砰”的一声噪音，舒流转头，砸在背后墙上，玻璃划到眉角，舒流沉默地擦一把，手心的纱布又染了红，不只是从内渗出，还是自外沾上。

慕斯抱起一个啤酒瓶，闭着眼胡乱地唱："多少人曾爱你青春欢畅的时辰，爱慕你的美丽假意或真心，只有我……"她哽咽着蹲地痛哭，脑袋埋在胳膊里，"骗子，都是骗子，你们都是假意，只有我一个人，傻傻地把心捧到你面前，只有我！"

哭久了，哭累了，她倚靠在墙边小声抽泣，时间像是久久凝固，只有斑斓的光圈还在晃来晃去。她气极，抬手"啪"一声关了灯，狭小的包厢一片漆黑，她的手还没抚上另一个白炽灯的开关，沉默的舒流伸手一把握起旁边的话筒，嘶哑的声音通过嘶哑的话筒传出："我喜欢你。"

狭小的空间似有余音，舒流摇头一笑："慕斯，我喜欢你，喜欢很久了。

"我说出来，没想要得到什么，也没想你怎么着，就是通知你一声，知道就行了。"

慕斯按下开关，却依然还是那个光怪陆离晃来晃去闹腾不停的彩色光圈，一会儿打在她满是泪痕的脸上，一会儿打在他云淡风轻的纱布和伤口上。

慕斯咬了咬下唇："你知道现在是最不合适的时候吗？"

舒流挑眉冷哼一声："老子喜欢个人，从来不挑时候。"

二

身体比什么都来得诚实。

白云飞大病了一场，他敞着窗在琴房疯狂弹了几夜的琴，期间有学生一脚踹开他的门，揪起他的衣领拽到地上，恶狠狠地指着他骂："都是什么噪音，你不配坐在这间琴房弹奏这架琴！"

他擦一把嘴角的血，嗤笑一声，是啊，他不配。

这间琴房这架钢琴，Novar教授曾在这里谱出绝响的华章，名扬天下，坐在这里的后辈音乐家都严于律己受人瞩目，他却在这里发泄一腔怒气，太可笑太卑鄙了。

何止不配坐在这里，他根本不配奏乐。这里是音乐之都维也纳啊，多少天赋异禀的天之骄子来到这里，怀着一颗崇敬之心希望一曲惊世。他呢，藏着那样卑微的心思十几年，音乐梦、维也纳，痴望能够上她身边的一个位置，拼了命努力十几年，到头来，一场荒唐。

他蜷缩在地毯上，抬起胳膊挡住眼睛，苦笑嘶吼："一场荒唐啊！"

半夜一场暴风雨席卷而来，他躺在窗下被浇得浑身湿透，一动不动。

次日清晨教授来看他时，已经烧得神志不清。

再醒来，是在明净的医院，旁边的教授哼着曲调翻看乐谱，手指在腿上不自觉和着节奏。见他醒来，教授笑着将乐谱合上放在他手边："很美的曲子。"

白云飞脸色苍白，摇了摇头："很久以前随手作的，简单又青涩，太生硬。"

教授抚上他的手："不是生硬，是生气，少年人独有的勃勃生气，时而肆意张扬，时而低吟浅唱，心意都藏在起伏间。比起那些炫技的作品，一份真更加难能可贵，更能打动我这样的老头子，一瞬间，仿佛又见到年少时那个白裙子的姑娘坐在秋千架上。叫什么名字？"

"有个中文名字，《子衿》，中国《诗经》里有一句'青青子衿，悠悠我心'。"

"那英文名呢？"

"还没有。"

"就叫'Adeline'如何？希腊神话中，孤独的塞浦路斯国王爱上了少女的雕像，他的真诚和执着感动了爱神，最后迎来了爱情奇迹。”

白云飞低头一笑，奇迹吗？

没有什么事情比异国他乡生病住院更让人沮丧，午夜，他极其少有地接到了父亲的电话，由于少时的疏离，他和父亲之间一直有些陌生感，越长大越深刻，就像雏鸟长大，想要挣脱旧巢，想要没有翼护的独立翅膀。

父亲还是一贯问着生活起居，父亲从来不问他的前程他的打算。

对话偶尔陷入僵局，沉默中带着尴尬。

白云飞想着大概再问几句就要休息了吧，那边父亲却来了一句：“一个人在外头苦，要照顾好自己，吃穿用度上，别委屈。”

他的眼眶突然就热了，脱口而出：“爸，你当年做卧底警察的时候，一个人更苦吧。”

那头愣了愣，怎么可能不苦呢，几十年前的条件，生活糟糕环境混乱也罢，家人疏离朋邻非议，夜间蹲在深巷里，仰首看看月亮都不知能否见到明早的太阳，一身污水辩无可辩。

老白怅然笑了笑，深吸一口烟：“吃苦不可怕，孤独才可怕，抓心挠肺的，难受得很。”

“爸……对不起。”

对不起，我也曾那样揣测过你，我也曾如此疏离过你，甚至愤恨过你。

谢谢你，你不是杨康，我都愿意一辈子不当杨过。

老白笑了笑：“早点休息吧，没事儿多回来看看你妈，她嘴上不说心里想你得很，回来爹给你报销机票。”

“嗯，一定。”

挂断电话，病房瓷白的地上躺着一只白净的月亮，白云飞看着它，又圆又大，一点儿也不好看。毕竟，月是故乡明啊。

三

简悠终于赶在截稿前完成了作品，深夜里万籁俱寂，她腰酸背痛地伸了个懒腰，享受这最后一刻的逃避。然后徐徐收拾起一张张的笔记和草稿，拉开抽屉，青色的信笺整整齐齐，沉默无语，一根一根挑断她的心弦。

收好东西后，她铺开一张崭新透亮的信纸，提笔犹豫了许久，万千话语，一吐一露，又全部咽回了肚子里，无话好说，却又难以排解，不忍就这样结束。

良久，她想起最后一年的元旦会演，穿着黑色衬衫的清俊少年挺拔地站在钢琴边，金色灯光洒满他的周身，他弹了一首极好听的曲子——《子衿》，慕斯问她是哪个“子衿”。

“青青子衿，悠悠我心。”

想着想着，泪水滑下来，落在信笺上，开出一朵小小的水花，笔就这样凑上去，洇成了一片灰淡的墨迹。

“纵我不往，子宁不嗣音？”

白云飞在医院赖了不久，实在逃避去面对那一间精心装点的公寓，当一片真心实意付之东流，一点一滴都是无情的讽刺。

可惜房东的电话轰炸太可怕，责令他回去配合安装新的电缆。

再一次回到那间公寓，院子里的玉兰开了，娉婷孤绝的姿态，像极了她。

他凝神看了花许久，直到有人欢快地从身后喊他，是那位令人哭笑不得的设计师。她说自从自己被辞退以后，就会常常来看看这间公寓，她想要知道它最后到底应该是什么样子。

白云飞颔首：“抱歉，是我当初表述有问题，给您添了那么多麻烦。”

设计师倒是个爽快人：“不，我喜欢你们这样有明确想法和热忱的顾客，因为你们对于家是有感情的，而不是仅仅看作一个住的地方。那些什么都可以的人，最后才怎样都不会满意。这份工作最大的乐趣就是将顾客的梦想画面变成可以触碰的现实，这简直是天底下最幸福的事了。”

白云飞低头一笑，十分羡慕她的豁达。

“所以，你的心上人什么时候来？”

白云飞一愣，自己的意图原来这么明显吗？

“她……不会来了。”

设计师皱眉，有些失望，又问：“那你什么时候去找她呢？”

白云飞有些无奈，歪歪头苦笑：“我为何要去找她？”

设计师用一种莫名其妙的眼神看他：“因为你给我的感觉是，你没有她就不行。”

他嗤笑一声：“世界上每个人都是独立的个体，不存在少了谁就活不下去。”

“可是你看看你，活得一点儿也不好。”

白云飞低头看看自己，面色苍白，额上渗出薄汗，甚至说话站久了还有些疲惫目眩。

“我只是病还没好。”

“天哪，你还生病了？”设计师慨叹地摇摇头，“这就是你们说的‘相思成疾’还有‘为伊消得人憔悴’吧？”

白云飞冷哼一声：“不是。”

设计师努努嘴：“我还是比较喜欢那个跟我大呼小叫吹毛求疵的傻小子，虽然讨厌，但真是生机勃勃，可爱极了。你快点订机票吧，生命可贵。”

周末白云飞很早去了教堂，维也纳的建筑风格各式各样，巴洛克交织着哥特式的建筑，华丽中透着肃穆，整座城市充满厚重感，令人肃然起敬。

Novar教授穿一件深色外套，见到白云飞时漾起笑容，人人都说他严苛固执，白云飞觉得，这恰是教授对于音乐的热爱。对他而言，音乐也是一种不容侵犯的信仰，一点也不逊色于上帝。

白云飞大病初愈，心志颓丧，状态很不好。

“上帝给我们音乐，以安放灵魂。”教授爱惜地摸着钢琴，凝神良久，拍了拍他的肩，“看来那位Adeline不仅是缪斯，还是你的灵魂。”

“最初，也是在一间教堂里，她带给我音乐。”白云飞低下头，“对不起先生，我……我还需要一段时间，调整自己。”

“孩子，去找你的灵魂吧，你的音乐不在这里。”教授抱了抱他，怅然地离开。

白云飞起身，站在十字架下仰望，或许，我是信仰你的。

他慢慢跪倒在十字架下，向自己的内心认了命。

“上帝，您好，我愿放弃如您一般自由的心灵，心甘情愿有了羁绊，万分虔诚地爱她。”

四

慕斯急迫地想要清除掉所有关于程砚之的印记，她没有再去过剧院，但是找她的演出络绎不绝，一打听方知，因为她是程导的御用女主角。

当你想要完全离开一个人的时候，却发现自己早已被打上了他的烙印，无奈又可悲。

期末临近的时候她每天泡图书馆，惊觉自己已经落下了这么多的专业课程，焦躁得挑灯夜战，嘴角长泡。

午间，坐在图书馆的消防通道里吃三明治，还要拿一本戏剧考背台词，其实她很喜欢外国戏剧和诗歌，浪漫又爽利，字字句句都是理，偏偏声声调调里又是情。

手里这一卷，倒是不经意间道出了她的处境：

“人生不过是一个行走的影子，一个在舞台上指手画脚的蠢笨的伶人，登场片刻，便在无声无息中悄然退去，这是一个愚人所讲的故事，充满了喧哗与骚动，却一无所知。”

她嚼着三明治低声念出，苦笑一声。

“以不义开始的事情，必须用罪恶来使它巩固。”程砚之站在上一层扶梯，朝她一笑，“《麦克白》我看过不下百遍，至今才明白，这就是我的人生，我的婚姻，从不义的利益目的开始，压上永不抵现的承诺，最后要牺牲我一生所爱的罪恶，巩固它。”

慕斯咽下三明治，低了头：“什么意思？”

“我的婚姻永远不会兑现，也一生无法拥有爱情。”程砚之苦笑，“我的女主角，回来吧，不要浪费你的才华。”

“作为演员回到程导的戏中吗？”

“是，干净纯粹。”

“不可能的。”慕斯冷冷道，“我已经两足深陷于血泊之中，要是不再涉血前进，那么回头的路也是同样使人厌倦的。

“大叔，你还会遇见很多小姑娘，可你不会再遇见下一个慕斯了。”

下午阳光正暖，她坐在窗边默背戏剧理论，拗口的理论已经令人头疼，更郁闷的是对面坐了个暴躁的陌生人，他将所有的暴躁都聚集在一个点上——他的圆珠笔笔头，频繁不断地按压，极富有规律的嘎吱嘎吱简直让背理论的慕斯抓狂。但是正值考试月，座位紧张，她又不得不守住这一席之地。

她试着捂着耳朵狠狠盯着面前的人，她觉得自己的目光已经够凶狠狰狞了，可是对面的彪形大汉沉迷于低头按笔的乐趣，不可自拔。

在不断的塑料片摩擦的嘎吱嘎吱声中，她感觉自己快要神经衰弱了。

来拯救她的，是白马王子吗？不，是“下九流”。

舒流像是原地顿现一样出现在桌旁，笑意盈盈一把揽过彪形大汉的雄厚的肩膀：“兄弟，你是在测试圆珠笔的弹簧极限，还是在测试别人的忍耐极限啊？”

嘎吱嘎吱声终于停下来，彪形大汉仰头甩开他：“你是谁啊？关你屁事。”

舒流站直，双手插兜：“如果你的笔没什么问题的话，请不要打扰我的女朋友学习好吗？她的学习已经够差了，脑子又不是特别灵光，我都忍痛离开她了，你看，能不能给个面子啊？”

彪形大汉像是受到什么侮辱一样，愤愤抱了书离开：“秀恩爱可耻！”

舒流笑着耸耸肩，坐到慕斯对面，撑着下巴看她。

慕斯受不了这样的注视，收拾东西走人，舒流追到图书馆门口，一把拦下她。

“你说谁脑子不灵光呢！”

舒流“扑哧”一笑：“我，我不灵光行不行。”

“还有，谁是你女朋友啊！”慕斯咬着下唇，“你不也有个门当户对颜如舜华的朝瑰吗？”

舒流被逗笑了：“这关朝瑰什么事啊？她是舒家的孩子，按辈分算，应该得是堂姐。”

慕斯瞠目结舌：“什么？”

“小时候她受我牵连，吃了不少苦，我一直对她颇为愧疚，所以缠在她周围不断维护她补偿她。当然，她并不领情。”舒流抬手摸摸她的脑袋，“你就放心吧，朝瑰心比天高，哪里看得上我。”

慕斯推开他的手：“那我也看不上。”

“别呀，你就当是为和谐社会做贡献吧，收了我这个下九流吧。”舒流觍着脸拉她的手。

午夜的跨国航班，飞机像一位流浪的旅人，飞入平流层，失去了云层的遮蔽。

机舱中大多人都陷入熟睡，机舱内外，是一种非常干净澄澈的黑暗。白云飞前座上的小姑娘趴在窗上，双手严丝合缝地扣在眼睛周围，非常痴迷地看着窗外。

许久许久，白云飞好奇地看着她，嘴角泛起一丝笑意，小粉裙羊角辫，很像是记忆深处里走来的某个人。那人转头，清透的大眼睛看着他。

“哥哥。”小女孩小声喊他，短短的手指戳了戳玻璃，眼睛圆而亮，“有星星。”

白云飞俯身凑到窗边，双层的玻璃一片朦胧，小女孩用手挡在他的眼周，黑暗中有满天星斗，它们曾经熠耀在众生头顶，引无数人仰首回眸，而如今，就在他的身旁，这样的近，带着莫名的亲切和冒犯。

小女孩奶气的声音响在他耳边：“哥哥，许愿。”

“什么？”白云飞笑着看她。

“妈妈说，爱的人会变成天上的星星，保佑我们。可是它们离我们这么远，哪里知道我们想要什么呢？所以我想，我们可以向它讨要愿望！”

白云飞被这理所应当的说法逗笑了：“是吗，可以吗？”

“快一点，它们要消失了。”

白云飞转头凝望着窗外，不是它们要消失了，是我们要离开了。

许愿吗？那就：百花深处，田宅芳香。

在这个人人熟睡的夜晚，他和过去的她许了一个愿，只有星星知道。

五

慕斯接到白云飞电话的时候，刚刚结束最后一门考试。

“祖宗，远洋电话很贵吧？”

“我回来了。”

慕斯一惊，看一眼来电位置，同城了！

“待多久啊，我们给你接风洗尘啊！”

“不急，大概也就三年五载吧。”

慕斯愣住：“白大少，你不会是，被开除了吧？还遣送回国？”

“你觉得可能吗？”白云飞嗤笑一声，“回来备赛，攒够光辉履历回去拿推荐信。”

“啧啧，厉害啊。”慕斯撇嘴一笑，“真不是为了悠悠？”

那头沉默了半晌，他沉沉开口：“先别告诉她。”

“为什么？”

“不为什么。”

电话被挂断。

慕斯赶紧找到简悠，了解情况，感觉自己似乎错过了很多八卦。

简悠顾左右而言他，打死不说。

慕斯气极：“这样吧，猛料换猛料，你也不亏。”

简悠挑挑眉，寻思你和那个导演来龙去脉我都听了八百回了，能有什么猛料？

“我和舒流在一起了。”

简悠一口水喷出来：“舒流又是谁？”

慕斯耸耸肩：“就那个下九流。”

“哦。”简悠忆起那个高大的男生，欸，怎么自己也用外号记人了？

“我觉得，跟你比起来，我真是平平无奇。”

慕斯皱眉：“说来听听。”

简悠掰着手指头总结：“大概就是，我欲擒故纵，他瓮中捉鳖；我背信弃义，他耿耿于怀；我无可奈何，他一拍两散。”

慕斯觉得头晕：“简悠，你真令我刮目相看，居然敢放白大少的鸽子。”

简悠耸耸肩：“不可抗力因素。”

“不过，我还是更佩服白大少一点，你都这么狠了，他居然还……”慕斯顿住，差点泄露了天机。她转头一看简悠这狐疑的目光，仿佛能听见简悠脑子里程序式一般的计算推演。

慕斯心虚地喝口水，应该，没有泄露吧？

简悠推演结束，深吸一口气：“他在哪里？”

“你……知道了。”

“本来还有三分犹疑，现在看你反应确定了，斯斯，他在哪儿？”

慕斯有些为难：“悠悠，你知道他为什么回来吗？”

“我不知道他为什么回来，可是斯斯，我知道我一定要去见他。”

六

白云飞迷迷糊糊睡了好几天倒时差，披着件针织外套，头发乱糟糟像个鸟窝，迷瞪着眼打哈欠开了门。

“外卖啊？”

简悠含着泪笑了：“想吃什么？”

白云飞惊心，手忙脚乱地拉紧外衫，像个害怕非礼的良家小妞。

“你……干吗！”毛毛躁躁的刘海耷拉在额前，他的眼睛瞪得浑圆，目如点漆，清清亮亮。

“你怎么……”

“来看看白少爷，能不能适应祖国的雾霾。”

简悠走进来，看见一地的外卖残骸，刚想出言教训，张了张口，猛然想起自己似乎也没什么资格说他。

她转身看到呆呆站在门边的白云飞，拖鞋、外套、头发都是毛茸茸的，心里痒痒的，想去摸一摸。

“不如……别吃外卖了，我给你做呗。”简悠转头看着他笑，“上次你还问我，会不会做饭。”

倒不是简悠不会做饭，而是，白云飞家只有泡面，不允许她发挥。

一碗泡面，他低着头，吃得很慢很慢。

简悠撑着下巴看着他：“云飞，你瘦了。”

白云飞一愣，放下筷子，端起面碗喝完汤，坐姿乖巧，面碗瓷白匀净。

简悠低下头：“对不起。”

白云飞看着她，心软下来：“补偿我吧。”

简悠嗤笑：“好啊，以身相许行不行？”她抬眸看他，“给你做饭。”

“不够。”白云飞伸个懒腰，“差得远着呢。”

简悠凝神想了想：“换衣服吧。”

白云飞警惕地看着她，皱了皱眉，表情古怪。

简悠调笑地一弹他的脑门：“想什么呢，带你出去玩。”

很自然地漫步到江边，江水滚滚，霓虹千丈。

简悠指着一盏路灯：“喏，就是这里，上次给你打电话，我就是站在这儿。”

白云飞穿一件工装风短外套，头发被风吹得乱绒绒，手揣在口袋里，风声呼啸，他缩了缩脖子：“好冷。”

他一步步走到那盏昏黄的路灯下，隔着浪潮遥望对岸灯火，万家灯火璀璨，在游子眼里一定分外辛酸。

她当时一定很难过吧，不在异国，却在异乡，独自承受着行将踏错的际遇。

“简悠，对不起，我当时……话太重了。”他低下头，满目愧疚。

翻飞的衣摆随风卷成千堆雪，简悠一笑：“欸，白大侠，如果我去了维也纳，你要跟我说什么来着？”

白云飞一怔：“那你呢，你要跟我说什么？”

简悠一笑：“也没什么。”她独自迈步向前走去，沿着灯火璀璨的江河霓虹。

白云飞跟在她后面，一步一步，看她走进光里，看她踩在影上。

像是下了决心一般，她忽然回首顿步，高挑清俊的少年，站在灯火阑珊里。

“云飞，我给你唱首歌怎么样？”

“什么？”

“此情此景，《冷雨夜》怎么样？”

白云飞皱皱眉，似乎有点丧啊。

对着江水寒风，她笑着唱：“细雨带风湿透黄昏的街道，抹去雨水双眼无故地仰望，望向孤单的晚灯……”

白云飞莫名其妙：“你记错词了，这不是《冷雨夜》。”

简悠负手而立，踮踮脚凑近他：“噢，那是什么？”

白云飞心直口快：“是《喜欢你》啊！”

简悠“扑哧”一笑，低了头：“哦。”

白云飞反应过来，怔在那里，下巴都埋进衣领里，脸色发烫。

“喂，不带你这样的。”

“怎样？”简悠坏笑，“怎样啊，我的过儿？”

他憋了气，伸出手在她脑袋上重重敲上一记：“那你呢！”

“我？我就唱个歌嘛。”简悠捂着脑袋，拉过他的手，“无法可修饰的一对手，带出温暖永远在背后，纵使啰唆始终关注……”

“这是《真的爱你》。”

简悠云淡风轻地耸耸肩扮酷：“哦，那就是呗。”她拉着他自顾自向前走去。

白云飞憋着笑跟上去，肩膀撞她一下：“像你这样的乐痴，应该是跑不掉的。”

简悠不服气，白云飞揉上她的脸：“《真的爱你》是歌颂母爱的，哪有人用来表白呀。”

简悠囧然吃瘪，白云飞捏着她的脸大笑：“还好，你以后也不用和别人表白了，不然真是太丢人了。”

七

白云飞再一次燃起了改造公寓的熊熊热情，若是不学音乐，一定能成为名扬四海的家装师傅。

简悠拎着大包小包的蔬果食材来的时候，白云飞买的几大桶油漆刚刚送到，他驾轻就熟地清点着颜色、种类和刷具，看得简悠目瞪口呆。

“你这公寓，租了多久？”

“三年约。”

“青年钢琴大赛不是就在下半年吗？据我所知，这个比赛的含金量远胜于之后那几个小比赛，你专注准备这一个就行了。”

“我也是这么打算的。”

“那你租这么久干吗，等你走了留着以后积灰吗？”

白云飞叠好一个三角锥的报纸帽，笑嘻嘻地戴在她头上：“我在这里多久不确定，但是你不出意外的话，未来两年一定在这里，所以不愁积灰。”

简悠怔在原地，她突然发现，在这样各奔东西前程的时代，眼前这个人，却永远把未来与她紧紧相系。

“快来帮忙啦！”白云飞沾着墙灰的手点上她的鼻头。

白云飞是刷墙置物的一把好手，简悠的公寓一下子温馨起来，大面积的淡绿色，干净清新。她最喜欢小客厅的投影，坐在软绵的长毛地毯上，拉上遮光窗帘，关掉其余的灯，靠在抱枕堆里享受一部电影，人生快意。

那天他们盘着腿挑电影，挑来挑去，竟都是看过的，最后两人不耐烦，随手点开一部，是《One Day》，高中时漫游在路灯下背台词的一幕幕又浮现眼前。

两人携手枕在抱枕上，闭着眼都能背出台词，看到主人公拥抱接吻时，又齐齐脸红沉默。

白云飞咳了一声：“我……我去倒杯水。”

简悠也不自觉地转过头：“好热，我去开空调。”

倒水的人绊倒地毯，连带着拽倒了开空调的人，突如其来的近距离接触，心跳的声音比台词还响，目光迷离间，他忍不住轻轻啄了一下她的唇。

他从背后环抱着她，下巴垫在她的肩膀上：“你喜欢这样的公寓吗？”

简悠会心一笑：“很喜欢。”

“可惜，还少一个小院子。”

“你之前说，会开花的树？”

“在维也纳的公寓外，我种了玉兰，挺拔幽雅，花开时引人驻足。”

百花深处，田宅芳香，当年庭中，尚飨玉兰。

八

简悠自入学起就一直在餐馆打工兼职，老板员工都很友善，微薄的薪资也在一定程度上缓解了她的生活压力。大二以后，她没有再向家中伸过手。慕斯知道后也只是劝她不要太辛苦，注意休息。她一直可以很坦然地向偶尔来吃饭的同学打招呼，自食其力，没什么丢人。

但是接到白云飞电话时，她还是顿了一顿，喉间苦涩。

“你到底在哪儿呢？陪我去练琴吧！”电话那头的人还在追问撒娇。

简悠深吸一口气：“云飞，我在打工。”

“打工？”白云飞加重了语气，“打什么工？”

“一家餐厅，兼职工。”她喃喃道。

“在哪儿？”

简悠想了想，告知了地址。不一会儿，就看见骑着摩托车飞驰而来的白云飞，进门时脸色难看，一把抓起她的手腕就要走。

“云飞，我还在工作。”简悠推开他。

“工什么作！”白云飞眼眶发红，他看着围着满是油污围裙的简悠，手上握着抹布，“你的手，是要拉帕格尼尼的！是要写锦绣华章的！不是用来做这些的。”他既心疼又难受，拽着简悠就要离开。

“云飞！”简悠抽出手腕，“在这里打一天工可能还抵不上你一顿午饭吧？很久之前，我和你想的一样，自命不凡眼高于顶，可是云飞，你以为我没有这二十块钱一小时就活不下去吗？不是的，我只是发现，离开家庭离开亲人之后，我的劳动力是何等的廉价，我庆幸我在二十岁的时候能看到这一点。”

白云飞怒发冲冠骑着车走的时候，车后带起一阵尘土，简悠灰头土脸地看着他飞驰的背影，突然意识到他们之间的距离。

她早已深入烟火生活，体尝人世辛酸家破人亡，见过血亲对簿公堂，见过人性本恶世态炎凉。而他的人生是直上云霄的列车，自有光明前景，活得洒脱纯粹。年龄相仿共同长大的两人，若是揭开岁月的疤，看见底下的满目疮痍，这样迥然不同的遭遇和心性，真能走得长远吗？

次日上班，远远就瞧见站在门口当活招牌吆喝的白云飞，一见简悠笑嘻嘻凑过来：“悠悠你错了，我的劳动力才是最廉价的，老板说第一周实习，每小时才十五块。”

简悠眼睛顿时就红了：“云飞，你真的不必如此，你的手还要弹一辈子琴，我却再也不会拿起弓了。”

自最后一天的小提琴课结束，暴雨中她回到家，那把琴就永封床下，再也不会被奏响。那是她对自己发的誓言，无妄之欲，当斩草除根。

“欸，新来的那个，你去收银吧。”老板从柜台后探出脑袋。

“好，马上来！”白云飞伸手擦掉她的眼泪，“悠悠，别什么都自己担着，我们未来还那么长，既能同甘，亦能共苦，如此才能长远。”

餐厅的工作时间其实十分集中，饭点时分忙得脚不沾地，饭点过去又闲得发慌，老板和员工们凑在一张桌子上打游戏，简悠和白云飞站在柜台后面放空。

白云飞胳膊撞撞简悠：“你说，我们像不像夫妻档啊，老板和老板娘！”

简悠咧嘴一笑：“哪有你这样十指不沾阳春水的老板？”

午后的太阳晒得人暖洋洋的，日光透过树影投在地板上，一个个斑驳的光圈，偶有一阵清风入堂，悠游又自在。

“我真的觉得，这样的生活也很不错，开一间小店，我收款来你帮忙，也是温馨美好的一生，忙忙碌碌间，倒是少了很多顾虑烦恼，对不对，老板娘？”

简悠看着他，开始是笑，后来是苦，树影斑斓，他搭在油腻腻收银柜台边的手匀称白皙，指尖有茧，能够弹出悠扬的曲。

“云飞，你不该属于这里的。”

这年的冬天来势汹汹，人们一夕之间从风衣蹁跹的潇洒变成棉袄加身的圆润，在寒冬的威仪面前，保暖是一种见好就收，但也偏偏有人不识抬举，譬如，异国归来的白少爷。

简悠裹着圆滚滚的豆沙粉大棉袄，脚踩雪地靴，脖系大围巾，站在寒风之中凛然不动，静若处子。

白云飞咬着牙冒出来，穿一件黑色大衣，露着白净瘦长的脖颈。

简悠从大围巾里抬起头，笑嘻嘻地说：“不冷吗？”

白少爷克制着寒冷的颤抖：“我辈热血少年，就算冷死也绝不能缩脖子，畏首畏尾有损我们形象！”

简悠哈哈笑起来，圆滚滚的身子粉嘟嘟显得异常暖和。白少爷皱了皱眉拉着简悠的肥袖子撒娇：“况且，人家也没有围巾啊，鬼知道这里这么冷！”

“别告诉我白大少一掷千金居然没钱买围巾哦，你爸给你的生活费可不认账！”

“谁要买来的流水线产品。欸，你给我织一条好不好，温暖牌手织围巾。”白云飞一脸谄媚。

“我哪会这个啊？我从小手残，你不知道的啊？”简悠苦笑。

“哎呀，学嘛，你那么聪明肯定很快就学会了啊！”

“等你买了毛线来再说吧……”简悠欲转移话题。

“别等了，咱现在就去买。”白云飞言罢拉着简悠就走。

“姑娘，这个羊毛线极细，保暖是保暖，但是十分不好织，要不看看这个粗毛绒吧，也很保暖的，新手容易学。”

“不用了阿姨，就这个吧，他怕冷。”

那年抱着细羊毛线的他们还不曾预料到，岁月辗转，风雪浩渺，从不由人。

那个常年在北欧交流演出的著名钢琴家白云飞，在皑皑飘雪的寒冬里，依然穿挺括潇洒的大衣，梗着细白的脖子走过一载又一载的风雪，纵然白头，却仍不肯低头。

回想起来，那真的是最美好的一段时光，一起工作一起吃饭，她陪他练琴，靠在他肩上伴着曼妙的曲子做一个甜甜的梦，晚上他来图书馆接她，简悠从闭馆前一个小时就开始小鹿乱撞，以前只嫌闭馆太早事情做不完，现在却觉闭馆太晚，怎么还要这么久才能见到他呢。

闭馆提示音一响，简悠背上包就下楼，图书馆的白瓷地砖上倒映着头顶天花板一盏一盏的灯，乖巧整齐地排列就像一个个复制粘贴的小月亮。简悠挽着白云飞离开，就像一步一步踩在一地圆满的皎洁，心头眼中漾出亮丽的光彩。

沈飞檐站在二楼看着这对璧人，她身上散着奇异的光，与之前那个埋头在角落撰稿的丑小鸭迥然不同，他有些郁闷地想，译稿还没完，却到换座位的时候了。

在西方浪漫大胆的文学熏陶里摸爬滚打多年的沈才子，却从来不敢与外人道，那个坐在他对面撰稿的姑娘，穿着朴素，眼圈青灰，比之于外文系的翩翩佳人毫不起眼。

可藏在笔记本电脑后的一双眸子，认真而虔诚，闪耀着银河星空所不及的光彩，胜于维纳斯的精灵翅膀与海伦玫瑰色的脸庞。

罗伊 · 克里夫特说：“我爱你，不光因为你的样子，还因为，和你在一起时，我的样子；我爱你，不光因为你为我而做的事，还因为，为了你，我能做成的事。”

简悠，你知道吗，我生性懒散，不喜拘束，不甘勤勉，恃才傲物，可是却真实被你的勤奋与虔诚所感动。待在你身边，看着你的样子，好像拼命努力都变得高尚，好像坚持刻苦都变得有趣，我心爱的姑娘啊，请务必，请一定，继续热气腾腾，继续满怀热忱。

这一份情义，进不得一步，退不得一步，到此为止，刚刚好。

九

自从身世的疮疤公之于众，简悠与家里的关系一直不冷不热，自己的存在无异于是这场失败婚姻最大的后遗症。她推托着家里的资助，拖延着回家的时间，对于母亲，她满怀愧疚，只敢遥祝一句：平安喜乐。

哥哥的电话来得猝不及防，母亲的病症已经恶化，她精神脆弱，神志不清，友情和家庭的双重背叛，终于还是压垮了这个坚强的女子。

“妈。”简悠看见恍恍惚惚的母亲，泪如雨下。

母亲见到她，立刻变得暴躁易怒，东西摔了一地，咆哮的声音蔓延到走廊的尽头。

她知道，母亲将她认成了阿姨，那个摧毁了她一生的最好朋友。

医生和哥哥轮番劝慰她，简悠低着头，良久，扯出一个笑：“我知道了，我以后，不会回来，不会刺激到她。”

哥哥揽过她：“悠悠，你要体谅家里的情况。”

“嗯，我知道。”

以前是不愿回家，以后，是不能回家了。

回家前，白云飞刚刚出发去了外省做最后的赛前训练，她来不及告诉他，其实也不想告诉他。这烦乱的一切，因果循环，简悠真的不知道，如何启齿。

再次回到公寓时，已经过了小半月，白云飞领完奖，翻天覆地找了她好几天，最后打听到她请假回家的消息，还是从同学那里，同学好奇地反问一句：“你居然不知道？”

白云飞自嘲地笑了笑，是啊，他居然不知道，许过一生的伴侣，还不如一个并不相熟的同学。

简悠拖着疲惫的身体进门，白云飞坐在餐桌前，点了一桌热气腾腾的菜。

他转头，微微一笑：“回来了。”

简悠低下头：“嗯。”

白云飞夹起一只鸡翅放到她面前：“家里出什么事了？”

简悠轻轻咬下去，并不说话。

白云飞深吸一口气，站起来：“你能不能不要老是这样，什么都不说，我真的很累的。”

简悠抬起头：“说了又有什么用？”

“说出来我们一起分担！你知道这半个月我是怎么过的吗？你的电话打不通，我一个人战战兢兢地比赛，担心你是不是出了什么意外。我给你留了第一排的位置，奢望你能来看看我，结果直到领奖，第二名第三名亲友拥抱，恋人送花，我就像与世隔绝一般拿着第一名的奖杯，孤独地站在上面。等我回来，公寓里空无一人，你知道我有多害怕多着急吗？我从早到晚坐在这里等着你，看着一顿顿饭一点一点冷下去，我的心也像是被一刀一刀割下去。”白云飞抹一把脸，“简悠，我从维也纳跑回来，就是这样让你糟践吗？从小到大，误会重重，你就像是一个谜一样逼着我猜，什么都不告诉我，为什么？”

“云飞。”简悠放下筷子，泪眼看着他，“二十年来，所有我最需要的时刻，你都不在啊。”

小学时我孤立无援，中学时我家破人亡，现在我有家不能回，我如何告诉你，含着泪卑微？

“我不可能让你放弃比赛，放弃前途回来，而就算你回来，也什么都改变不了。”

白云飞冷笑一声，深深低下头：“所以，有没有我，都一样是吗？我对你来说，不过是个可有可无的人。”

“云飞，时光老了，朋友散了，我们变了，或许我们根本就不是一路人。”

简悠擦一把眼泪，扯出个笑。

他不能磨掉天真看她的苦难，她也不能放下骄傲换一份怜悯。

风雨如晦，鸡鸣不已，如何强求一份安稳。

外籍教室的桌上地上，堆满了各国语言的诗歌和小说，绮丽的封面篆刻着神采飞扬的花体外文书名，地板上胡乱扔满了废弃的诗稿和文章，层层叠叠。

简悠轻轻走过去，微微靠坐在临窗堆砌的一沓外文小说上，伸手拉开墨绿的窗帘。黄昏时分的天色似乎使屋里更加晦暗，雨滴一颗颗有去无回又心甘情愿地砸在玻璃窗上，变成一道道交错斑驳的水渍，循着凹痕，漫入墙缝。

她随手从地上拾起一张被丢弃的译稿，嘴间微微呢喃：

“突然间黄昏变得明亮，因为此刻正有细雨在落下，或曾经落下，下雨，无疑是在过去发生的一件事。”

沈飞檐从堆积如山的案籍中抬头，玻璃外黄昏细雨融得缤纷甜腻，墨绿的窗帘投下一缕暗影，倚在窗边的女子脖颈秀气，修长的指间捻着一张薄如蝉翼的译稿，美得像一幅油画。

他不自觉笑着，用沉沉语调的法语念下去：

“谁听见雨落下，谁就回想起，那个时候，幸福的命运向他呈现了，一朵叫作玫瑰的花，和它奇妙的，鲜红的色彩。”

沈飞檐走到她对面，双手反撑着堆满书稿的桌沿，昏黄与昏暗勾勒出他侧脸流畅的线条。

“简悠，你喜欢博尔赫斯吗？”

简悠低下头，发丝从耳畔垂下，掩了半张俏丽的脸。

“我给你瘦落的街道，绝望的落日，荒郊的月亮，我给你一个久久地望着孤月的人的悲哀……我给你我的书中所能蕴含的一切悟力……我给你一个从未有过信仰的人的忠诚。”这是博尔赫斯的《我用什么才能留住你》。

诗背得断断续续，伴随着简悠哽咽的声音，伴随着她淌出的颗颗泪滴。

“我用什么才能留住你？”她捂着脸慢慢蹲下，泪水和声音都埋藏在双膝间，“NO，我用什么也留不住你了。”

沈飞檐苦笑，沉默望着烂漫的黄昏，淅沥的雨声里夹杂着身旁女子的呜咽声。

半晌，他弯下腰，将手掌放在哭得一塌糊涂的女子头上，轻轻揉了揉，用一种极其低沉细微的声音喃喃道：

“我要设法得到你，撇开那些你留给我的迷人的表象；我要你所隐藏的容貌，你真实的笑容，那冰冷的，嘲弄的笑容，只有你的镜子知道。”

刚刚新鲜出炉的译稿，用了心知肚明的中文念出，但是没关系，他想，雨声这么大，她不会在意。

只是因为雨声这么大，她才不会在意吧。

第十四章

且以喜乐，且以永日

一

春光如许，长发如瀑的女子穿一条碧色长裙，坐在院子里织一条羊毛围巾。绿荫如盖，投下斑斓温暖的影，枝头玉兰开得甚浓，花枝压得低，毛线很细很难织。几年来，她反反复复织了许多遍，每每即将织好，又停下来慢慢拆开。慕斯一脸不解："你找虐呢？"

简悠一笑："闲人嘛，不比慕小姐要赶通告，噢不，应该是舒太太了。"

慕斯轻轻晃动茶杯，通透的白瓷，细腻温润，她低头去看那只茶壶，盖上落一朵小小的浮雕玉兰，茶具用檀木台盛着，入目一切连带她身下坐着的竹椅，都是简悠亲手所制。难以想象，当年那样明朗倔强的人，最后会活成这般出尘孤寡的模样。

低头看到她脚上的鞋，缎面刺绣，花样繁复，颜色素净。慕斯一笑："鞋面真漂亮。"

简悠斟一杯茶："绣了好些，走时送你。"

慕斯有些惊讶："上回来时，你还将鸳鸯绣成水鸭。"

简悠抿嘴一笑："上回是几时，你的戏都还没上，如今都巡演多少回了？"

这么说来，真是好久了。慕斯沉下心钻研演技，接的戏冷僻，却打响了自己的招牌，没人再提陈年那个张扬明艳的程导女主角，人们只夸慕小姐人清戏真，明玉朗华。

"看你衣裙素净，花样倒是繁复。"

简悠笑着："花样繁复些，能打发时间。"

"你的书卖那么好，不抓紧写下篇吗？"

"以前能连着写几天几夜，现在身体撑不住了，再等等吧。"

慕斯心里酸，忍不住问："你看新闻了吗，他回来了。"

"嗯，音乐才子，衣锦还乡。"

慕斯手心研磨着杯口："其实我真的不知道这么多年你们俩到底在别扭些什么。他在国际大赛里获奖的那首曲子，你不会不明白吧？"

"青青子衿，悠悠我心。"取自《诗经·郑风》，简悠博士时专研《诗经》，怎会不明白。

简悠的目光迷离："斯斯，有没有一些人，其实生来就是不适合在一起的，分开的这些年，我靠着思念完成了豆蔻三部曲，他以沉湎奏响了惊世的乐章。庄子有句话我一直不明白，现在却活生生地发生在我身上——'相濡以沫，不如相忘于江湖'。"

慕斯最受不了她这一套旁观者清又当局者迷的思想："悠悠，你别在这儿扯些子啊子的，什么叫过得很好，你们俩互相惦记着又老死不相往来叫过得很好？悠悠啊，你要是放不下就该明白，没有人能靠着怀念活一辈子。”

简悠抬起头，花枝上玉兰灼灼，花有重开日，人无再少年。

不能靠着怀念过一辈子吗？未必，若你这一辈子，也只是一下子呢？

二

沈飞檐偶尔来看她，揣一册小小的法国诗集，随口翻译。

“你这里的茶最好。”

简悠笑着拿出新雕的檀木茶具：“所以值得沈才子远赴而来吗？”

沈飞檐笑了笑：“你这院子虽然偏僻，却难得清静，国内的城市都太喧嚣，你这一方天地，让我想起国外的小镇。”

简悠淡笑不语。

“说真的，你当初要是念外国文学就好，性子也不至于压得这么沉。偏偏一意孤行去念古代文学，还守着那本漏洞百出的《诗经译本》，也不知道哪个无良书商给你下的蛊。”

简悠低头将木杯推向他：“茶好了。”

慕斯排练休息时越想越郁闷，忍不住给白云飞打了电话。

电话很快被接起，他似乎在江边，隔着电话也能听见江风呼啸的声音，慕斯无暇多想，开门见山：“悠悠在苏城。”

白云飞靠在一盏昏黄路灯下，凝望江岸霓虹：“我知道，‘百花深处’，如她所愿。”他沉沉吸入一口冰凉的江风，“想要的都得到，应该活得很好吧。”

“活得好？”慕斯反问，“悠悠的母亲，你知道吗？”

白云飞低下头，他知道，那个女子在几年前抑郁而终，原因不明。

他叹一口气："你想说什么？"

"她母亲的病，好像对她，有些影响……这些年她越来越深居简出，我上次去看她，已经在服用一些安定药物了。"

慕斯的话像是一记闷雷，炸得他脑中轰鸣："你在说什么？"

"我说，她的精神出了问题。"慕斯语间哽咽，"她这些年看起来出书畅销风光无限，身体却早就垮了，成天昏昏迷迷躲在她的院子里，写的全是凄凄惨惨悲欢离合。你觉得这是个不到三十正当韶华的姑娘吗？"

暮色时分，送走了沈飞檐，合上木门，一时头有些眩晕，简悠赶紧扶住门边的一棵玉兰，慢慢蹲下身。等着身体缓过来，她渐渐熟悉这种难受的感觉，习惯身体越来越脆弱，气息越来越不受控制。

待到呼吸平稳后，她扶着树慢慢站起，玉兰映着落日，孤绝染了艳色，凄美夺目。她轻轻抬手抚上那花瓣，院中寂寥，真正的孤芳自赏。

后来我看过的所有好风景，都要可惜一遍身边无你。

晚间有约，出版社的朋友三番五次邀她见一位大名鼎鼎的作者，直言若不见此人，必将一生抱憾。

简悠嗤笑："如此妙人？"

朋友皱眉："妙到极处，人间不容。"

其实还有一个原因，让简悠未见这位妙人就莫名亲切，她们的名字太像了，相较之下，倒是她俗气落了下风。

她是简悠，只求一生简单悠然。

那人唤祝攸，馨香祷祝的祝，性命攸关的攸，虔诚又无惧。

她们约在茶楼，简悠等了良久不见丽影，祝攸发来消息，她刚在一家酒吧睡醒。

让一位酒鬼来茶楼难度颇大，但让清醒茶客去酒吧，倒也不是不行。

简悠在灯红酒绿的吧台找到她，五官极清秀，衣行极放肆，她趴在酒杯旁，却笑得如沐春风。

那晚她们聊了很多，简悠终于明白为何不见她便是一生抱憾，是不是执笔之人总多情，落纸字句皆血泪。

和同类敞开心怀是很容易的，简悠平生第一次醉酒，她晃荡着祝攸的肩，哭着问："当你很想很想一个人的时候，该怎么办呢？"

祝攸仰头饮尽琼浆，笑答："给自己很多很多事情做，把清醒的每分每秒都填满。"

简悠撑着脑袋又问："这样就无暇想念了吗？"

"不，这样，你就意识不到自己在想他了。"祝攸笑得颠倒众生。

简悠才明白，这世上忙碌的人啊，要么在追逐，要么在逃避。

三

这所院落在苏城郊区的一个古镇，江南水乡的小桥流水人家，她一眼就爱上了。

更可贵的是周边淳朴的老居民，世代住在这里，偶尔有闯进来观光的旅客，家家户户热心地指路线施便饭，真的太像陶公《桃花源记》里，那些"设酒杀鸡作食"的避世之人，胸腔里跳动着纯红的心。

隔壁家的大婶怜惜简悠体弱独居，炖上什么汤品，制了什么糕点，必然要春风满面地端给她一份。简悠离群索居，受之有愧，院里的花果，手工的玩意儿，也不吝相赠，一来二去，倒结良缘。

今晨，大婶端着一筐豆子出来晒，见了简悠眉飞色舞地凑过来，指了指旁边空置许久的一间宅子："听说那里搬来了一位风度翩翩的音乐家，很是沉稳儒雅。”

简悠一听“音乐家”，敏感得浑身神经都被激醒，又闻“沉稳儒雅”，悬着的心放回去，那人，怎可能挨得上这四个字。

她轻松一笑：“或是来采风的吧。”

大婶给她一个笑盈盈的眼色：“你是作家，那位是音乐家，应当有话可聊。”

简悠不好意思地低下头笑了笑，终于听明白了这话茬。

“听闻音乐家向来孤高，恐怕还是不宜打扰吧。”

大婶皱了眉：“简小姐，你正年轻不懂得一个人生活的艰辛，若遇上适当的人，别错过了才好。”

简悠心头一暖，无亲无故，这是人家实打实为她着想呢。

“好，我记下了。”

白云飞在院门前伫立良久，低头看那块小小的铁艺门牌，日久微微掉了漆，带着经年岁月的痕迹，那笔字飘逸流畅，落笔有情。

“百花深处。”

他喃喃念出来，唇齿嚼出熟悉的滋味，目光深沉，手不禁抚上去，叩响了门铃。

简悠正攀上梯子摘枇杷，翻起的裙摆成了顺手的果篮，她兜着满裙摆的橙黄果实，一时下去不得。

听见门铃，她还以为是耳鸣复发，这个时辰，应当无人到访，胡思乱想着，她顺着梯子爬上去，越过树端，探头看向墙外门前，穿卡其色风衣的男子挺拔瘦削，她揉了揉眼睛，轻声喊他。

“云飞？”

白云飞不见门开，却听见呼唤，顺着外墙望过去，挂满金色果实的枇杷树顶，探出一张小巧的脸，那目光澄澈，映着日光，直直看着他。

他低头一笑，走到墙边，仰首看她。

简悠扔下裙摆，金黄枇杷东奔西跑散了满地，她顾不及收梯子，奔到门口拉开木门，灿灿一笑，额头的汗珠滑下来："云飞，你来了。"

像是预先有约，像是次日相逢。

白云飞沉沉看她，头发长到腰际，裙子拖到脚踝，手臂瘦出骨骼的轮廓，脸上褪掉了婴儿肥，眼睛像是深不见底的井，微起澜漪。他牵起嘴角笑了笑："悠悠，好久不见。"

她笑着请他进门，匆匆端出茶具，点起小炉子。

他看着满地散乱的枇杷，架在树上的梯子："你在摘枇杷？"

简悠手一颤被炭火烫到，赶紧收了手躲开："嗯。"手藏在身后，她不敢拿到身前吹一吹抚一抚。

白云飞弯腰将一颗颗饱满的枇杷捡起来，搁在茶盘里，又顺着梯子爬上树，摘下那些橙黄的果子。

简悠扇着炉子看他，一瞬间她突然觉得，他本就是这院子里的人，在这里很久了，抑或者，这个院子一直都在等他。

他摘完枇杷，简悠递上一杯茶，茶杯不隔热，烫伤的指尖灼灼疼着，她朝他笑："是斯斯让你来的？"

白云飞擦一把额汗，并不作答。

简悠低头一笑："她是不是说，我不行了？"

他的手一颤，茶水滴在衣服上，他便稳稳将茶杯放回茶盘："说什么胡话呢？"

简悠努努嘴："云飞，我跟你说，我真的不太好，所以，还是离我远一些吧。"

"什么叫离你远一些，我要像隔绝病毒一样隔绝你？我需要换一颗星球住？不好意思，现代科技还做不到。"他的话中有怒气，"身体不好还可以调养，我们都还年轻，何必讲这些。”

简悠牵着嘴角笑，眼泪不争气地滑下来：“我已经不年轻了，如果人生按四季来算，你和慕斯都还是盛夏，而我，已经是要入隆冬了，你明白吗？”

白云飞紧抿着嘴看着她，牙关颤颤发抖，他伸手拉过她烫伤的手，靠在嘴边吹了吹：“我不明白。”

四

回国的采访反响很好，《Point》的节目导演打来电话，问是否方便安排一次后续的补充。白云飞正炖着一锅鸡汤，手忙脚乱地关了火接电话，鸡汤还在冒着泡，他看着这锅浓郁的汤，应下一声“好”。

他们相处得很默契，隔着一堵墙休息，他每日赖在她的院子里，煮茶闲聊。

偶一日简悠玩兴起来，甚至一起酿起果酒，他们俩都是只会喝的“摊手废二代”，得亏大婶心疼果子，过来帮忙。酒曲瓦罐准备周全，他们比肩酿着自己的酒，大婶抬头看着一对璧人，笑得合不拢嘴。

简悠在酒坛口系上绸带，写上日期品种，甚至闲来无事取起名字。

“桃花酒就叫‘笑春风’。”

“桂花酒就叫‘少年游’。”

“青梅酒就叫‘倚门回首’。”

“枇杷酒叫什么呢？”她低着头沉思良久，“就叫‘亭亭如盖’吧。”

白云飞抬头：“不好。”

庭有枇杷树，吾妻死之年所手植也，今已亭亭如盖矣。取自归有光的《项脊轩志》，悼念亡妻。

简悠努努嘴：“那你说，叫什么？”

白云飞走过来接过笔，凝神想了想，墨迹落在绸缎上，清秀俊逸。

“长生……”愿君长安康，共饮长生酒。

简悠笑着，一坛坛埋入树下：“云飞，你可要记得是哪棵树，埋的什么酒，若是我……你也别挖错了。”

白云飞低下头黑了脸：“你记着，我不记。”

采访播出那天，简悠早早守在电视机前，看那个从小看到大的少年，终于长成翩翩优雅的好模样，黑色的西服衬着清俊的脸，绚烂灯光下让人移不开眼。

主持人大概是为了衔接，又问了一回参赛原因。

“我的导师告诉我，‘Only the meteor will be forgotten,the moon never.’（只有星尘才会被忘记，月亮永远不会。）”他答得谦逊有则。

主持人这回是目标明确的，见缝就钻：“您是怕被谁忘记呢？是那位‘Adeline’吗？”

“是。”

“她对您来说，是怎样的存在呢？”

“是我指尖的肉，心头的血，是我生命的一部分，我的导师也曾坦言，她不仅是缪斯，还是我的灵魂。”

“可否具体谈谈呢？观众似乎都很有兴趣呢。”

白云飞低头一笑，目光灿灿：“我们相识很久了，是世界上最了解彼此的人，我见过她五岁时的张牙跋扈，亦见过她十五岁时的孤僻娉婷；见过她昔日的骄傲张扬，亦见过她后来的落魄自卑；见过她的勇敢坚强，亦见过她的失控懦弱。她曾紧紧抓住我，不要离开。也曾狠狠推开我，别再回来。对我来说，她是太珍贵的人，是我懵懵懂懂的昨日，也是我怅然未许的归期，是我一生梦想的启蒙，是我朝朝暮暮的信仰，是童年的歌，也是青春的酒，是年少的冲动，也是暮年的慰藉。她构成我一半的生命，不会再有任何一个人，可以重来。”

主持人笑得明媚：“那您为什么一个人远赴欧洲留学呢，你们是否错过了彼此？”

白云飞抿嘴笑着，沉思良久：“我们从来都不会错过，我们只是要给自己一些时间，让自己变得更好。”

“白先生如今是国内炙手可热的音乐才子，功成名就，达到了很多人难以企及的高度。这样年少有为，是否已经完成了自己的梦想呢？”

“如果我说，我想要的从来没有得到过，你们会不会觉得我太贪心？”

“白先生，想要什么？”

“平生所愿：百花深处，田宅芳香。有您一人，携手在侧。童稚牵衣，笑我华颠。”

五

午后，简悠懒洋洋躺在院子里看一本书，那是多年前听著名作家白先勇先生讲座时买的，一时没想起来看。

偶尔翻到这一篇文章，大段大段关于作者在美国家中院子里布置园林的叙述，勾起了她的兴趣。

书里细腻地讲述作者和友人相知相识，相伴携行，花费数月布置院子，悉心种植各种植物，还有诸多命运不由人的悲怆。

最后那段话，让她的泪水止不住淌下来。

书中道：“春日负喧，我坐在园中靠椅上，品茗阅报，有百花相伴，暂且贪享人间瞬息繁华。美中不足的是，抬眼望，总看见园中西隅，剩下的那两棵意大利柏树中间，露出一块愣愣的空白来，缺口当中，映着湛湛青空，悠悠白云，那是一道女娲炼石也无法弥补的天裂。”

湛湛青空，悠悠白云，树犹如此，人何以堪。

门铃响，简悠赤脚跑过去，满脸泪痕。

云飞端着鸡汤站在门口，电视上风流俊逸的音乐才子戴一件围裙，手沾油渍，放下所有骄傲站在她面前。

简悠深吸一口气：“云飞，有句话我多年前本来要说的，或者更早时我就要说的，但很抱歉我是这么别扭糟糕的人，我一直想找一个好的时机好的环境，我不知道现在时机对不对，但我怕自己时日无多了。云飞，我不想一个人看树了，你要不要，和我一起？”

白云飞的眼眶一下红了：“简悠你真会找时机，老子手都要被瓦罐烫麻了，老子的手多贵你不知道啊！还有，你一个堂堂名校中文系博士生，怎么告白台词那么差？”

他怒气冲冲地进门放下汤，一把抱住她，想要揉进骨血里：“你不准反悔。”

夏初时节，简悠的身体好了很多，心情顺畅，时刻带笑，还能放下心结拿出小提琴和白云飞合奏一曲，虽然技术欠佳，但是两人笑得开怀。

那日一曲毕，他们收到一封漂洋过海的信，来自Novar教授。

亲爱的简小姐，很抱歉我不知该如何称呼你，甚至于你我素未谋面。

但是我认识你很久了，或者说认识你的名字很久了，在我还不认识汉字的时候，就已经看过无数遍你的名字，在我最骄傲的学生的乐谱上。我想你也会以他为傲的，我很喜欢他的中文名字，云飞，自由又洒脱，一度他的音乐也是如此。那是他还很年轻的时候，技巧经验都不如现在纯熟，但是他演奏时那种轻松飞扬的快乐深深打动了我，在他的音乐中，我能窥探到年轻时代的自己，满怀热忱，生机勃勃的样子，当然，还有对于爱情的羞涩与张扬。

云飞是一个很东方的人，我想这一定和他常常阅读的那本书有关，叫作什么来着，《诗经》？抱歉我的记忆已经不是很好了。

虽然他学习的是西方古典乐，但是骨子里不变的是属于东方的沉韵和情感。

当我在他这样的年纪时，对于感情非常莽撞，非常热烈，反映在音乐上就是肆意张扬，甚至可以说是拿音乐来宣泄。

但是云飞是不同的，他的感情就像他的音乐，轻缓绵长，时喜时忧，那是一种小心翼翼的深情，对此我很诧异，请允许我声明，他是非常出色的青年，我以为他的才貌品性放在任何一个国度都是万里无一，所以我坚信，他这么小心翼翼爱如宝藏的你，一定也是如他一般的人。若他去寻你，请勿负这一片真心。

两人相视一笑，他们终究，无负真心。

后记 / 如今慢

XIANGHENIDUGUO
MANMAN
SHIGUANG

首先，万分感谢你看完这个故事，无论喜欢与否，都感谢你停留的时间，对我来说，它们珍贵无价。

这是我的第一个长篇故事，在完稿之后我还一度恍惚，就这么结束了吗？

嗯，就这么结束了呀。

我的白大侠和简女侠，我的慕班花和下九流，他们都过上了很好的生活呢。

当我仔细回想这个故事的起点，竟然比我想象中还要早很多很多，得追溯到中学的地理考试上，大片空白的试卷给了提前完卷的我无限发挥的空间，所以在一片紧张的奋笔疾书中，有个无聊的女同学漫不经心地挤在试卷角落里，一行行写着婉转的诗词和幻想的故事，已经不知道是哪一堂考试，我随手写下“悠悠云飞”，一切从此开始。

我真心喜欢着这个故事中的每一个人，无论是被爱雕琢得越加温柔的少年，还是坚韧明媚的少女。我爱他们肆意张扬又全力以赴的青春，那是年少时最美好的模样。

这个故事没有轰轰烈烈的爱恨，也没有撕心裂肺的情仇，更多的是细腻的成长，相比于浓重的喜欢和爱，我想表达的，更多的是珍惜。

我们活在最好的时代，资讯便捷，时空自由，每时每刻都可以结交新的朋友。

我们也活在最坏的时代，生而薄情，偏爱新鲜，旧衣不配新我，毕业就是一拍两散。

古人有点头之交，刎颈之交，我们多的是点赞之交，时代越发达，我们越孤独。

在这样一个社交平台满天飞的年代，发送一条消息不到一秒，谁还会耐心铺纸沉吟，细细盖章，缓缓寄出？

我们省下了时间，亦丢失了太多的情趣。

木心先生说“从前慢”，我想守候一个“如今慢”。

我们要失去一个朋友真的太简单，分班、分校、异地、异国……任何的分离都在挑战我们的情谊，有人说朋友只是一站的陪伴，到站换乘，总有新面孔。

但我也发现，总有一些人，每一站都拉着你的衣角不曾放过，陪你走了很长很长的路，后来花白了头，黯淡了眼，炉火旁围坐，戏笑当年。

我能想到最好的称赞，莫过于“你是一个很珍贵的人，我想要好好珍惜”。所以有了云飞和简悠从总角到而立的漫长故事，你是稀世弥珍，是无二宝藏，我不舍得放手，一路上艰苦众多，却乐此不疲。

关于云飞，他就像夏日灿烂的太阳，令我想起成片的绿荫和骑单车的白衣少年，是无论何时都小鹿乱撞的少年气，他的爱深远细腻，又小心翼翼，虽然命途多舛，却永不能割舍，早已融入骨血。

关于简悠，她太令我亲切，她所有的苦难我都亲尝，所有的福佑我都祈望，命运所亏待她的，都会尽数补偿。

我始终相信，每个温柔坚韧的女子，都曾鲜衣怒马，都曾深夜痛哭，但是继续努力下去吧，向着梦想的方向，不舍爱与自由，让自己越加强大，能够泰山崩于前而色不变，亦能够卸下所有铠甲投入爱人的怀抱。她是无坚不摧的简女侠，也是糯糯可爱的逞强爱哭鬼，没关系，终会抵达百花深处，拥抱田宅芳香。

关于慕斯和朝瑰，大概就是为众人瞩目的明艳女子，但同样也有不为人知的痛苦和踌躇。众生平等，所以不必艳羡任何人，每一个人都是遗世独立的宝藏。

关于舒流，是我笃信每个少年放荡不羁的外表下，都是赤诚跳动的心，纯粹又热烈。

关于陆子期与沈飞檐，是我们所要感谢的生命旅客，他们在某个特定的时间出现，教会你成为更棒的人，虽然终将离场，却在那一段生命里熠熠闪光。

算来，从起点到完稿，已经相隔整整七载的光阴，那时我百无聊赖，热爱幻想，一个只言片语挤在地理试卷上的故事，经过了七年，变得丰腴而完整，我感恩能和这些人物在一起成长。

比起现在像是坐收渔翁之利的我，我得更加感谢那个地理一塌糊涂却莫名心宽的女同学，感谢你牺牲了考试，圆满了故事。

而此时我最想感谢的，还是我的编辑大大，她是第一位欣赏我并且给我机会的人。

在此之前的几年，我一直在无限退稿和自我怀疑的死循环中，我不断质问自己，该怎么办?

当朋友问起我的作品时，我哽咽了许久，很多时候也想要不就算了吧，明知世界上有写作天赋的人那么多，明知自己从不是其中的一个，为什么还要这样苦苦勉强呢？

但是朋友总会皱着眉狠狠敲醒我：别忘了你的梦想啊！

年轻的时候，我们真的是用整个青春做赌注，去拼一个说出来都会被嘲笑的梦想。

去年我跟着学校去南博，那时邮箱里堆满了退稿，每每信息传来，我都不敢点开，自嘲地笑：一定是退稿吧。点开，果然是退稿啊。可我笑不出来了。

心不在焉的我很快离开了展台，找到一片清净的地方，透过偌大明亮的玻璃门，看见一片郁郁葱葱的树林，就像故事里的“中心小学”，夏日里，碧色欲滴，一派生机。

眼泪就这么砸下来，真的很难形容那种屡败屡战又无能为力的难过，我浑身颤抖倔强许愿：多希望，不会放下手里的笔和心里的故事。

所幸，真的没有放下，所以迎来了曙光，能与君共享。

往后余生，还想看很多很多好风景，结交很多很多善良的人，写很多很多好故事。

余生还长，那么下一个故事，不见不散，好吗？

相心